Guillaume Aubin

L'arbre de colère

Gallimard

Guillaume Aubin a fait des études d'ingénieur avant de devenir libraire. Il est lauréat du prix du Jeune Écrivain 2015 et 2016, respectivement pour ses nouvelles « Phosphorescence » et « Punk à chien », publiées dans les recueils *Et couvertes de satin* et *La vie est une chose minuscule*, aux Éditions Buchet-Chastel. *L'arbre de colère* est son premier roman.

I

1

Les chiens n'aboient pas à moitié. Les chiens ne se trompent pas, ne prennent pas un orignal pour un ours. Encore moins un ours pour un Homme. On les entend dans la forêt à l'aube. À celui qui gueulera le plus fort. Ils vont et viennent, tracent des sentes nerveuses dans l'herbe. Tirent sur leurs cordes jusqu'à s'arracher le poil.

Dans les canots, les pagaies prennent de la vitesse. Vingt-huit mains de bois se font plus fermes sur l'eau, et le calme de la rivière n'arrive plus à couvrir le bruit des rameurs et des corps qui chauffent. Entre les arbres, on aperçoit les premières tentes. Les embarcations accostent les unes après les autres. Les guerriers sautent dès qu'ils ont pied, font bouillonner la rive. Certains courent vers le camp, d'autres grimpent dans les arbres, peau contre écorce, l'arc enfilé autour du cou. Les chiens sont lâchés. Les premières flèches sifflent, d'un côté comme de l'autre. Les bêtes sont criblées avant d'avoir pu mordre. Le soleil éclaire à peine les cimes, et déjà on meurt. Les cris de guerre se mêlent aux cris d'horreur quand les Yeux-Rouges déferlent comme une nuée de mouches.

Le Chef est le premier à mettre le pied dans le village, visage peint, pupilles dilatées, la masse levée. Il ne laisse personne le précéder. Un Longues-Tresses jaillit de sa tente et tend son arc pour le viser. Trop vite. La flèche à pointe de pierre glisse sur le bras du Chef, lui entaille la peau. À peine une piqûre de guerre, une eau-de-vie pour mieux donner la mort. Il s'élance, arme son bras et lâche sa masse. Deux tours sur elle-même et elle défonce la poitrine de l'homme. Il tombe, la main toujours sur la corde. Le Chef désencastre son arme et l'abat sur le crâne. On n'est jamais trop sûr. Puis il entre dans la tente. La pénombre contraste avec le soleil vif du matin boréal. Il plisse les yeux. Une silhouette se jette sur lui, un cri clair de femme qui n'a plus rien à perdre. Il évite le couteau, mais l'élan du corps le renverse. Ils tombent ensemble. Le Chef lui maintient les bras pour l'empêcher de frapper à nouveau. D'un coup de reins, il la fait rouler sur le dos, et s'assoit sur elle pour lui couper le souffle. Il lui serre le poignet jusqu'à lui faire lâcher son arme. Elle se débat, cherche des prises. Il serre les cuisses plus fort. Il a le ventre chaud, le souffle court. Cette femme sans peur attise ses envies de viol. Il y pense depuis qu'il a décidé de l'attaque. Il y pense la nuit, le sexe gros sous les peaux de bêtes. Il y pense à l'aube, quand la peinture sèche sur son visage et fige ses expressions. Il veut en violer plusieurs. Il est le Chef, il en a le droit. Tous ses guerriers en ont le droit. Mais lui plus que les autres. Il frappe la femme au visage pour l'étourdir, comme il l'aurait fait d'un poisson hors de l'eau. Il prend de sa ceinture un mètre de corde et lui attache les mains et les pieds jusqu'au sang, jusqu'à lui faire perdre l'envie de s'enfuir. Il entend un frottement dans le fond de la tente et aperçoit une jeune fille. La mère crie quand il brutalise l'enfant. Quand il lie ses poignets pour la violer plus tard. Elle aussi sera offerte à l'Île-Esprit. Il se relève et repart à l'assaut des hommes.

Dans le village, le combat est inégal. Les Yeux-Rouges sont deux fois plus nombreux que les Longues-Tresses. Le Chef aide un de ses guerriers en difficulté. Il s'élance sur l'ennemi pour le renverser, lui brise la colonne, avant de l'achever. Les flèches se chargent de ralentir ceux qui cherchent à s'échapper. Ce sont souvent des femmes. Elles n'ont pas le devoir de guerre, juste celui d'engendrer et de nourrir. Alors elles courent. Les archers visent les jambes : les fesses, les cuisses, les mollets. Ne pas toucher les zones vitales. Malheur à celui qui fera perdre un corps pour l'offrande. Les derniers Longues-Tresses crèvent dans la douleur. Quelques guerriers ressortent de la forêt, tirant une femme par les cheveux. Le Chef regrette que ce soit déjà la fin. Il coupe une gorge. La sensation de la lame qui mord la peau lui avait manqué. La carotide palpite sous ses doigts, de moins en moins fort à mesure que le sang s'écoule et se perd dans la terre.

Les cris de victoire succèdent aux cris de guerre. Les Yeux-Rouges regroupent leurs morts devant eux, les traînant par un bras, par une jambe. Les couteaux tranchent les oreilles, pour le souvenir, pour la gloire. Puis les têtes des morts retournent à la terre, et ne tressailliront plus que sous les crocs des loups. Le pillage commence. On retourne les tentes, tape dans les réserves de viande. Les habits des femmes sont déchirés. Les filles sont pelotées. Dans le viol comme dans l'amour, chacun a sa technique. Certains préfèrent l'intimité d'un abri. D'autres aiment ça à plusieurs, pour ce côté convivial qu'il y a à passer chacun son tour. Le Chef ne partage plus ses femmes. Chaque corps qu'il prend ne sera pas pris par un autre. Dans le passé, il a prouvé sa valeur en violant au milieu de ses hommes. Maintenant, être vu ne l'intéresse plus. Il préfère laisser la place aux jeunes, pour qu'ils se fassent la main. Il retourne dans la première tente qu'il a visitée et pénètre la mère, puis l'enfant. Les femmes sont regroupées au centre. Les plus jeunes pleurent. Les plus vieilles endurent les insultes et le ventre qui cisaille. Quelques tentes brûlent, épaississent l'air de leur fumée d'écorce. On récupère ce qu'on peut. Fourrures, berceaux, canots. Les morts amis sont alignés : de longues plaintes les honorent, avant qu'ils soient chargés sur des traîneaux de branches. Ils seront pleurés et veillés. Le Chef prend sur son canot la femme et la fille qu'il a violées. Il est attaché à ses exploits de sexe comme à ses exploits de lame.

Pas une larme sur le visage de la mère pendant le voyage. Elle regarde l'eau, le trouble des rapides et les truites qui filent entre les rochers. Comme si elle partait cueillir les baies, un matin comme un autre. Quand ils arrivent à leur camp, les hommes jappent. Heureux. Leurs familles les attendent avec une marmite sur le feu. Et des enfants qui courent.

2

Une aube, encore. Quand les lacs se découvrent de brume. Quand les castors fendent l'eau en silence, juste un museau au centre d'un miroir. Quand le sable est froid d'avoir passé la nuit dehors. Le Chef n'a pas besoin de beaucoup dormir. Alors il a du temps pour le soleil. Même assez pour le long soleil d'été. Depuis qu'il est chef, les chasses partent tôt. Les pêches rentrent tard. La tribu ne manque pas de nourriture. Il a gagné le respect. Il est écouté. Quand il demande à partir aux aurores, comme aujourd'hui, on le suit. Les prisonnières avancent en file. La tourbe porte encore les traces des animaux de la veille. Les pieds aiment la terre du matin, qui ne colle pas mais garde empreinte. Les femmes vont vers la mort à travers les forêts et par les rivières : leurs sens s'en souviendront quand elles arriveront dans l'autre pays.

Il faut une demi-journée pour atteindre l'Île-Esprit. Lorsqu'ils ne rament pas, les Yeux-Rouges portent leurs canots sur la tête. Parfois s'arrêtent pour manger des baies ou de la viande séchée. Avant de remettre à l'eau, ils posent un genou à terre. S'adressent à l'Esprit du lac et à celui de l'île. Ils demandent à être accueillis. Les Yeux-Rouges ne prennent sur l'arbre que l'écorce nécessaire. Ils ne crachent pas dans l'eau. Il n'y a pas de ruisseau sans Esprit du ruisseau. Et s'il y a deux lieux qu'ils admirent plus que tout, c'est l'Œil-Lac et l'Île-Esprit. Inséparables comme la chair et le sang. L'Œil-Lac a reçu son nom de sa forme d'anneau. L'Île-Esprit est une montagne qui s'élève en son centre. Les Yeux-Rouges disent que c'est la griffe du Grand-Ours qui a loupé le Grand-Poisson, et qui attend encore sa proie. On pourrait prendre le lac pour une large rivière, si on regarde trop vite. Quand ils ont douze hivers, les enfants en font le tour en canot pour l'apprivoiser. Il leur faut plusieurs jours. C'est leur premier rite de passage vers l'âge adulte.

Les prisonnières sont réparties dans les embarcations. Les hommes sont à l'arrière. La pagaie toujours du même côté, la main habile pour maintenir le cap. Leur peau est chauffée du soleil de midi. Ils en profitent. Dans la taïga, on reçoit rarement les rayons à même le corps. Quelques ombres de nuages filent sur la forêt immense. C'est encore une journée magnifique, comme il y en a peu dans l'année. Le Chef est le premier à mettre le pied sur l'île, après avoir adressé une nouvelle prière à l'Esprit. Ils laissent un homme pour garder les canots, et grimpent vers le sommet de la montagne. Le Chef reconnaît son sentier à la forme des arbres. Ils montent dans la tourbe humide, dans les mares qui suçotent les chevilles, dans les sphaignes molles. Ils sautent de tronc en tronc, quand le bois n'est pas trop pourri, ne s'est pas dissous dans cette terre d'eau. Chacun de leurs pas soulève des nuages de moustiques. Le Chef impose un rythme rapide. Les prisonnières rechignent, sont poussées dans le dos avec la pointe d'une branche. Le sommet est nu comme une plaine froide. Râpé par le vent hiver comme été. Les arbres se recroquevillent avec l'altitude, puis disparaissent totalement. Laissent place aux lichens et autres plantes rases de la toundra, coriaces même pour la dent du caribou. C'est là, sur les hautes pierres noires de l'Île-Esprit, que les Habitants sacrifient. Face à l'immensité boisée et à la courbe sans fin de l'Œil-Lac. Le soleil a bien amorcé sa descente vers l'horizon. Le Chef laisse du temps pour souffler.

Les femmes sont regroupées, assises par terre. On leur fait mâcher des morceaux de viande pour les apaiser. La jeune fille pleure : celle que le Chef a violée. Ils l'ont attachée plus fermement que les autres. Elle n'a pas la sagesse des vieilles qui regardent la mort en face. Plusieurs fois pendant le voyage, elle a essayé de courir dans les bois. Mais son instinct de survie n'a rien pu faire contre la vitesse des guerriers. Aujourd'hui, aucune ne sera pénétrée. Le sexe est interdit avant le rite. Ceux qui ont profité des prisonnières l'ont fait avant. Pendant tout le temps de leur séquestration. Ils en prenaient une par le bras, la levaient comme on lève un lièvre, les yeux terrorisés, et l'emmenaient dans une hutte vide pour la posséder. Les hommes ont aimé ces corps étrangers, qui goûtent presque la résine de sapin à force d'en mâcher. Elles sont amères, ces femmes, quand on passe une langue dans leur cou, dans leur con. À force de violence, elles ne refusent rien. Contrairement aux femmes du camp qui parfois disent non, non pas dans le cul. Le rite ne veut pas de sexe, comme pour laisser le temps aux cicatrices de se refermer. Pour ne pas apporter un corps malade à l'Esprit. Pendant que les hommes se peignent le visage en rouge, le Chamane installe les fruits du qaa. Trois fruits par femme, sur la dalle noire. Ronds et rouges. Pas plus gros qu'une noix. Il fourre sa pipe d'herbe et de qaa séché. Alors il invite les guerriers à tirer, et la fumée blanche caresse le crâne de l'Île-Esprit. Les pupilles palpitent quand la pipe arrête de tourner. Les hommes sont vapeur. Le Chamane joue du tambour sacré, fait la pluie et le tonnerre sur sa peau d'orignal. Et chante au nouvel été, aux naissances, à l'harmonie du monde. La danse commence. Une houle de corps qui ne veulent plus s'appartenir, qui se lancent au loin et se rattrapent. Des yeux sans regard, et des pensées vides. Il n'y a pas de danse. Il n'y a pas de danseurs. Juste une forêt qui s'agite de son propre vent. Qui s'arrache pour mieux s'enraciner.

Le Chamane pose son tambour une première fois. Deux guerriers prennent une femme par les épaules et l'amènent sur la dalle noire. Le Chef ramasse un fruit de qaa et le montre au ciel qui tombe. Puis s'adresse à la femme : *Je te donne la mort, et tu donneras la vie.* Il se met le fruit dans la bouche. Se sert de ses deux mains pour forcer les mâchoires de la femme et, comme un baiser, lui dépose le qaa sur la langue. Il referme. Elle se débat, veut cracher, mais ils lui tiennent le visage. Au bout de quelques minutes, noyée dans sa salive, elle avale. Le fruit est dans son hôte. Des larmes coulent sur ses joues. Elle accepte sans peine les deux autres qaa. Les femmes sont ensemencées les unes après les autres par la bouche du Chef. On coupe leurs liens avec une courte lame. Elles sont libres. Certaines restent. Peut-être dans l'espoir d'inspirer la pitié, qui ne viendra pas. D'autres fuient, s'enfoncent dans les forêts. La mort est souvent une affaire de solitude. Les Yeux-Rouges quittent l'Île-Esprit avant la nuit. L'Île-Esprit n'accepte pas de dormir avec les Habitants. Ils campent sur les rives, coupant quelques branches pour s'isoler du froid, et s'installent sous leurs canots. Le lendemain, ils saluent l'Œil-Lac, et repartent chez eux.

3

Les femmes se font vomir. Les genoux dans la terre, les doigts loin dans la gorge. Elles se vident de leur bile. Certaines font macérer des feuilles d'arbre dans des flaques. Boivent comme des bêtes, dans l'espoir de se purger. Mais les fruits restent. Ils ont roulé en elles, se sont fait une place au chaud. Et maintenant la pulpe se dissout, pénètre tout leur corps. Les femmes ont le sang drogué. Elles ne savent plus ce qu'elles font. Le qaa assèche les yeux, et même celles qui veulent pleurer n'y arrivent plus. Les bouches sucent le fond de l'air, haletantes. Un groupe de trois creuse pour manger des racines, dépiaute les arbres de leurs jeunes écorces. On ne saurait pas dire si ce sont les plus lucides ou les plus folles. Les autres restent seules. Ont le sentiment d'être bien alors qu'elles se déshydratent lentement, à force de pisser sans boire. Elles ne sont plus étanches, suintent par en bas. Une se rappelle sa vie d'avant, ramasse un peu de mousse à se mettre entre les jambes, comme elle le faisait pour ses sangs. Les forces s'épuisent. Elles hallucinent, titubent dans la boue. Il y a des chants qui se libèrent, et des voix qui s'ajoutent aux premières, comme des corbeaux qui se répondent.

Il faut plusieurs jours pour mourir du qaa. Les Yeux-Rouges pensent qu'il ne fait pas souffrir. Ils pensent que le qaa est une porte vers l'autre pays, une porte que l'on franchit doucement. Il existe des récits d'Hommes qui sont revenus du fruit. Qui ont connu la folie, et qui ont été rappelés dans le monde des vivants. Ces récits se transmettent de chamane en chamane, et nourrissent les enfants autour du feu. Tous les récits sont différents. Et pourtant, tous parlent du sentiment de puissance. Du vertige intense des sens. La peau touche le monde comme si c'était la première fois. Comme si toutes les premières fois étaient concentrées en quelques jours. Chaque écorce est le corps du premier être aimé et les doigts tremblent de désir sur les reliefs du bois. Chaque feuille le soir, quand monte la rosée, devient le premier poisson attrapé, qui nous glisse entre les mains. Chaque branche qui craque nous rappelle le premier tambour qui nous a fait danser. Les Yeux-Rouges pensent que les humains et les animaux se rejoignent dans l'autre pays, et passent par la même porte. Alors les Hommes font l'expérience du monde à travers les yeux de l'aigle, le nez de l'ours, la peau du serpent. C'est comme ça qu'ils expliquent la puissance. Les récits ne se rappellent jamais des faits. Jamais des pensées. Seulement des émotions du corps.

Les unes après les autres, les femmes s'estompent. La pulpe rouge a raison d'elles. Certaines rampent encore, mâchent ce qui leur tombe sous le nez, parfois accélèrent leur mort avec de nouveaux poisons. Les jambes ne tiennent plus. Les yeux ne voient plus. Les ventres sont maigres. Alors il y a cette vieille ruse du qaa, qui prend le contrôle dans les derniers instants : les femmes se recroquevillent dans un creux, à l'orée des forêts ou dans les clairières, là où la lumière donne. Et la mort va les endormir, comme une sucrerie. Car elles ne sentent plus le vent, et la terre leur donne l'illusion d'être à nouveau dans les bras de leurs mères. L'Esprit du qaa s'est substitué à l'Esprit des Hommes, et le qaa choisit le lieu où il veut prendre racine. Parce qu'une fois son hôte mort, il s'en nourrit durant ses jours fragiles. Ses jeunes jours de graine. Ses jours à devoir endurer le froid, le soleil ras, et les bêtes qui piétinent. Ses jours où les épinettes lui font de l'ombre et lui pompent l'eau et les sels de sa croissance. Les corps restent longtemps. Les loups savent qu'il ne faut pas les manger. Ils le sentent à l'odeur. Ils le voient à la couleur des joues : un hâle jaune qui se mêle au teint doré des Habitants.

La chair n'est pas assez toxique pour tuer à son tour, mais elle est indigeste. Le qaa crache dans la soupe, pour que personne n'y touche. Alors il profite des quelques jours de chaleur des morts pour faire une pousse. Cherche dans les chairs de quoi se nourrir et monter, pour enfin percer la peau quelques mois plus tard, quand le printemps est revenu. La fonte des neiges, l'année suivante, exhume des cadavres noirs, gelés et dégelés. Pétrifiés par les saisons et la drogue. Enfin, ils disparaissent avec le temps, quand l'arbuste devient arbre. Quand les corps et les racines se fondent en un même bois.

4

L'aigle tourne trois fois et repart. Il veut me dire quelque chose, mais je suis avec les hommes, les mains dans la résine qui calfate les canots. Alors je laisse les miens, et ils m'excusent d'écouter les voix de la taïga. Je prends mon bâton et m'enfonce dans la forêt. Là où le vent souffle, je marche. Là où le soleil tache le sol de lumière, je marche. Les Esprits ne dessinent jamais deux fois la même route. N'amènent jamais au même arbre. Et, de retour, je fais parler les feuilles, les cailloux, les aiguilles que j'ai ramassés sur mon chemin. Je les étale devant moi. Je plonge mon index dans une eau de racines, et je jette quatre gouttes en losange, pour faire boire Terre-Mère. Dans l'humide et le sec, il y a un message. Il parle de l'Île-Esprit et du féminin. Il parle de la force de vie. Je dois retourner à l'Œil-Lac. Un chamane qui n'écoute pas les signes est un chamane abandonné. Une proie pour les Mauvais Esprits qui dévorent les âmes. Qui nous arrachent à nous-mêmes. L'aigle m'appelle. Je dois lui répondre.

Le lendemain, je prends la route. Je voyage creux. Le ventre creux, les pieds creux, la tête creuse. L'homme plein roule sur le monde sans voir qu'il écrase les bêtes et les plantes, quand l'homme creux récolte le soleil comme la sève de l'érable, goutte à goutte, et laisse le froid de la nuit s'infiltrer en lui comme un ami. J'ai mes peaux de serpent et mes poupées de bois. J'ai mes plumes de corbeau et mes colliers de dents d'ours. Mais je n'ai pas de viande sèche, ni de haricots, ni d'eau. Et je n'ai pas de pensées pour m'alourdir. Il n'y a qu'ainsi qu'on rencontre l'invisible.

L'Œil-Lac m'accueille avec passion. Avec nuages noirs et trouées lumineuses. Je salue sa puissance. Les canots sont là où les guerriers les ont laissés. Je pagaye jusqu'à l'île. Nous avons sacrifié il y a plusieurs semaines déjà. Mon tambour a aimé cela. Il avait la peau tendue par l'air vif des sommets. Il a sonné au-delà du grand cercle du monde, jusqu'à l'autre pays. Il a invité les femmes à prendre le chemin des âmes. J'ai frappé, et j'ai chanté. Nos guerriers ont été pénétrés par l'énergie des Esprits. J'avais les paumes rouges. Mais quand l'avant-dernière femme est passée, mon tambour s'est percé. Juste une fissure, près de son cadre de bois. Suffisante pour altérer son chant. Pour lui donner un timbre féminin de ventre profond. Il y a eu un temps d'hésitation. Puis le Chef a voulu continuer. Petite fissure, petit présage, il a dit. Nous nous sommes rangés à son avis. J'ai joué encore pour libérer les deux dernières Longues-Tresses de leurs vies. La forêt a pu entendre mon tambour au chant éraillé. Et l'aigle est venu jusqu'à moi, me reprocher de ne pas écouter les signes.

Près de l'île, les énergies sont mauvaises. Froides comme des courants de fond. Il y a des morts qui ne sont pas morts, ici. Des Esprits qui n'ont pas franchi la porte. J'accoste par la poupe, pour ne pas froisser les rives. Le printemps est passé. Les fleurs sont retombées, et l'hiver se prépare déjà dans les branches. Je remonte au sommet de la montagne. Les présages laissent toujours des traces. Je retrouve les lichens usés par les pieds des guerriers. Et, sur la dalle de pierre, une fiente d'oiseau. Noire et sèche. Je me mets à genoux pour l'ouvrir. Dedans, il y a un fruit de qaa. Presque intact. À peine attaqué par les sucs du petit estomac. Je ne suis pas surpris. Certains oiseaux savent lutter contre le fruit. Savent le manger sans qu'il s'installe en eux. Les boissons pour revenir du qaa contiennent du sang d'oiseau, parfois des plumes. Mais la fiente est là où nous avons sacrifié. Il n'y a pas de hasard dans la taïga. Tout est sauvage, tout est Esprit. Alors je demande à l'île si je peux dormir sur place, et elle m'accepte car elle m'a invité.

Après quelques heures en tailleur, à écouter les voix des vents, je m'allonge à même la dalle, les yeux dans le ciel noir. L'étoile se fait voir entre les nuages. Il y a les bruits des bêtes qui suivent les sentes entre les arbres. L'eau qui lèche son lit de pierre. Mais j'entends surtout le silence des cadavres, et je crains demain.

Il y a vingt femmes à trouver. Je me lève avec le soleil, et je passe ma journée à sillonner l'île. Je retrouve un à un les corps raides, aux doigts bleus. L'arbuste de qaa perce déjà la peau de certains. Les yeux fermés, je remercie les corps de s'être offerts. La plupart des âmes sont parties rejoindre leurs ancêtres, et je suis heureux pour elles. Mais sur la rive du levant, la forêt n'est pas tranquille. Elle souffle une haleine chargée. Je ne suis pas le bienvenu. Les épinettes se serrent les unes contre les autres, me dessinent des couloirs étroits et des ombres coupantes. Mon ventre est serré. Dans ma main, j'égrène mon collier de dents d'ours pour invoquer son courage. L'aigle veut que je dépasse ma peur. Alors je descends jusqu'à l'eau, et je me sépare de mes habits, de ces peaux devenues peaux d'Homme à force de s'imprégner de mon odeur. Et, pas à pas, je rentre nu dans l'Œil-Lac. L'eau me lave de mon impureté, et de mes Mauvais Esprits collés sur mes lèvres, mes oreilles, mon sexe, mon anus. Ils campent sur nos orifices pour nous pénétrer quand nous sommes faibles. Je m'assois sur le fond de galets, et j'attends que le froid me saisisse. Puis, doucement, je remonte sur l'Île-Esprit, pour entrer dans la forêt épaisse.

La résine suinte sur les troncs. Les branches basses meurent de ne plus recevoir de soleil. Les mousses rampent vers les trouées, vers les troncs abattus par la foudre et le vent. Souvent je crois voir un ours dans une souche, et mon cœur s'emballe. L'aigle me teste. Je lutte pour être à la hauteur. Je remonte vers l'âme qui gonfle de ne pas vouloir crever. Qui tourne en rond, et empoisonne l'air de sa colère. Je trouve le cadavre dans un creux de lumière. C'est celui de la femme au tambour. Je reconnais son visage, même blême, même baigné dans la boue. C'est la femme pour laquelle ma peau de caribou a changé sa voix. C'est la femme qui ne veut pas franchir la porte. Ses ongles sont noirs de terre. Elle a fouillé le sol profond. Son corps est encore modelé par l'angoisse, quand les autres ont retrouvé le calme dans la mort. Alors je vois ce que j'aurais dû voir quand le présage s'est manifesté. Je vois ses formes rondes. Ses seins qui tirent ses vêtements. Ses hanches. Cette femme était une femme pleine. Tout en mourant, elle continuait à grossir. Une âme qui erre est un animal acculé. Qui n'attend rien de ce monde ni du suivant. Qui se nourrit de peur et de haine. Elle n'aime pas que je sois là. Elle me tourne autour, me glisse sur la peau. Je ferme les yeux pour lui parler. Mais il n'y a pas de pardon pour les Yeux-Rouges. Pas plus que nous pardonnons aux Longues-Tresses d'être Longues-Tresses. Je m'approche et je pose ma main sur son front. Raidi par le froid. Crevassé par les pluies et le vent. Puis je veux mettre ma main sur son nombril, mais j'ai un mouvement de recul au moment de poser mes doigts. Un mouvement de fascination et d'effroi.

Le ventre n'est pas mort. Il est encore chaud. Le bébé est vivant. Il lutte contre la faim. Il est faible. Mais il est vivant. Il retient sa respiration en attendant un miracle. Refuse d'être empoisonné par le sang de sa mère. Avec ses pieds, il pèse sur les parois comme on défend une palissade. La plante fait son nid, et il ne partage pas le sien. L'île a entendu son désir de vie et a murmuré à l'aigle de venir me chercher. Parce qu'il n'y a plus de Longues-Tresses pour sauver cet enfant, seulement des Yeux-Rouges dans cette partie de forêt. Mon cœur tremble. Je fais demi-tour. Les dents d'ours sautent sur mon torse quand j'enjambe les troncs et les mares de boue. Je récupère mon couteau dans mon tas de vêtements et je retourne à la femme, sans prendre le temps de me rhabiller. L'âme s'affole quand elle voit ma lame. Elle protège son bébé comme une louve. La paume bien à plat, je l'écarte de mon chemin et me mets à genoux. Je pense aux saumons dont on tire le caviar. Il faut aller vite pour ne pas faire souffrir. J'inspire. Et j'incise le ventre d'un geste vif.

Je dépose le bébé dans ma toque de fourrure, et le tiens au chaud. C'est une fille. Alors l'âme s'apaise de me voir tendre. Et comprend enfin que j'aide ceux qui veulent vivre. Et ceux qui doivent mourir.

5

J'ai allumé le feu du conseil. J'ai réuni les grandes familles pour présenter le bébé. Pour l'instant, elle dort blottie contre mes côtes. Elle s'enivre de chaleur et cuve son lait. Une femme m'en a offert sans poser de question, heureuse que ses seins nourrissent plus que ses propres enfants. Les flammes font craquer le bois, roussissent les visages dans la nuit sans lune. Je danse mon récit en silence. Personne n'a le droit de frapper le tambour sacré, alors je pense mon tambour dans ma tête. Je mime l'aigle qui survole le camp. Les cailloux qui parlent au contact de l'eau. Les nuages au-dessus de l'Île-Esprit. Le fruit rouge dans la fiente. La forêt qui abrite l'âme malheureuse. Enfin j'ouvre les peaux qui recouvrent mon ventre et je montre l'enfant. L'enfant déesse. L'enfant qui ne voulait pas mourir avant d'avoir vu le monde. L'enfant qui tient tête au qaa. Je la montre bien haut. Je fais le tour du feu pour que chacun puisse la voir. Alors je m'adresse aux Yeux-Rouges, et je leur dis :

— Sages des clans de la truite, du renard et du castor : voici Fille-Rousse, l'enfant de la prédiction. Celle dont parlent nos ancêtres depuis la création du grand cercle du monde. Celle qui est plus dure que le bois. Plus brûlante que la braise. Plus souple que le serpent. Plus adroite que l'ours. Celle qui doit nous montrer le chemin. Mes parents l'ont guettée, et mes grands-parents avant eux. Elle s'est fait attendre. Mais cela se comprend, car nous étions sur le chemin. Et maintenant que les Barbes piétinent nos territoires de chasse, nous sommes divisés. Les Yeux-Rouges des toundras et les Yeux-Rouges des terres intérieures n'arrivent plus à s'écouter. Les camps des uns ne sont plus les camps des autres. Nous hésitons sur la marche à suivre. Voilà pourquoi l'enfant est là. Pour nous donner la direction. C'est une enfant Longues-Tresses. Mais c'est une enfant de la terre. Car rappelez-vous que nous sommes tous du même sang, nous qui avons la peau de résine. Elle est née pour vivre avec nous, et je vous demande de lui faire une place dans vos foyers et dans vos cœurs.

Après moi le silence. Le grand silence des grandes décisions. Les regards sont concentrés sur le feu et l'enfant. Enfin, le Chef se lève pour prendre la parole :

— Chamane, nous avons confiance en toi. Tu as souvent prouvé tes talents. Tu as chassé l'Esprit qui avait trouvé demeure dans ma femme. Tu as vu la victoire contre les Longues-Tresses et le plaisir de l'île qui a reçu nos sacrifices. Mais tu nous dis aujourd'hui que tu as dans les bras l'enfant de la prédiction. Tout le monde connaît Fille-Rousse. Son récit est dans tous les berceaux, pour endormir les bébés. Elle donne le courage à ceux qui passent à l'âge adulte. Elle aiguise nos lames de guerre et les pointes de nos flèches. Elle est même chez les Longues-Tresses, et chez celles et ceux qui ne sont pas nés au-delà du grand lac salé. Alors, je te demande, Chamane : pourquoi serions-nous, nous, élus pour accueillir cette enfant ? Et pourquoi ne serait-elle pas née du ventre d'une de nos femmes, si le gardien de l'île veut nous la confier ?

Face au Chef, je prends mon temps pour installer la toque de fourrure juste devant ses pieds. Dedans, je dépose l'enfant. Même dans la nuit, je peux voir ses petites lèvres téter l'air, et s'étonner de son goût de fumée.

— Je ne connais pas les raisons des Esprits, je réponds. Mais les Esprits m'ont parlé. Et je les ai écoutés. Je suis celui qui met Fille-Rousse dans les berceaux. J'ai raconté Fille-Rousse à tous les Habitants, alors qu'ils n'avaient pas encore reçu leur nom. Je sais reconnaître Fille-Rousse quand je l'ai dans les bras. Fille-Rousse est née dans la terre, et j'ai trouvé cette enfant dans la terre. Rappelez-vous les légendes de Fille-Rousse. Elle est parfois femme et parfois arbre. Et cette enfant est née d'une mère humaine et d'un père plante. Elle a le grand sang. Regardez-la dans les yeux. Regardez ses mains. Regardez ses cheveux noirs. Regardez sa peau. Regardez-la et vous saurez.

Après ça, il y a de longues discussions. Les Yeux-Rouges sont rapides pour tuer un ennemi. Beaucoup plus lents pour faire entrer une nouvelle personne dans la tribu. Seuls les mariages et les prises de guerre mélangent le sang dans les tentes. Autour de moi, les visages sont durs, cuits par la chaleur du feu. Les bras sont croisés. Finalement, c'est l'aîné du clan du renard qui trouve les mots pour faire pencher le débat. C'est un jeune brave. Mais il parle comme s'il avait déjà vécu plusieurs vies. Et, quand je le vois se mettre debout, je sais déjà qu'il va être de mon côté :

— Si je me rappelle bien, dit-il, les récits disent qu'avant d'être Fille-Rousse, Fille-Rousse est comme les autres bébés. Ce sont les saisons qui la baptisent. Ce sont les animaux qui viennent la voir et lui parler. C'est son corps qui affole les hommes quand elle se laisse caresser. C'est sa fougue qui entraîne les tribus sur un chemin plutôt qu'un autre. Laissons-la vivre avec nous. Si elle est Fille-Rousse, Fille-Rousse se manifestera. Si elle n'est pas Fille-Rousse, elle sera un enfant parmi les autres.

Voilà. La nuit a adopté l'enfant. Car cette parole est reconnue comme sage, par les sages comme par les simples. Et les discussions ont beau continuer, la majorité a choisi. L'enfant n'aura le nom de Fille-Rousse que dans la bouche de ceux qui voient Fille-Rousse en elle. Pour l'instant, seulement dans ma bouche. Je suis le seul à avoir assisté à ses exploits. À avoir senti sa force de vie. Pour les autres, elle n'est qu'une enfant sauvage. Mais je sais qu'un jour ils la reconnaîtront. Le reste de la soirée sert à décider qui va s'en occuper. Les uns pensent qu'elle doit être livrée à elle-même. Que c'est le seul moyen de savoir si elle est ce qu'on dit. Mais les récits disent que Fille-Rousse meurt aussi. Et que Fille-Rousse aime la chaleur des tentes. On ne la fait pas dormir avec les chiens si on croit en elle. Alors l'enfant reçoit une mère. Les sages ont décidé. Une mère qui n'a pas pu avoir d'enfant. Elle porte le nom de Roseau-Fendu.

II

6

Une famille n'a pas survécu à l'hiver. Alors que tous les canots sont revenus de leurs réserves à castors, que les Yeux-Rouges ont chacun descendu leur rivière pour redevenir tribu, il manque encore quatre Habitants. Un homme, une femme et leurs deux enfants. Nous attendons une semaine. Mais le ciel ne s'émeut pas des morts. Et il faut continuer. Il faut remercier l'été avant que l'été nous passe sous le nez. Le soleil ne brille pas pour nous voir pleurer nos disparus. Aucun chagrin ne peut annuler la fête du saumon. On l'appelle comme ça à cause des eaux poissonneuses. À cause des ours qui guettent depuis les passes pour nourrir leurs petits. D'habitude, c'est ma fête préférée. Parce que c'est le début des beaux jours. Parce qu'on retrouve les autres. Mais cette année, j'ai l'impression que l'hiver a été plus long. Je vois ça sur les visages des garçons. Ça ne m'avait pas marquée les années précédentes.

Cette année, je les trouve transformés. Les plus jeunes comme les plus grands. Comme si les saisons n'avaient jamais trouvé à se faufiler dans ma tête. Et soudain y étaient entrées, sans que je sache comment. J'ai un pincement au cœur quand Orage-Blanc me salue, après avoir déposé les peaux qu'il portait sur l'épaule. D'abord, je ne comprends pas pourquoi. Je n'ai pas le recul pour interpréter ce genre de sentiment. Je remarque les voix d'enfants qui sont devenues des voix d'hommes. Il y a des filles qui ont la poitrine arrondie. Mes amis ont grandi. Je crois être la seule à être restée comme avant, la même petite fille, mais on me dit que non. On me dit que mon corps s'est allongé, et que mes yeux sont des amandes. Alors je suis heureuse de voir que je n'ai pas été oubliée, et je passe à autre chose. Je m'enfonce de nouveau dans la touffeur de l'enfance.

Ce n'est que bien plus tard que j'y repenserai, me disant que, peut-être, ce sentiment d'angoisse était le premier pas d'un long voyage vers l'âge adulte. Aujourd'hui je suis comme le jeune renard qui saute sur ses frères. Qui mordille les oreilles. J'ai le dos rond de joie. La fête est dans deux jours. J'aime traîner dans les pattes des femmes qui préparent la viande. J'aime regarder les pigments qu'on écrase dans les bols jusqu'à ce qu'ils soient gras, qu'ils s'étalent sur les visages. Suivre les pinceaux qui ravivent les couleurs. J'aime cette excitation des mains qui caressent le bois. Les masques qui s'ébauchent dans un morceau de tronc, laissant derrière eux des nids de copeaux. Les adultes s'agitent et, pendant ce temps, les enfants s'ébrouent. Les beaux jours sont une plaine de jeux. La fête nous embrase. Avec les garçons, on grimpe aux arbres. On fait un barouf d'ours en se faufilant entre les branches, on monte le plus haut possible et les cimes se tordent sous notre poids. Les grands nous voient depuis le village. Ils disent que la forêt rit. Il y a un arbre qu'on aime plus que les autres. C'est un bouleau. Peut-être le dernier des terres froides. Après, il n'y a plus que des aiguilles. Lui, il a fait sa place, et il a grandi au-dessus de tout le monde. Alors on l'aime d'être différent. On aime son teint blanc de galet. Ses branches basses qui se laissent épouser par nos mains, son feuillage clair et rond comme les premières neiges, son écorce lisse, qui ne durcit pas la peau des doigts. Il m'a manqué pendant l'hiver. La première chose que j'ai faite en arrivant, c'est de retourner le voir. J'ai grimpé, me suis assise sur toutes les fourches, pour être sûre que mes fesses se souviennent des sensations. Puis, pour redescendre, je me suis balancée depuis la dernière branche, et me suis laissée penduler quelques secondes, les pieds dans le vide. Je fais toujours ça. Pour le frisson quand je me jette. Et pour le deuxième frisson quand la branche me rappelle en arrière. Alors je comprends que je pèse, malgré ma jeunesse. Pas autant que ma mère et son derrière d'orignal. Pas autant que les guerriers taillés comme des rochers. Mais assez pour que mon ventre se serre quand je prends de la vitesse. Assez pour imaginer la force du choc si je tombe sur le dos. Alors je me dis que mon corps est mon propre jeu, et qu'il ne cesse de grandir. Je suis heureuse, parce que je n'aurai besoin de personne pour m'amuser, s'il n'y a plus personne un jour.

Depuis le printemps dernier, on joue aux guerres tribales. Au début, il y avait ceux qui jouaient les Yeux-Rouges, et ceux qui jouaient les Longues-Tresses. Mais on s'arrangeait toujours pour faire perdre les Longues-Tresses et, à force, on s'est lassés. Alors on a inventé de nouvelles tribus, et le combat est plus équilibré. Il y a la tribu de la Neige, et la tribu des Grandes Chaleurs. Chacun a son camp. La tribu de la Neige s'est fait une grotte de bois et de feuilles. Celle des Grandes Chaleurs vit dans le bouleau. On s'attaque à coups de pommes de pin. On essaye de se surprendre. J'essaye de ne pas penser, ne rien penser, pour oublier qu'on est en guerre, pour rendre le jeu plus vrai. Mais je n'y arrive pas beaucoup, parce que je n'ai qu'une envie : balancer ce que j'ai dans la main sur un ennemi. En pleine tête, si possible. C'est ce qui donne le plus de points. Quand quelqu'un est touché, on le soigne dans la tente tremblante. C'est moi qui ai inventé ça, au printemps dernier. On l'a fabriquée avec des morceaux d'écorce trouvés par terre. Elle n'est pas assez grande, alors le blessé a les pieds qui dépassent. Le problème, c'est que personne ne voulait faire le chamane. Les garçons disaient qu'on peut jouer aux guerriers, mais que le chamane c'est autre chose. On ne peut pas faire semblant d'avoir ses pouvoirs. Du coup, la tente tremblante ne tremblait pas beaucoup. Et les blessés n'étaient pas beaucoup soignés. Je trouvais ça nul. J'ai décidé de prendre le risque. J'ai joué la chamane. J'ai tapé sur un tronc creux pour le tambour. J'ai fait vibrer l'écorce pour chasser les Esprits. D'abord je n'ai pas eu peur. J'étais fière de faire quelque chose que les garçons ne voulaient pas faire. Quelque chose d'interdit. Je me sentais forte, et je riais de les voir mal à l'aise. Mais la peur des autres a fini par entrer en moi. Après, quand je croisais le Chamane dans le camp, je trouvais qu'il avait un regard étrange. Il me souriait comme s'il savait. Pendant plusieurs nuits, j'ai eu peur d'avoir attiré de mauvaises choses et je me réveillais souvent pour surveiller autour de moi. Mais les ombres ne bougeaient pas. Seules les braises au centre de la tente haletaient doucement, et la fumée maigre s'élevait vers l'ouverture. Le calme des étoiles finissait par me rendormir.

Cette année je suis grande. Je ne veux plus

jouer avec les Esprits. Quand j'ai vu que notre tente tremblante avait été mangée par l'humidité, j'ai été contente. Ça me fait une bonne excuse pour ne pas reprendre le rôle du chamane. Je vais vous dire : je suis la cheffe de l'enfance. J'ai toujours été celle qui ose. Celle qui s'aventure plus loin que la limite donnée par les parents. Celle qui propose les jeux qu'on adopte sans réfléchir. Celle qui voit les cabanes dans les reliefs de la forêt, et qui les habille d'un rien pour en faire des rêves de gosses. Je suis celle qui dit non aux adultes. Et quand je change d'idée, que l'arbre m'ennuie, personne ne me demande de rester. Personne ne me demande de raison. Je brise l'élan d'un jeu quand mon élan est ailleurs. Mais ils pourraient continuer sans moi. Ils sont assez de garçons, et assez de têtes pour faire tourner un monde imaginaire. Ils ne le font pas. Ils laissent l'énergie retomber. Et moi je ne dis rien. J'aime trop les voir sur leurs branches, soudain stupides de ne plus savoir quoi faire, soudain fruits qui se sont trompés d'arbres. J'aime qu'ils ne sachent pas jouer sans moi.

En fait, depuis l'année dernière, c'est un peu moins vrai. Parce qu'il y a aussi Orage-Blanc. Lui aussi est chef de l'enfance. D'une certaine manière, on se partage le rôle. Il est plus jeune que moi de quelques mois. Et quand nous étions petits, ça faisait une différence. Quand on se battait, c'était toujours lui qui finissait dessous, et moi sur son torse pour l'empêcher de bouger. Quand ses forces lui manquaient, et qu'il était saisi par l'angoisse de l'impuissance, il faisait la grimace et prétendait qu'une aiguille de pin lui rentrait dans le dos. C'était une manière d'abandonner sans jamais le dire. Je ne l'ai jamais moqué pour ça. On ne joue pas avec l'orgueil d'un chef. Pour le rôle du chamane, c'est pareil. Je sais que si on me demande de ressortir le tambour d'arbre creux, je dirai oui alors que je pense non. Et je le dirai avec la tête haute : bien sûr que je vais faire vibrer l'air de la forêt ! Bien sûr que je vais entrer en transe pour chasser les Esprits ! C'est le problème quand on est chef. On peut avoir ce qu'on veut, sauf la peur au ventre. Avoir peur, c'est tuer le chef en nous. Et mourir aux yeux des autres. Personne ne m'a demandé de rejouer. J'ai cru qu'Orage-Blanc allait le faire. J'ai cru qu'il allait me mettre face à mes responsabilités. Il n'a rien dit. Et nous avons laissé les blessés souffrir de leurs blessures.

Le jeu est timide, cette année. Il reprend avec maladresse. Les garçons sont encore engourdis par l'hiver. Chacun d'eux a éviscéré des castors. S'est enfoncé dans la neige jusqu'aux genoux. A brisé la glace des rivières pour tirer l'eau des marmites. A secoué sans fin la neige collée sur les vêtements. A mâchonné des lanières de peaux pour les attendrir, pour faire du fil ou des raquettes. La rudesse du froid est encore dans les têtes et les corps. Ce n'est pas facile de dégeler l'enfance. Il faut réchauffer. Malaxer. Il faut pétrir l'adulte en eux pour lui redonner la souplesse des jeunes années. Moi aussi je me sens rouillée. Et mon envie de guerres tribales ne suffit pas à conjurer l'hiver. J'ai aussi en moi la mémoire des mois difficiles, et presque l'impression de ne plus connaître les autres. D'être de nouveau une inconnue pour ces garçons qui m'ont vue grandir. De ne plus pouvoir les emmener dans mes histoires. J'ai du mal à remotiver ma tribu des Grandes Chaleurs. Quand ils ramassent des pommes de pin pour préparer une attaque, ils ne sont pas habités comme l'année dernière. Ils n'ont plus la même excitation. Ça devrait me mettre la puce à l'oreille. Mais on ne croit pas au changement, jusqu'à ce qu'il nous saute à la gorge.

7

Nous sommes partis au lac prendre le premier bain de la saison. Il y a cette petite plage où on va toujours. On l'appelle la plage des hommes, parce que les femmes ne prennent pas la peine de l'atteindre. La plage des hommes est une plage qui se mérite. Il faut se coller au rocher, sentir la pierre sur la peau, arquer le pied pour atteindre les prises, marcher à l'équilibre sur un tronc. J'aime ce rituel, qui lui donne une saveur particulière. Je ne dirais pas que notre plage est mieux que la plage des femmes. Elle est moins vaste. Quand tout le groupe y va, on se couche presque les uns sur les autres. Et puis la pente est plus raide pour entrer dans l'eau. Mais ce qu'on aime, c'est qu'on est seuls. Abrités des regards, on se sent heureux. Depuis des années, après le bain, on se laisse sécher, nus sur le sable, et nos peaux froides tremblent quand la brise nous effleure. Les odeurs de tourbe, de bois humide et de résine nous assomment comme l'alcool que j'ai bu un jour dans le bol de ma mère. Peut-être qu'il n'existe pas de bien-être plus fort que celui que je ressens quand je me mêle au liquide, que mon corps est entièrement léché par l'eau, et que je reviens à mon état forestier. C'est pour ça que je suis excitée de revoir notre plage. Je n'y suis jamais allée seule. Elle est trop loin du camp, les adultes nous l'interdisent. Et puis ce n'est pas comme l'arbre, où je n'ai pas besoin des autres. Dans l'arbre, je peux toujours grimper, me pendre la tête en bas, me balancer. Plonger seule, par contre, ne m'amuse pas. Ce que j'aime, c'est faire la course avec Orage-Blanc à qui se déshabillera et entrera le plus vite. Et éclabousser, quand les garçons ont de l'eau jusqu'à la taille, qu'ils tiennent leurs bras au-dessus de la surface, maladroits, que le froid leur prend le ventre et qu'ils sont trop loin du bord, trop avalés par le lac pour faire demi-tour. Alors ils reçoivent mes tempêtes sans pouvoir bouger, et serrent les dents jusqu'à ce que j'arrête, mais j'arrête seulement quand leurs cheveux collent à leurs visages. Après, j'arrose Orage-Blanc pendant qu'il m'arrose aussi, jusqu'à ce que l'un des deux en ait assez, et généralement l'effort nous donne très chaud pour pouvoir rester dans ces eaux à peine descendues des montagnes.

Aujourd'hui je gagne contre Orage-Blanc. Trois pas précipités et je plonge, et ma tête se ferme aux bruits terrestres pour n'entendre que les bouillons d'eau que mon corps soulève, les bancs de bulles. Quand j'émerge et ouvre les yeux, je souris d'être la première. Heureuse d'être la plus rapide. Mais Orage-Blanc est seulement nu. Pas mouillé. Orage-Blanc prend son temps. Je le regarde. Il s'en fout, et tout son visage le dit. Il joue un autre jeu, qui efface mon sourire, et qui me fait entendre mes cheveux goutter. Son jeu n'a pas de nom. Son jeu, c'est le canot qui fend la surface. Qui ouvre l'eau en deux. Qui file sans dévier, emporté par son élan, car il a été construit par des mains qui connaissent les équilibres de la rivière. Il avance jusqu'à moi. Souple. Superbe. Sans trébucher sur les galets qui roulent sous les pieds. Sans marquer de pause quand l'eau avale son sexe. Pourtant il m'a raconté souvent la douleur du froid qui saisit les couilles. La rétractation de la peau. Mais son visage n'affiche aucune émotion, agréable ou désagréable, juste le grand silence de la maîtrise de soi, quand il me demande de ne pas l'arroser.

Après, les choses se dérident un peu. Le plaisir revient comme un chien fou. Les garçons me prennent sur leurs épaules et me basculent en arrière. Bien que le principe soit toujours le même, que nous répétions cela chaque année, je ne peux pas m'empêcher de pousser un cri de surprise quand ma tête se retrouve soudain à l'envers. Avec moi, ça peut durer longtemps.

J'en redemande encore et encore. Je ne m'en lasse pas. Mes yeux ne sont pas encore rouverts que mes mains tâtonnent les épaules des garçons pour en trouver un qui se baisse et me laisse chevaucher sa nuque. La différence cette année, c'est que je ne cherche plus celles d'Orage-Blanc.

Je suis la dernière à sortir, quand le froid m'a prise jusqu'aux lèvres bleues. Je veux me blottir dans un creux de plage, me construire un nid pour m'abriter de la brume qui descend de la forêt, car je me sens exposée aux vents, trahie par les galets qui me travaillent le dos et les fesses. Mais il n'y a que la respiration pour calmer les frissons, et le temps pour boire l'eau sur ma peau. Entre les deux garçons qui m'ont ménagé une place, la chaleur finit par revenir. Alors je ressens le plaisir des bras alanguis et des yeux qui se ferment sans dormir. Tout le monde respecte le silence. Même moi qui d'habitude papote.

C'est le sexe de Petit-Renard qui nous tire de notre demi-sommeil. Parce qu'il est dressé comme une flèche. Et les têtes se tournent vers ce petit arbre qui monte vers la lumière, alors que tous nos corps respirent à l'horizontale. Comme si nous étions les racines pour puiser la nourriture qui le fera grossir. C'est drôle. Certains se mettent à rire. Et les rires des uns font rire les autres. Petit-Renard est tiré de sa somnolence, mais il est trop heureux pour être gêné, alors il rit avec nous, et finalement même son petit arbre rit. Je connais les sexes des garçons. Je les ai vus toute ma vie. Je les voyais déjà quand on jouait les fesses à l'air. Et aujourd'hui aussi, dans l'eau du lac. Ils ne me font pas peur, surtout à côté de celui du Chef que j'aperçois en hiver, quand nous vivons en communauté. Quand j'étais petite, je trouvais ça nul de ne rien avoir entre les jambes. Mais mon corps a compris avant ma tête que ce rien n'était pas rien, qu'il pouvait donner beaucoup. Je ne sais pas dire à quand remonte la première fois où j'ai serré mes jambes sur ma couverture de peau. C'était peut-être pour changer de la vieille hiérarchie du dessus dessous. Ou c'est juste le plaisir qui sait se trouver un chemin. Ce que j'ai fait, c'est que j'ai tassé la couverture pour lui donner une forme plus pleine, et je l'ai agrippée, cette forme. J'ai serré mes jambes autour. J'étais allongée sur le côté. J'ai trouvé ça bon, de contracter mes muscles. De me frotter en rythme. J'ai trouvé ça bon, d'accélérer mon sang, de me faire monter le rouge aux joues. Je ne comprenais pas encore que tout venait de mon ventre. Je ne sentais pas que, quand je serrais mes cuisses, je serrais aussi le petit rien contre le pli de cuir.

Depuis, je ne suis plus jalouse des sexes des garçons. Même si, parfois, je suis curieuse de savoir comment ça marche. Une fois j'ai demandé qu'on me montre. Un garçon a tiré sur sa peau pour me faire voir son gland. Ça m'a étonnée. C'était beaucoup plus compliqué que ce que je pensais. J'ai été fascinée par la fente qui fait pipi. Des fois je me demande si j'ai bien vu. Sauf qu'on n'a pas toujours l'occasion de vérifier si notre souvenir est conforme.

C'est pour ça que, quand le sexe de Petit-Renard monte, et que tout le monde commence à le regarder, je me relève pour mieux voir. Avant je ne m'étais jamais posé la question de savoir à quoi servait l'érection. C'était comme le tour d'un Mauvais Esprit, que seuls les garçons connaissent. Peut-être que j'ai grandi, c'est vrai. Parce que maintenant ça m'intéresse. Alors on rit de moi, mais c'est normal de vouloir comprendre. Je dis que je n'ai jamais vu de sexes levés, que je ne les connais qu'au repos. Et encore, souvent rétrécis par l'eau du lac. Tout le monde continue à rire. Sauf Orage-Blanc : *Vas-y*, il me dit. *Approche-toi pour voir. Petit-Renard va te montrer. Mais alors, toi aussi tu dois montrer le tien*. Et comme je suis d'accord, et que Petit-Renard est d'accord s'il peut aussi voir le mien, alors je regarde de plus près.

Je ne sais pas si je devrais le dire, mais en fait, ce que je ressens en regardant le sexe de Petit-Renard, c'est du dégoût. Cette petite chose qui est grosse jusqu'à se tenir debout, ça me semble monstrueux. En plus, alors que je commence à peine à regarder, Petit-Renard redescend. Son sexe crève comme un oiseau abattu en plein vol. C'est bizarre cette chose vivante. Comme s'il y avait un garçon dans un garçon. Longtemps, je vais y penser. Sur le coup, je fais bonne figure. Je dis merci, et j'honore ma part de l'échange. Je m'allonge sur les galets, à la lisière de la forêt, pour leur laisser la place de voir. Pour les laisser être plusieurs en même temps. J'écarte doucement les jambes. Et je tourne la tête sur le côté. Si bien que je suis la seule à ne pas me regarder. D'abord j'ai peur. Puis je suis heureuse de ces regards. De sentir leur plaisir. Ou ce que je crois être du plaisir. J'ai l'impression que mon ventre est chaud. Il me brûle de l'intérieur. Seuls la houle du lac et quelques galets brisent le silence, qui cognent les uns aux autres selon les déplacements des garçons. Après, je me rhabille. Les garçons aussi.

Nous sommes arrivés au bout de ce que la sexualité de l'enfance peut nous proposer. Plus tard, quand mon corps aura avancé dans la vie, j'aurai peur en revivant ce moment. J'aurai peur qu'un garçon m'ait touchée. Mais c'est une peur d'après. Une peur de la connaissance. Car sur le coup, toucher le sexe, ça n'existait pas. Ce que nous avions fait, c'était déjà aller au plus loin de nous-mêmes. C'était déjà faire l'amour. Je pense que cet événement a précipité les choses. Orage-Blanc devait déjà avoir médité sur ma place dans le groupe, et certainement que ça lui brûlait les lèvres depuis que la tribu s'était retrouvée. Mais je crois que la plage lui a rappelé que j'étais une fille. Peut-être que son désir lui a fait peur. Peut-être qu'il s'est imaginé les baignades des années suivantes, et qu'il a eu peur de ce que nos désirs allaient devenir et nous faire.

Combien de temps encore tu vas pouvoir faire des choses de garçon ? C'est ce qu'il m'a dit, sans me regarder.

8

Très vite je n'ai plus joué avec les filles de mon âge. Je préférais les garçons. Les filles n'allaient pas en forêt. Elles copiaient leurs mères, berçaient les petites sœurs, jetaient des herbes dans la marmite. Ça ne m'intéressait pas. Je voulais courir. Je voulais voir les arbres derrière les arbres. Je voulais surprendre des hardes de cerfs dans un creux de terrain. Entendre le roulement de leurs sabots. Voir les castors construire des barrages, les oursons s'égayer, veillés par leur mère. Repérer les nids d'aigles dans les branches. Je voulais tous les animaux, et pas seulement morts et déshabillés de leurs peaux, leur viande séchée pour les jours de froid. Combien de temps encore ? Combien de temps encore je vais déranger l'ordre du monde ? Combien de temps encore je crois pouvoir échapper à être une femme ? À faire des choses de femme ? Voilà ce que j'entends dans sa question.

Je n'ai pas besoin de toi, Orage-Blanc. Je

n'ai jamais eu besoin de toi. Et quand tu poses cette question, tu débordes déjà de ta vie sur la mienne. J'ai demandé à ma mère, une fois. Je lui ai posé presque la même question. *Roseau-Fendu, est-ce que je vais être obligée de faire des choses de fille, plus tard ?* Ma mère est grosse. Sa peau danse sous ses bras. Quand elle s'assoit, ses vêtements gonflent. Quand elle cueille les fruits, son panier est moitié moins rempli que celui des autres, et ses genoux sont deux fois plus sales. Je ne vais plus aux airelles. Avant, quand la file des femmes s'enfonçait dans la forêt, je restais avec Roseau-Fendu à l'arrière. Je faisais des allées et venues. J'étais comme un chiot, à parcourir quatre fois la distance, à élargir le sentier car c'est plus drôle de marcher dans la mousse et dans les mares que dans les pas de celles de devant. Des fois je lui tenais la main, avant de repartir au pas de course. Je l'attendais quand elle s'arrêtait pour souffler. J'avais peur qu'elle se perde. La moindre pente lui pliait le ventre. Et les femmes disparaissaient une à une dans un virage, sans jamais un regard pour la traîne. *Allez, maman*, je lui disais. Je bouillais d'impatience. Je rêvais de la voir rattraper le groupe, mais le groupe ne se laissait rattraper qu'une fois arrivé, les doigts déjà colorés par les fruits, les têtes affairées dans les buissons. Alors je ne vais plus aux airelles. Je ne veux plus voir si elle rattrape son retard. Ma mère ne sait pas quand je pleure. Et moins elle le sait, moins je pleure. Sa bouche ne donne ni baisers, ni paroles qui aiment. Seulement quelques phrases pour me faire manger ou me coucher. Elle ne met pas ses mains sur mes joues pour les réchauffer. Elle ne parle pas aux autres femmes, et les autres femmes parlent d'elle. Ma mère écosse les haricots en silence. Elle traverse la vie sans la frôler. Mais ce jour où je lui ai demandé si j'allais devoir faire des choses de fille, plus tard, elle m'a juste dit : *Tu es une fille de la forêt. Tu fais ce que tu veux.* Elle a si peu de mots pour moi que je les ai gardés comme un collier. À même la peau. Et tous les jours, je triture ce collier entre mes doigts. Je fais ce que je veux. *Combien de temps encore je vais pouvoir faire des choses de garçon ?* C'est ce qu'il m'a dit. *Toujours*. C'est ce que je lui ai répondu.

9

Les hommes et les tambours s'enfoncent dans la forêt en attendant la nuit. Ils reviendront pour mimer le retour de la pêche, pour mimer le mouvement du monde qui roule sous nos pieds si nous ne courons pas avec lui. Pendant ce temps, les femmes se préparent. La tourbe est aussi noire que la nuit sans lune. Elle vient des marais de l'aube. On l'a travaillée avec les doigts, jusqu'à la rendre lisse, et presque chaude de nos efforts. Les femmes s'en peignent les visages et les corps. Enduisent leurs cheveux pour en faire une matière à sculpter. Les unes avec les autres, elles s'inventent des coiffures de montagnes, d'arbres et de bois d'orignal.

Ils viennent de très loin. De si loin que d'abord les oreilles n'entendent pas. Mais peut-être que le corps sent les vibrations. La rumeur monte doucement, sans qu'on s'en rende compte. La forêt se tait pour laisser place aux tambours, puis aux chants qui les accompagnent. Ils émergent d'entre les sapins. Les masques sont si larges que les jambes paraissent frêles et les têtes trop lourdes. Les hommes et les femmes ont passé des journées entières à façonner ces bouches qui gobent, ces écailles qui caressent les courants. J'y ai assisté. J'en ai même peint un avec mes doigts. Mais même terminés, il leur manque de naître. Il leur manque d'emprunter le visage d'un homme. Et les voilà. Fous de vie. Ils remontent la forêt en banc. Pressés de frayer dans le sédiment des eaux de montagne. Les femmes, main dans la main, forment une grande ligne de pêche à travers tout le village. Quand les hommes à tête de poisson arrivent au niveau du grand feu, elles referment le cercle, jusqu'à piéger tous les tambours. Alors, sans jamais se lâcher, elles se mêlent aux vagues de la rivière. Elles ondulent. Leurs corps noirs vont et viennent, d'avant en arrière, autour de leurs proies. Elles sont si souples qu'on oublie presque qu'elles sont nos mères, qu'elles sont leurs épouses. Les saumons s'affolent. Tournent les uns sur les autres au rythme de leur peur, et entrevoient déjà leur mort dans les flammes qui montent. Les chants s'entremêlent. Et finalement le filet devient poisson, le poisson devient filet.

Le premier jour est le jour des nageoires. Le jour de la puissance. Le jour qui saute les cascades. C'est le jour des jeux, et les ventres ne sont pas encore ronds d'avoir trop mangé.

D'abord il y a l'épreuve de la flèche. Les cailloux du Chamane choisissent l'ordre de passage. Le Chamane a planté une flèche dans le cœur d'un grand tétras, avant de le pendre par les pattes à une branche. Et, l'un après l'autre, les arcs se tendent pour tenter de se rapprocher de la première flèche. Les traits sifflent et se perdent dans l'immensité. Parfois touchent la cible, qui oscille son poids mort sous l'impact. Quand le Chef se lève, il draine tous les regards de la tribu, qui boit les démonstrations de force et d'adresse comme une eau fraîche. Il s'avance sur la ligne de tir. Il arme. La flèche part. Elle trouve le cœur de l'oiseau, le transperce jusqu'à l'empennage. Son trait se confond presque avec celui du Chamane. Alors il se rassoit, avec l'humilité de celui qui se sait au-dessus, qui n'a même plus besoin de mendier l'admiration. Et c'est en m'hypnotisant sur ce cadavre qui tourne sur lui-même que me vient l'idée de défier Orage-Blanc. Faire les trois épreuves comme les hommes, et le battre. Voilà ce que je veux. Pour qu'il me laisse être un garçon autant que lui. Voire plus que lui. Orage-Blanc est d'accord. Si je perds, je devrai faire des choses de fille, uniquement des choses de fille. Si je gagne, je pourrai prendre la peau d'un garçon. Ce sont les mots que je donne au Chamane, pour qu'il nous laisse une place dans le jeu, au milieu des grands. Et voilà ce qu'il me répond :

Quand les guerriers tuent, les enfants jouent à tuer. Quand les guerriers chassent, les enfants jouent à chasser. Quand les guerriers prennent femme, les enfants jouent à se marier. Mais quand les enfants promettent, ils ne promettent pas moins que les guerriers. Un Habitant n'a qu'une parole. Les Esprits sont témoins. La forêt est témoin. Et je serai là pour la faire respecter. Est-ce que tu es sûre de ce que tu fais ? Est-ce que tu as mesuré ce que tu as à perdre ? Et ce qu'il a à perdre, lui ?

J'ai la tête qui tape, mais je suis prête. Orage-Blanc n'a rien à perdre. C'est pour ça que je vais gagner. Alors, après les hommes, le Chamane nous fait choisir un arc et une flèche. Je prends celle à plumes de corbeau. Parce que je croasse souvent avec eux, quand je suis seule en forêt. Déjà la rumeur de notre défi court dans la tribu. Le caillou me désigne. Je m'avance pour tirer en premier. Le Chamane a tracé une ligne de départ. J'ai le cœur qui bat. Je repense à ce que dit le Chef quand il enseigne à ses petits-fils : *prends une grande inspiration, et bloque.* Ma flèche part. Je veux sauter de joie car la trajectoire est parfaite, mais ma flèche pique finalement du nez et touche seulement l'aile, arrachant quelques plumes. Je reviens tête basse. Mon regard croise celui du Chef au premier rang. Alors j'ai deux fois plus honte d'avoir manqué le cœur. Orage-Blanc prend son temps pour placer ses pieds, pour fixer la cible. Puis il bande son arc.

Sa flèche siffle parfaitement. Mais elle passe à gauche, sans même effleurer la cible. Mes petits poings se ferment tout seuls. La première épreuve est pour moi. Plus qu'une. Plus qu'une et je suis comme un garçon.

Nous passons à la course. Le Chamane décide que nous aurons notre course à part. Pour ne pas être dans les pattes des guerriers. Je marche nerveusement, regardant à peine les hommes se lancer à corps perdu à travers le village. Ce n'est pas le Chef qui gagne. Il y a plus rapide que lui. Mais je m'en fous. Je suis concentrée. Quand enfin les respirations se sont calmées, le Chamane nous mène à la ligne de départ. Juste moi et lui, au milieu de tous. Dans la lumière des flammes qui efface l'aspérité des choses. Le Chamane compte. Trois. Deux. Un. Partez. Je me jette de toutes mes forces dans la course. Mais Orage-Blanc est parti avant moi. Avant le vrai départ. J'ai senti ses pieds bouger avec le signal. Et ça me fait bouillir de rage. Mes jambes montent en puissance. Je pense à toutes les fois où j'ai essayé de suivre les biches, à m'en brûler le corps. Le souffle si court que je n'arrivais plus à entendre la taïga, l'inflexion du troupeau vers les montagnes, et que je ne pouvais plus compter que sur mon œil pour capter les ombres des corps entre les arbres. Alors je rattrape Orage-Blanc, je le talonne. Je sais qu'il me voit, qu'il voudrait accélérer. Mais il ne peut pas. Il est au maximum. Je donne tout ce que j'ai à donner.

Je perds. Je perds seulement d'un pied, mais je perds. Et il y a cette bouffée d'angoisse qui me prend jusque dans le ventre. Parce que la confiance a changé de camp. Je ne suis plus qu'à un point de perdre. De cuisiner toute ma vie par la faute d'un tricheur. La dernière épreuve est l'épreuve de force. Deux par deux, les mains sur les épaules de l'adversaire. Le premier qui fait tomber l'autre a gagné. Les guerriers s'éliminent les uns après les autres. Reste le Chef, et Ours-Assis, le père d'Orage-Blanc. Les jambes essayent de se frayer un chemin, de renverser l'équilibre. À un moment donné, Ours-Assis arrive à pousser le Chef, et la tribu croit à une issue nouvelle. Mais c'est Ours-Assis qui se retrouve au sol, écrasé par plus fort que lui.

Cette fois je me dis que je ne vais pas me laisser surprendre. Que je suis trop gentille, à attendre le signal du départ, au lieu de partir au moment où je l'entends dans ma tête. Quand mes mains sont sur les épaules d'Orage-Blanc et ma tête engagée contre son cou, je me dis que le rythme du Chamane est certainement aussi en moi. J'essaye de compter en même temps que lui. Je démarre comme le serpent. Comme la lumière à l'aube. Je passe mon pied derrière le mollet d'Orage-Blanc et je me jette de tout mon poids en avant. Alors il bascule. Je suis aussi surprise que lui car nous tombons ensemble. Il s'écrase sur le dos, et moi par-dessus, qui lui cogne la tête contre le sol.

Je regarde le Chamane. Je ne suis pas sûre d'avoir gagné. C'était trop rapide. Mais il me dit que oui, avec un grand sourire. Et tout son visage confirme ma victoire. Et sa signification. Que je peux être un garçon, si je veux. Une fille, si je veux. Tout ce que je veux. Une parole est une parole. Les Esprits de la forêt nous ont regardés et ils ont vu que j'ai gagné deux fois et Orage-Blanc une. Alors je tape sur ma poitrine, et je lance mon cri, et mes poings martèlent tout ce qu'il y a de tambours en moi : mes côtes et mon ventre, mes cuisses et mes joues. Comme les adultes quand ils reviennent de la guerre. Qu'est-ce que j'aime ça ! Qu'est-ce que j'aime gagner ! Je veux faire la fête car j'ai gagné ma vie. J'ai gagné d'être libre. Et comme je n'ai personne pour partager mon bonheur, pas de mère pour danser avec moi, pas d'ami pour se réjouir pour moi depuis qu'Orage-Blanc a décidé de grandir, je cours voir mon arbre dans la nuit. Je l'escalade jusqu'à la dernière branche, mes mains fiévreuses sur son écorce qui trouve encore à être lumineuse, même dans le noir. Qui flotte comme un lambeau de brume. Sentir sa force dans ma paume, c'est tout ce dont j'ai besoin. Je saisis une branche de mes dix doigts, qui se touchent à peine quand ils essayent d'en faire le tour. Pour éprouver cette peau qui a passé l'hiver dehors. Pour ouvrir le lent dialogue avec le bois.

Quand je reviens au village, il ne reste que les queues des poissons sur les braises. Noircies par le feu. La plupart des Habitants sont allés se coucher. Certains sous un arbre, lovés comme les chiens dans les aiguilles. Je ramasse ce que je trouve à manger. Ces morceaux abandonnés, je les trouve meilleurs que mes meilleurs souvenirs. Meilleurs parce que durs sous la dent. Meilleurs parce qu'ils veulent être mâchonnés. Meilleurs car ils sont couverts de cendre et se rongent comme des graines d'écureuil.

Le deuxième jour est le jour des filets. C'est le jour du plaisir. Le jour rose. Le jour des chairs tendres. La fête ne reprend que le soir. La journée fait comme si de rien n'était. Les femmes cuisinent et les hommes chassent. Seuls les masques, piqués au sommet de perches autour du village, nous rappellent que le Grand-Saumon est avec nous. Leurs petites bouches découpent des bulles de ciel. Dès que le soleil roussit, les danseurs reviennent. Déjà les pas sont plus fatigués que la veille. Ce soir il n'y a pas de jeux. Juste des dents voraces qui célèbrent l'abondance. Des visages qui se barbouillent de graisse de rivière.

Le troisième jour est le jour des têtes. Bouillies dans une soupe de haricots. Le poisson n'est plus que le goût de poisson. C'est le jour qui ne se voit pas. Le jour des Esprits. Le troisième jour, personne ne parle, et personne ne joue. Seul le tambour rythme la descente du soleil vers le renflement du monde. Il n'y a qu'une seule règle : il est interdit de manger autre chose que la soupe. Il est aussi interdit d'en manger trop. Il faut manger clair, pour laver le corps, et élever l'âme. Pour le reste, chacun s'occupe comme il veut, à condition d'être seul. Beaucoup s'allongent à même le sol. Regardent le ciel ou les branches danser avec le vent. Somnolent.

Ma mère est échouée au milieu du chemin, en lisière de forêt. On ne voit qu'elle. Son gros corps m'énerve. Pourquoi se mettre là ? Pourquoi là, au lieu de se glisser dans un ombrage, dans un nid de racines ? Pourquoi cette journée, qui estompe les Habitants, n'arrive pas à l'estomper ? Mais je ne dois pas penser à ça. Je le sais. La colère n'a pas sa place aujourd'hui. Aujourd'hui, il n'y a pas de différence entre la pierre et l'arbre, entre l'arbre et le chien, entre le chien et l'Habitant. Le Grand-Esprit ne préfère aucune de ses créatures aux autres. Il les aime toutes de la même façon. Parce qu'Il nous a donné à tous une vie, et un endroit pour vivre. Et si la montagne soulève le grand tapis de la forêt, c'est que le Grand-Esprit l'a décidé ainsi. Le troisième jour, nous respectons cela, encore plus que le reste de l'année. Il n'y a pas de raison pour que les hommes se permettent de tenir les chiens à un arbre. Le Chamane, au matin, les a détachés. On les voit fureter dans les foyers encore tièdes de la veille, croquer des restes. Au début ils gémissent. Sont dérangés par le silence, par notre absence. Se battent parfois pour une place au soleil. Personne n'intervient. Ils finissent par s'endormir eux aussi, contre le flanc des Hommes qui les nourrissent. J'ai remercié l'arbre, ce matin. Mais je n'ai pas dormi en lui. Je passe déjà beaucoup de temps à ses côtés, l'été. Aujourd'hui je voulais remercier d'autres branches, d'autres feuilles. Et dans ma tête j'ai pensé aux biches qui m'ont appris à courir plus vite, à courir plus fort. Je n'ai pas battu Orage-Blanc sur la course, parce qu'il a triché. Mais je sais que je suis plus rapide que lui. Et qu'elles m'ont donné la force de dépasser l'injustice. C'est grâce à elles que je peux vivre comme un garçon, et continuer à chasser leurs petites fesses qui me fuient entre les arbres.

10

Mais le temps de la terre avance et recule quand celui des Habitants ne fait que s'accélérer puis s'éteindre. J'ai gagné de vivre encore avec les arbres et pas devant ma tente. Dans le même temps, j'ai perdu Orage-Blanc. Lui, il ne reviendra pas. Il ne redeviendra pas celui avec qui je jouais enfant. Il dit aux autres que c'est moi qui ai triché. Que je n'ai pas attendu le départ à l'épreuve de lutte. Il dit que j'ai menti. Il répète que si on refaisait le défi, il gagnerait. Et il me propose plusieurs fois de le refaire, moitié blagueur, moitié sérieux. Je ne veux pas. Est-ce qu'il me faut regagner chaque jour mes droits ? Est-ce qu'il faut se battre cent fois sans jamais trébucher ? Non. J'ai joué selon les règles, et j'ai gagné. Alors les faux garçons, ceux qui baissent la tête devant Orage-Blanc, ne me parlent plus. Qu'ils restent avec lui. Orage-Blanc m'ennuie, et il va les ennuyer tôt ou tard. Il croit que le sang du guerrier coule en lui, alors que ce n'est que le sang de l'orgueil. Je n'ai plus d'attaches. Plus personne. Dans la solitude, je fais une grande découverte : je découvre que ma peur s'est dissipée avec la disparition du regard des autres. Quand je regarde la forêt, ce n'est plus un lieu sombre que je vois. C'est une grande ourse qui m'ouvre ses bras. Je pars de plus en plus tôt, je rentre de plus en plus tard. J'apprends à lire les sentes des bêtes pour ne pas me perdre. À éviter les tourbières qui se dérobent sous les pieds. Mon temps file en toiles d'araignées cueillies de rosées, en lumières rasantes et d'or, en suintements de résine. Quand je m'endors sous une épinette, le parfum d'aiguilles est parfois si fort qu'il couvre le mien et me rend invisible pour les animaux qui ont les yeux dans le nez. Alors je vois mes biches sans avoir besoin de leur courir après. Ce sont elles qui viennent me brouter près des orteils, puis s'effarouchent quand je craque une brindille. Je vois les écureuils qui se poursuivent de branche en branche. Je vois le sol s'animer de milliers de petites mandibules qui travaillent déjà à préparer l'hiver. Ma peau est dévorée de mouches noires, et de moustiques à la tombée de la nuit. Je fais comme les hommes qui partent plusieurs jours dans la taïga : je reste des heures auprès du feu du village. Pour me boucaner les habits, les cheveux et le corps. Et la nuit, je tiens ma peau d'ours serrée contre moi pour couver les odeurs. J'empeste la cendre froide. Même ma mère a les narines qui se plissent quand je viens lui dire bonjour. Mais elle ne dit jamais rien. Et sous ma couche de suie, je laisse les mouches indifférentes.

Puis je m'ennuie d'être seule. Je commence à suivre les hommes. Je me couche tôt pour me lever aux aurores. Je rejoins les départs de pêche. Je me faufile entre les arbres, pieds nus sur la mousse. La première fois j'ai peur, car ils vont loin. Bien plus loin que ce que je peux reconnaître. La forêt devient cet infini qui n'a ni devant ni derrière, un gros animal qui ne sait pas où il va. Je n'ai pas d'autre choix que d'attendre avec eux que passe la journée, pour leur emboîter le pas au retour. Je trouve un arbre pour me cacher et les observer entre les feuilles. Ils relèvent des nasses dans la rivière. Récupèrent les poissons pris au piège et les frappent sur un rocher d'un coup sec. Alors les nerfs se relâchent et les hommes n'ont plus besoin que d'une main pour tenir ces corps d'écailles et les lancer sur la berge. La pêche a l'air bonne, car les hommes rient. Quand les nasses sont vides, ils s'assoient en cercle et ouvrent les ventres pour les évider. Depuis mon arbre je vois que les viscères fument encore quand elles tombent sur le sol. Les seaux d'écorce se remplissent. Les mains sentent les eaux et le sang.

Je marche dans les pas des chasseurs, aussi. Certains ne savent pas s'y prendre. Ils ont les pieds lourds, les sens absents. Ils s'embourbent puis s'étonnent de faire gargouiller les marais quand ils s'arrachent à la tourbe. Ils ne font pas la différence entre les troncs que le dégel vient d'abattre, et ceux qui pourrissent depuis des années. Quand ils croient monter sur une souche solide, leurs pieds s'enfoncent comme dans une sphaigne. Mais il y en a aussi qui entrent dans la forêt par un trou de souris, et qui se coulent dedans comme une rivière dans son lit. Ceux-là, je les admire. J'ai du mal à suivre leurs pas, leur rythme. Ils sont sortis de leur corps d'homme pour emprunter celui du lynx. Ils délaissent les sentiers pour s'enfoncer à la suite des hardes qui écorchent les arbres de leurs flancs.

Aujourd'hui, j'ai perdu mes chasseurs. Ils sont allés trop vite. La panique me prend, de ne plus jamais retrouver le camp, la chaleur de la tente. Je cours pour les rattraper. Pour apercevoir une silhouette entre les arbres. J'ai beau tourner la tête de tous les côtés, il n'y a plus que des branches, à perte de vue, et cette humidité verte qui vous attrape à la gorge. Quand j'ai la certitude que je les ai égarés, je me mets en tête de rebrousser chemin. Il suffit de marcher sur ses pas. Mais la forêt change de visage quand on la regarde dans son dos. Comme si la piste se diluait dans toutes les directions, à peine un filet d'eau sur le point de tarir. Aucun arbre ne me semble familier, aucune branche ne paraît avoir été tordue par le passage d'un homme. Je fais ce que je sais faire de mieux : monter à une cime. Je me faufile entre les aiguilles, souple et agile. Quand je suis tout en haut, je regarde au loin cette taïga immense. Je crois voir de la fumée, mais c'est tellement loin que j'ai les jambes toutes molles à l'idée de devoir traverser la moitié de l'horizon. Toutes molles car je n'y arriverai jamais. Je vais mourir seule et mangée par les moustiques.

Ce sont eux qui me trouvent. Qui m'encerclent. Mes chasseurs. Je suis tellement heureuse de les voir. Ils me disent qu'ils m'ont entendue depuis bien longtemps, depuis notre départ. Qu'ils savaient qu'un petit alevin essayait de remonter le courant avec eux sans vraiment réfléchir à ce qu'il faisait. Ma peur coule en larmes sur mes joues, et je dis oui à tous leurs reproches. Ils disent que j'ai le bon réflexe en montant à l'arbre. Qu'ils vont m'apprendre à me repérer en forêt avec notre père le soleil et notre tante la lune. Qu'ils vont m'apprendre à chasser. Et c'est ce qu'ils font. Ils ralentissent leur pas pour me laisser les suivre sans les perdre. Ils me montrent comment rompre le corps pour que les pieds fassent le moins de bruit possible, comment reconnaître les sabots des uns et les pattes des autres, les crottes de toutes les tailles et de toutes les couleurs. Quand on remonte suffisamment la piste pour atteindre la harde, le chasseur me met l'arc entre les mains, pour que ce soit moi qui abatte la biche.

— Et si je rate ? je demande.

— Tu ne rateras pas.

Je pense au grand tétras qui pendait la tête en bas, une aile ouverte, l'autre repliée. J'étais plus près qu'Orage-Blanc. Je ferme un œil, puis lâche la corde. Ma flèche file. Se plante dans le flanc de la biche. Juste derrière le cœur. La panique s'empare des bêtes. Elles détalent, se heurtent pour passer entre les arbres. Ma biche aussi part en courant, comme si ma flèche n'avait fait que gratter son cuir. Le chasseur me prend par la main. Nous courons derrière les sabots, les joues giflées par les branches basses, mon arc toujours à la main. Je bougonne, m'excusant de l'avoir ratée. Le chasseur rit de ma fierté d'enfant. Tout en me tirant par le bras, il me montre des traces rouges, sur les écorces, sur la mousse, de plus en plus vives, qui nous mènent jusqu'à la bête prostrée. Elle essaye une dernière fois de se relever quand elle nous voit, avant de retomber. Le chasseur adresse un remerciement à la forêt, et attrape le mufle d'une main pour trancher la gorge de l'autre. La bête tressaille encore quelques instants avant de s'effondrer sans vie, le poil poissé de sang.

11

La grande récolte est arrivée. Au village ne restent que quelques femmes, quelques hommes et les enfants. Les grands, et ceux qui doivent le devenir, s'en vont. Les canots se portent sur la tête. L'eau et la nourriture se cueilleront sur le bord du chemin. Ils n'emportent que quelques flèches pour la chasse, quelques couteaux pour les découpes, et les peignes à fruits. La grande récolte fait parler d'elle toute l'année. Elle s'immisce dans les dialogues des adultes, même au plus profond de l'hiver. Mais quand nous posons des questions, nous n'avons jamais de réponse. La grande récolte est le moment où l'on devient homme, ou femme. Orage-Blanc nous a souvent parlé d'un rite de passage. Quand on lui demandait d'où il tenait ça, il disait qu'il le savait, c'est tout. Il disait que les filles n'ont pas de rite, juste les garçons. Il y a quelques années, il disait que les garçons doivent attraper un aigle à mains nues. Puis il s'est mis à dire qu'il faut se mettre face au Chef, et éviter ses flèches. Et cette année, qu'il faut manger du qaa et ne pas mourir. Qu'il faut se concentrer pour refuser la mort. On ne peut être sûrs de rien. Il faut seulement les regarder partir, et attendre. Mon chasseur m'a avertie :

Là où nous allons, la terre est sacrée. La puissance de ce lieu est trop forte. Si tu y poses le pied avant d'en avoir l'âge, tu perdras la vie. Et c'est le Chef lui-même qui te l'enlèvera. Il préférera te couper la gorge que de froisser les Esprits.

Alors je suis restée. Je me suis ennuyée. Les garçons continuent à aller au lac. J'y vais quand ils n'y sont pas. Je pousse plus loin, pour voir la plage après la plage. Je trouve la mienne, encore plus étroite, encore plus pentue. Je me dis que ça doit être le prix de la solitude. À moins que ça ne soit l'inverse. Que les endroits étroits n'appartiennent qu'aux solitaires. Ma mère ne participe jamais aux grandes récoltes.

— Pourquoi tu n'aimes pas ça ?

— Certains aiment, d'autres non. Tu te feras ta propre idée.

Pendant la grande récolte, elle prie. Elle prie pour que rien ne nous arrive en l'absence de la tribu. Une fois, les autres femmes l'ont disputée pour ça. Lui ont dit qu'elle attirait le malheur. Depuis, elle prie en silence. J'attends plusieurs nuits, et le groupe revient. Ils sont heureux car la récolte n'a jamais été aussi bonne. Tous ceux qui sont restés chantent le retour des nôtres. Se pressent pour mettre les mains dans les sacs remplis de fruits. Les jours suivants, nous les préparons. Les femmes retirent les graines et les font tremper dans une bassine. La pulpe est cuite doucement dans de grands bacs d'écorce. Les femmes se relayent pour apporter des galets brûlants, et les retirer quand ils ont rendu leur chaleur. Les fruits fondent, se mêlent les uns aux autres. Deviennent une pâte épaisse, si rouge qu'elle fascine les yeux des enfants comme moi. Souvent nous nous penchons au-dessus de la cuisson, jusqu'à ce que les vapeurs nous montent à la tête. La nuit suivante est pleine de rêves qui transpirent. Mais les femmes ont beau nous chasser, nous revenons aussi vite autour des bacs. Pour mettre chacun notre galet dans la préparation. Pour le voir se faire engloutir. Les femmes nous laissent la cuillère pour touiller. On s'amuse de ce liquide qui colle au bois. On fait tomber des paquets, on regarde les choses reprendre forme. Quand la bonne texture est obtenue, on étale le qaa sur de grandes pierres plates pour le laisser sécher. Il ne reste plus qu'à le réduire en poudre et à l'enterrer pour l'hiver, pour le retrouver l'été suivant. De leur côté, dans les bassines, les graines travaillent toutes seules. Au bout de quelques jours, les hommes récupèrent une boisson brune qu'ils filtrent et, avec l'eau qui reste, ils remplissent des outres.

L'Île-Esprit et le qaa ont été placés sur notre territoire pour nous remercier, nous qui aimons la terre. Le qaa est précieux. Il nous aide à voyager au pays des rêves. Mais depuis quelques années, le qaa nous aide aussi à mieux vivre, parce que les Barbes sont arrivés jusqu'à nous. La rumeur avait atteint nos oreilles, grâce aux échanges avec les peuples du fleuve. Mais nous n'en avions jamais rencontré. Puis il y a eu les *galions*, de plus en plus nombreux, année après année, qui viennent pour pêcher et sécher le poisson. Quand c'est fait, ils repartent chez eux. Si loin que même les Longues-Tresses ne savent pas où c'est. Jamais ils n'entrent dans la forêt, car la forêt leur fait peur. Les Barbes restent près de l'eau. Ce ne sont pas de grands guerriers. Ils sont bruyants. Ils sont lents. Ils ne prennent pas soin d'eux. Leurs cheveux sont courts et leurs poils cachent leurs visages. Mais leurs armes crachent le feu, leurs outils sont tranchants. Un jour, les Barbes ont commencé le troc avec les Habitants. C'était avant que je naisse. Le Chamane dit que toute la tribu a poussé des cris d'admiration, et aussi de peur, en voyant les miracles de leurs outils. Ils ont une sorte de masse, montée comme les nôtres sur un manche. Mais la tête n'est pas en pierre. Les Barbes la façonnent jusqu'à ce qu'elle devienne aussi fine que la feuille. Après, elle trouve le sang sans forcer. Le Chef a voulu essayer l'outil des Barbes. Toute la tribu avait arrêté ses activités pour voir ça. Le Chef a choisi un arbre. A commencé à l'abattre. Il a suffi de quelques attaques pour que l'arbre penche, puis tombe quand le Chef s'est appuyé dessus. Pourtant son bois était épais comme une patte d'ours. Toute la tribu a pu voir que l'intérieur de cet arbre n'était pas pourri, mais portait encore la couleur de la jeunesse. Ensuite le Chef a repris la *hache* et s'est mis au-dessus du tronc, les jambes bien écartées. Chaque coup qu'il a porté a retiré à l'arbre une branche, laissant un œil de bois dans l'écorce. La tribu s'est gonflée de plaisir en assistant à ça. L'élagage était si long avec nos masses de pierre. D'habitude, les hommes finissaient toujours avec les cheveux collés au front. Et les arbres semblaient souffrir que l'on fasse de leur bois une charpie. Le *fer* adoucit la douleur, pour ceux qui la donnent, comme pour ceux qui la subissent. Certains ne voulaient pas du fer. Ils disaient que c'était le poison des Barbes. Que bientôt les arbres tomberaient par centaines, que le fer avait une faim de bois trop grande. Que la forêt était menacée. Mais le Chef a défendu le fer. Il a dit que nous allions toujours prier les arbres pour les remercier de leur aide. Que nous ne prendrions que ce qui est nécessaire pour nos tentes et nos palissades. Et c'est ce qui s'est passé. On a échangé des peaux contre du fer et des couvertures. Et aujourd'hui personne ne remet en question les haches, les *clous* et les marmites de *cuivre*. Tous les ans, nos guerriers descendent la rivière pour retrouver les Barbes et faire du troc avec eux, comme avec les autres tribus. Moi je ne me rends pas compte. J'ai toujours connu le fer. Mais je vois comme les yeux des anciens brillent. Je vois le miracle que ça a été. Même nos femmes attendent avec impatience ce jour. Elles veulent des tissus, des rubans, des perles. Pour la chaleur et pour la beauté. Et ça, c'est grâce au qaa. Avant, nous ne récoltions pas autant le qaa. Juste assez pour nos cérémonies, et un peu pour les autres tribus. Le qaa n'était pas aussi important. Si peu important que nous avons offert du qaa aux Barbes, la première fois. C'est comme ça que les Barbes sont revenus les années suivantes et en ont demandé plus. Ils ont beaucoup aimé le qaa. En échange, ils ont été généreux. Encore plus que pour nos peaux. Maintenant nous avons beaucoup de fer dans la tribu. Le travail avance vite. Et nos cérémonies sont devenues plus belles que celles de nos voisins.

12

Ce matin, le Chef déterre la masse. Tous les guerriers dansent pour attirer la faveur des Esprits, pendant que les femmes chantent, que le Chamane frappe son tambour sacré. Un par un, les hommes qui partent au combat se peignent le visage. Après, ils entrent dans la tente du Chamane et ressortent avec le regard fou. Un regard qu'il ne faut pas croiser. Nous chantons pour leur donner notre force, et ils partent. Ils sont cinq, dont le Chef. Trois jours plus tard, nous entendons leurs cris, et ce sont des cris de victoire. Nous crions en retour, jusqu'à ce qu'ils arrivent au village, en poussant un prisonnier devant eux, les mains liées dans le dos. Ils nous miment leurs combats. Miment l'embuscade, près du village des Longues-Tresses. Ils ont attendu qu'un groupe d'hommes passe. Trois chasseurs revenaient avec du gibier. Ils leur sont tombés dessus en hurlant. Le Chef n'a pas tué. Il a laissé les exploits aux plus jeunes.

Deux de nos guerriers ont gagné une plume. L'un en tirant une flèche en pleine poitrine, l'autre en frappant à la tempe avec sa masse. Le dernier chasseur a été plaqué. Il s'est débattu pour s'échapper, a lutté de toutes ses forces, a failli se relever. Mais nos Yeux-Rouges ont fini par l'épuiser. C'était une belle embuscade. Le prisonnier fera un grand esclave, ou une grande offrande. Toute la soirée, nous dansons autour de lui. Ses bras et ses jambes sont attachés à un poteau. Ses traits brillent dans les reflets des flammes. Ses vêtements sont arrachés. Son sexe pend, et je me demande s'il n'est pas encore plus gros que celui du Chef. Les femmes lui crachent au visage, lui lancent des seaux d'eau froide. Les enfants s'amusent à le peindre en noir. Moi je fais un creux avec mes mains pour recueillir de la tourbe. Je la jette sur sa poitrine. Elle dégouline le long de son ventre, de ses jambes. Enfin, quand tout le monde y est allé de son humiliation, le Chef s'approche :

— Tu sais pourquoi tu es là, Longues-Tresses ?

— Oui. Je suis là parce que les Yeux-Rouges sont des lâches qui volent nos femmes et tuent nos enfants.

— Tu es là parce que ta tribu a capturé une famille Yeux-Rouges pendant l'hiver. Ce n'est pas la famine qui les a tués. C'est vous. Et nous demandons réparation pour vos actes.

— Si nous avons capturé une famille, alors ce

n'est que justice pour tous les meurtres que les Yeux-Rouges commettent.

— Tu es bavard. Et tu es fier. Je veux voir jusqu'à quel point.

D'une main, le Chef attrape les tresses de l'homme. Puis il sort une lame pour les couper et les jeter au feu.

— Tu n'es plus d'aucun peuple, à partir de maintenant.

Reprenant sa place parmi nous, notre Chef se saisit de son arc et d'une flèche dont il enflamme la pointe. Il bande l'arc et lâche la corde. La flèche se plante juste au-dessus de la tête du Longues-Tresses, qui n'a pas bougé. Le regard toujours droit devant, dans les yeux du Chef. Le Chamane s'avance. Prend le relais. Dans le feu, il saisit un tison et le tient haut pour le montrer au ciel. Il tourne plusieurs fois autour du poteau, en chantant des prières. Au bout du bâton, la braise est rouge. Elle s'éveille et s'éteint au rythme de ses pas. Au rythme du vent du soir. Le Chamane écrase le feu contre la peau du Longues-Tresses. L'homme essaye d'avaler ses larmes et sa douleur, mais le cri est plus fort. Sa voix résonne dans la forêt à chaque brûlure. Le Chamane commence par les bras et les jambes. Puis le torse et les flancs. Au contact du corps, la braise s'avive. Comme si elle aimait ça, comme si elle en redemandait. Il termine par les joues et le front. L'homme ne retient plus sa peur. Il crie avant même que la braise soit sur lui. Le village danse encore, puis va se coucher. La nuit sera la dernière épreuve du prisonnier. Au matin, les Yeux-Rouges décideront de son sort. Moi, je n'arrive pas à dormir. Le sommeil n'a pas sa place dans ma tête marquée par l'événement. Je quitte mes peaux. J'ai besoin de voir l'homme de près. De le voir sous une lumière moins chaude que celle des flammes. Je le trouve avachi dans ses cordes. Sa tête pend, comme morte. De ses blessures, je ne vois que des taches noires. Je m'approche et m'assois en tailleur. Je le regarde longtemps, sans savoir s'il a entendu ma présence. Je vois à sa poitrine qu'il respire encore. Sans relever la tête, il marmonne quelque chose. Je viens plus près.

— Est-ce que tu crois que je dois mourir, ou vivre ?

— Ce n'est pas moi qui décide.

— Mais si tu devais décider, qu'est-ce que tu choisirais ? Est-ce que j'ai été brave ?

— Tu as crié.

— Tu penses que je n'ai pas été brave ?

— Les braves ne crient pas. Ils supportent la douleur en silence.

— Tu as de la chance. Tu es une fille. Tu n'auras jamais à connaître cette douleur.

— Les femmes souffrent aussi des blessures qu'on inflige aux leurs. Je souffre pour ceux que vous tuez dans la forêt.

— On t'a dit que nous vous tuons dans la forêt ?

— C'est ce que je vois. Des familles disparaissent chaque année.

— On ne peut pas pardonner ce qu'ont fait les Yeux-Rouges. Tuer des guerriers, voler des femmes, on peut pardonner. La douleur peut s'effacer. Mais tuer une tribu entière, ça ne s'effacera jamais. Les Longues-Tresses de cette tribu n'ont jamais trouvé le chemin de l'autre pays, car vous avez mangé les femmes et abandonné les hommes aux loups. Les Yeux-Rouges ne respectent pas la vie, ni dans ce monde, ni dans les autres. Nous devons nous venger pour ça. Même si nos enfants et nos petits-enfants doivent hériter de notre soif de sang.

D'abord je ne dis rien. Parce que je ne comprends pas. J'ai envie de lui répondre. De lui dire l'horreur que nous inspirent les Longues-Tresses. Mais je ravale mes mots, car la curiosité est trop forte.

— Je ne sais pas de quoi tu parles, prisonnier.

— Ce n'est pas une histoire que l'on raconte près du feu. Ce n'est pas une histoire dont on peut être fier. Tu n'étais certainement pas encore née quand les Yeux-Rouges ont massacré les nôtres. Combien d'hivers as-tu ?

— Douze ou treize.

— Alors tu venais de naître. Ou tu étais encore à naître. Tu veux que je te raconte ? Ça ne va pas te plaire.

— Raconte-moi.

— À cette époque, les Longues-Tresses et les Yeux-Rouges partageaient le qaa et vivaient en paix. Mais le qaa a rendu fou les Yeux-Rouges, car les Barbes se sont mis à aimer le qaa. Les Yeux-Rouges ne voulaient plus partager. Alors les Yeux-Rouges sont allés assassiner les Longues-Tresses qui étaient venus cueillir, sans épargner personne. Même pas une femme, même pas un enfant. Nous avons retrouvé les cadavres des hommes. Jamais ceux des femmes. Au début nous pensions que seuls les Barbes pouvaient tuer sans laisser aucune chance de rejoindre la terre des ancêtres. Sans respect pour les morts. Mais nous avons vu les pointes de flèches. Nous avons compris que ce n'étaient pas les Barbes. C'étaient les Yeux-Rouges. C'était vous.

— Tu mens. Les Yeux-Rouges ne feraient jamais ça. Nous respectons toujours la mort, même celle de nos ennemis.

— Vous pouvez bien me tuer, mais vous ne tuerez jamais l'envie de vengeance.

— Tu mens.

— Est-ce que tu penses toujours que je n'ai pas été brave ?

— Tu as crié. Ton histoire ne change rien à cela.

Et je retourne me coucher, parce que j'ai honte. Honte d'avoir parlé avec un Longues-Tresses. De m'être laissé séduire par sa parole.

J'ai honte d'être allée le voir en pleine nuit, seule. Le Chef devrait me punir pour ça. J'ai été faible, et stupide comme le lièvre. Dans ma tente, j'ai la tête qui tape. Je m'en veux et le sommeil trouve encore moins sa place en moi. Le lendemain, le village reforme le cercle autour du prisonnier. Ceux qui s'assoient pensent qu'il doit mourir. Ceux qui restent debout pensent qu'il mérite de vivre. Je m'assois, comme le Chef, comme le Chamane. Ma mère reste debout. Le Chef compte. Il annonce vingt-quatre assis contre dix-huit debout. On lui donne un couteau pour tuer. Le Longues-Tresses s'affole. Les yeux écarquillés, le torse qui donne de grands coups pour arracher les liens. Le Chef lui relève la tête, pour bien dégager le cou. D'un geste vif, lui ouvre la gorge. Il continue à le tenir bien droit, pour que le sang coule en flots amples, en vagues venues du cœur. Qu'il descende jusqu'à ses pieds et nourrisse la terre.

Vous avez choisi d'offrir cet homme en sacrifice. Et les Esprits sont heureux de votre choix. Car, vous l'avez vu, cet homme avait peur de la mort. Il ne méritait pas de vivre.

13

L'été m'a appris à dépecer toutes les peaux que le Grand-Esprit a inventées. Les grandes peaux des élans qui se tirent depuis le cou, bout après bout. Les peaux des lièvres qu'on passe par-dessus la tête. Les peaux à plumes, les peaux à écailles. Je n'ai jamais rien refusé. Et même, j'ai demandé à mettre les mains dans les chairs chaque fois que je le pouvais. Ce n'est pas que ça m'attire. Mais la vie dans la taïga, c'est aussi le sang des animaux qui nourrit notre propre sang. C'est aussi leur fourrure qui nous tient chaud. Alors je dois apprendre, pour pouvoir nourrir ma tribu quand je serai grande.

Un matin plus frais que les autres, alors que les Habitants commencent à penser leur migration d'hiver, le Chamane m'attrape par le bras. Il me dit de venir avec lui. Comme je veux connaître toutes les forêts, celle du Chamane comme celle du chasseur, je me laisse entraîner dans sa trace. Il ne me dit rien. Sa marche ne ressemble pas à celles que je connais. Elle ne suit pas la même logique. Les arbres lui parlent dans une langue que lui seul comprend. Ils lui parlent avec la sève et les branches, avec les rayons de soleil qu'ils laissent couler entre leurs fourches. Le Chamane avance, bifurque. Soudain, il dit qu'on y est. J'ai beau chercher dans les attitudes du Chamane s'il connaît cet endroit, ou s'il s'y arrête pour la première fois, son visage ne trahit rien d'autre que la certitude que nous sommes arrivés. Alors il s'assoit et me demande de m'installer face à lui. Les yeux fermés, il prend mes mains dans les siennes et invite le silence entre nous. Puis il me demande mon nom et combien de manteaux d'hiver les arbres ont portés depuis que je suis venue au monde. Enfin, il me dit qu'aujourd'hui est un grand jour pour moi :

— Parce que les Esprits te regardent.

— Pourquoi est-ce qu'ils me regardent ?

— Ils te regardent parce que, cet été, tu as prouvé de grandes choses. Tu as prouvé ton adresse, ta rapidité et ta force. Et tu as prouvé que tu savais accepter les cadeaux de la forêt. Tu t'es montrée différente. Je t'ai regardée, et ton cœur est mûr pour parler avec les Esprits. Alors si je t'ai amenée ici, c'est pour que tu écoutes les mères et les pères qui nichent dans les cimes. Et que tu découvres s'ils souhaitent que tu continues à vivre comme un garçon, ou que tu vives comme une fille.

— Mais comment est-ce que je peux savoir ce qu'ils veulent pour moi ?

— Comment fais-tu pour savoir ce que ta mère veut que tu fasses ? Il faut poser la question. Et écouter la réponse.

Le Chamane se lève.

— Tu resteras quatre nuits ici. Je reviendrai te chercher. N'essaye pas de retrouver ton chemin, tu n'y arriverais pas. Prends cette outre. Bois quand ton corps est trop lourd, quand ta tête n'arrive pas à se décoller de la surface du monde. Mais n'avale pas de grosses gorgées, il faut que la boisson te prenne lentement. Laisse-toi envelopper par les visions. Tu sais déjà voyager sur la terre, il te faut maintenant apprendre à voyager sous la peau.

C'est ainsi que je reste seule. Déjà le froid me semble plus vif, et j'ai peur qu'il me vole toute ma chaleur dans la nuit. Je creuse avec les ongles le nid des chiens, entre deux racines, pour m'y blottir. Je ne veux pas boire. Si je bois tout de suite, qu'est-ce qu'il me restera pour les prochains jours ? Mais la peur est trop forte, et je presse l'outre pour déposer une goutte dans ma paume, que je lape avec l'espoir de m'échapper. J'en lèche une autre, puis une autre. Je crois être plus forte que la boisson. Sauf que la boisson prend son temps pour s'installer. Elle se faufile dans ma poitrine. D'abord c'est juste une rumeur de flamme. Mais la rumeur s'étend et enfle, et mon corps devient aussi chaud qu'un jour de fièvre. La chaleur dans mes bras, dans mes jambes, et jusque dans ma tête. Mon Esprit recule à l'intérieur de moi-même, vers les derniers recoins de ma peau. Mes mains se mettent à fouiller le sol sans que j'y pense. Les aiguilles sentent aussi fort que si je les avais sous la langue. Un mélange d'humus et de terre. J'ai peur de cette boisson qui m'attrape, qui m'entraîne vers l'autre pays, de plus en plus vite. Qui galope en moi et disperse mon corps comme un liquide. Je regrette de ne pas avoir été patiente. De ne pas avoir écouté le Chamane. Je me lève pour sécher mon sang au vent, mais c'est encore pire car mes jambes ne me tiennent plus. La forêt tangue sous moi. Les arbres me fouettent de leurs ombres, me font rentrer la tête dans les épaules. Mon bras ne me rattrape pas. Je tombe la joue contre le sol. Ce qui me vient en tête, c'est que je l'aime, ce sol. Je l'aime, ce contact rugueux, cette main qui me caresse. Ces feuilles humides qui se réchauffent de moi. Je ferme les yeux et le monde se calme, clapote encore un peu sur les bords, mais il ne fait plus mal au cœur. C'est beau de se laisser bercer. De laisser filer l'air froid sur mon corps brûlant. Je me sens bien. Je dérive vers mon ventre. Mes jambes se plient. Ma tête s'enroule. Et mes mains trouvent leur place dans le creux de l'aine, là où battent les choses. Où pulse le sang. Je ne me souviens pas si j'ai choisi ou si quelque chose a choisi pour moi. Mais il y a ce moment de lucidité, juste un courant d'air qui me rappelle au monde, ce moment où je m'aperçois que mes doigts sont en train de me dévorer. Je les trouve là où la chaleur rayonne. La boisson décuple le plaisir, la boisson me fait manger ma propre main. Mes doigts roulent en moi. Font éclore ma peau et fleurir mes jambes. La terre n'est plus aussi dure. Mon corps n'est plus aussi étanche. Il y a encore le dedans, il y a encore le dehors, mais je ne suis plus sûre de savoir où ils sont. Si je suis le monde extérieur ou le monde intérieur. Seulement que l'un s'infiltre dans l'autre. Ma bouche halète et mon dos se cambre.

Je passe quatre jours et quatre nuits à attendre. Parfois prise par la peur. Parfois prise de boisson. Moi qui étais toujours dans les arbres, je ne vis plus qu'au sol. Où le vent ne tombe qu'en lambeaux. Le pays des odeurs et des insectes. Le pays de la terre sous les ongles, des lichens qui vous rendent fou de bonheur quand vous leur parlez. C'est le domaine privilégié de la peau, parce que c'est la grande peau de Terre-Mère. Ma vie d'avant me paraît déjà si loin. Si loin mon réveil sous une couverture de caribou. Si loin la soupe prête quand je reviens le soir. Si loin les hommes et les garçons, et tous les mouvements des uns et des autres, le grand cycle de la vie de village qui revient chaque jour. Ici il n'y a que moi. Que moi et mes genoux qui m'amènent d'un arbre à un autre pour manger quelques feuilles. Déterrer quelques racines. M'abreuver dans une flaque. Percer l'écorce des sapins et lécher la sève à même le tronc. Même mes yeux, qui me paraissaient si fiables pour repérer les filets de fumée, pour trouver ma place dans ce monde, même mes yeux ont gagné en humilité. Ont arrêté de faire de l'ombre à mes oreilles, à mon nez, à ma peau. Ils se sont mis en retrait, car les Esprits ne parlent pas avec les yeux. Est-ce que vous voulez que je vive comme une fille ou comme un garçon ? Au début, je le leur ai demandé allongée sur le dos. Le regard vers le ciel. Puis je le leur ai demandé les poings fermés, concentrée sur la réponse. Je le leur ai demandé sur le ventre. Je n'ai jamais rien entendu. Mais sur le ventre, il y a mes mains qui se réfugient pour ne pas prendre froid, et qui me caressent comme le premier jour. Les Esprits aiment quand les choses se laissent aller. Quand on ne résiste pas aux événements qu'ils ont pensés pour nous. Pas même dans notre propre corps. Alors je laisse ma main se perdre en moi, trouver les endroits du plaisir et les lieux humides. Quand j'ai fini, je porte mes doigts à mon nez pour savoir ce qu'il y a à savoir de moi.

Je fais un rêve. Un rêve de moi nue et par terre. Personne qui me regarde, alors que tous les garçons sont là. Ils jouent ensemble à la crosse. J'ai peur qu'on me marche dessus mais non. Comme si on me voyait mais qu'on m'évitait comme un terrier qui ne sert qu'à tordre les chevilles. Après j'ai la balle et je suis habillée, sauf que je tire loin dans la forêt, je ne peux pas m'en empêcher. Et plus je m'enfonce dans les bois, moins je retrouve le terrain. Je donne des grands coups et la balle vole. Puis la balle devient un grand cerf qui me regarde. Je m'approche et il se laisse faire. Ma main s'avance pour le toucher. Je suis heureuse à l'idée de sentir son poil encore vivant, la chaleur de son corps sous sa peau. Tellement heureuse que je me réveille. Le soleil éclaire à peine les sommets des montagnes. Je me promets de ne pas perdre ce rêve, parce que c'est ma seule vision.

Quand le Chamane vient me chercher, je lui demande si les Esprits m'ont forcément donné leur réponse. *En tout cas les Esprits ont forcément décidé ce qu'ils veulent pour toi.*

Alors je dis qu'ils veulent que je vive comme un garçon. Ils ne me l'ont pas dit exactement comme ça. Mais je crois qu'ils aiment que les rivières coulent dans un lit, et n'essayent pas de franchir les montagnes. Moi, j'ai la forme d'une fille qui coule dans une rivière de garçon. Les années qui passent m'ont fait creuser ce lit. Je n'ai jamais voulu en sortir, parce que j'y suis bien. Je crois que c'est ça leur réponse. Je crois qu'ils me veulent en garçon. Surtout qu'il y a le cerf qui m'a regardée. Avec ses bois jeunes. Et puis il y a la biche que j'ai chassée et que j'ai eue du premier coup. Elle a eu la gorge tranchée, alors que le cerf m'a laissé m'approcher. Jusqu'à toucher sa peau. C'est pour ça que je dis ça au Chamane. Que je lui dis qu'ils veulent que je vive comme un garçon.

14

Devant la tribu je me mets nue. Le Chamane me fait répéter ce que j'ai dit. Je répète que je dois vivre comme un garçon. Il y a sept feux, allumés en cercle autour de moi. La tribu est le cercle autour du cercle. Le Chamane pose des vêtements à mes pieds, puis retourne à sa place. Alors les hommes, les femmes et les enfants me voient me déshabiller, à travers les flammes qui me drapent d'irréalité : c'est dans la chaleur qui monte, qui fait tordre le regard, que nichent souvent les Esprits. Je fais passer ma robe par-dessus ma tête. Je retire mes chaussons pour la dernière fois. Je défais mes tresses. Je passe ma main dans mes cheveux, pour leur rendre leur liberté, pour les faire tomber droit comme ceux des hommes. Ils résistent au passage de mes doigts. Ils sont denses de leur vie antérieure, et s'inquiètent de la quitter. Une larme s'échappe de mes yeux. Une larme grosse, qui file si vite qu'elle saute de mon menton sans s'arrêter, et se laisse boire par la terre. J'enlève mes colliers et mes bracelets : j'en recevrai d'autres dans mon nouveau rôle. Le Chamane m'a demandé de me débarrasser de tout. De laisser derrière moi toutes les marques de moi-même. De ressembler au bébé qui sort du ventre. C'est le seul moyen de devenir ce que les Esprits ont décidé pour moi, il a dit. Il y a longtemps, ma mère m'a offert un bracelet. Un bracelet fait de perles d'os et de bois de caribou, montés sur une bande de cuir. Un bracelet qui a vu l'écorce des arbres de près, a bu la tasse tous les jours de l'été, mais n'a jamais quitté mon poignet, même pour dormir. Il est la peau sur ma peau. Il y a quelques jours, quand j'ai compris que je ne pouvais pas me séparer de ce bracelet, j'ai demandé à ma mère de m'apprendre l'art du tressage des bijoux. Comme elle était étonnée de me voir m'intéresser à l'art des femmes, elle a vu mes yeux d'enfant qui ne savent pas mentir. Elle m'a fait parler. Comme je pleurais de désobéir, elle m'a dit qu'il ne faut pas confondre la parole des Esprits et la parole des Habitants. *Est-ce que le Grand-Loup ou le Grand-Ours t'ont dit de quitter ton bracelet ?* Comme ils n'avaient rien dit qui ressemble à ça, j'ai secoué la tête. Alors elle m'a aidée. Sans elle je n'aurais jamais pu fabriquer un bracelet aussi rapidement, et aussi ressemblant au mien. C'est celui-ci que je tiens dans ma main, avec mes colliers et mes vêtements. C'est celui-ci que je dépose à mes pieds, qui sera mangé par le feu. Je le remercie de se sacrifier pour que je puisse emporter dans ma nouvelle vie un souvenir de l'ancienne.

J'enfile les vêtements qu'on m'a donnés, et noue les bottes qui me montent jusqu'aux genoux, qui protègent les hommes des coups de griffes de la forêt. Le Chamane revient dans le cercle de feu et détruit ce qui m'appartenait dans les flammes. Puis, avec un tison, il tire à lui quelques galets qu'il avait jetés dans le feu. Le charbon et les cendres les ont noircis. Le Chamane pose devant moi un bol d'écorce rempli d'eau. Me demande d'y mettre les galets. Je les attrape du bout des doigts et les jette dedans. Si vite que les pierres n'ont pas le temps de me brûler. Alors le Chamane parle à la tribu :

L'eau et le feu ne s'entendent pas. Le feu appartient au monde d'en haut, l'eau appartient à celui d'en bas. Mais aujourd'hui, l'eau et le feu se réunissent dans ce bol, grâce au pouvoir de la pierre qui contient le feu, et qui a l'habitude de côtoyer les rivières. Le Grand-Esprit a fait descendre les hommes du ciel, apportant la lumière. Les femmes sont remontées de la mer et de la nuit. Ainsi hommes et femmes peuvent allier leurs qualités pour trouver leur place dans le grand cercle. Mais parfois, comme l'eau et le feu, l'homme et la femme ne s'entendent pas. Si bien que les ancêtres racontent que les Yeux-Rouges ont failli disparaître, car leurs hommes et leurs femmes avaient fini par vivre chacun dans son propre camp. Alors le Grand-Esprit a donné à certains la faculté d'être à la fois homme et femme dans un seul corps. Ils naissent comme des filles et vivent comme des garçons. Ou naissent comme des garçons et vivent comme des filles. On les appelle les Peaux-Mêlées. Car ils connaissent à la fois les principes du féminin et du masculin. La puissance et la souplesse, la vitesse et la vision. Ils sont l'harmonie et sont une faveur. Il y a bien longtemps que notre tribu n'a plus eu de Peau-Mêlée. Aujourd'hui, de nouveau, nous avons cette chance. Fille-Rousse, tu es l'élue. Et toute ta tribu s'incline face à ta grandeur.

Il m'expliquera plus tard qu'il ne faut pas parler des Peaux-Mêlées avant la cérémonie. Parce qu'alors certains pourraient être flattés à l'idée d'être élus, et pourraient écouter leur orgueil plus que leurs visions. Je ne m'attendais pas à voir ces hommes et ces femmes s'agenouiller pour moi. Même le Chef. Même Orage-Blanc. Même ma mère. Et puisqu'il n'y a plus personne pour me regarder, je ferme les yeux et goûte l'instant.

15

La dernière fête est passée. Maintenant, quand je vais me coucher, le soleil est tombé. Il y a des brises qui ne trompent pas. Qui parlent du départ prochain. Le Chamane le fixe au lendemain de la lune pleine. Il a bien écouté les forces de la nature, car les oies prennent la route en même temps que nous. Ce jour-là, le Chef réveille tout le monde aux aurores. Les herbes plient sous le poids de la rosée. Dans la lumière grise qui annonce l'hiver, nous démontons les tentes et chargeons les canots. Nous brûlons les masques et toute chose qui ne vit que l'été. Nous ne prenons que l'essentiel, car le voyage est long et les charges sont lourdes. Les chiens aboient contre la marche des saisons. Mais les hommes, eux, sont heureux. L'hiver est un grand jeu. Le Chamane répartit les territoires de chasse. La disparition d'une famille l'an dernier laisse une place vide pour qui veut changer de lieu. Mais personne ne tente sa chance parmi les morts.

Je suis dans un canot avec ma mère. Nous suivons celui du Chef et de sa famille. La ligne de flottaison ne m'a jamais semblé aussi basse. À cause de la graisse et de la farine qui occupent chaque espace qui n'est pas pris par nos jambes. J'ai peur qu'un mauvais coup de reins nous jette à l'eau. En début de journée, toute la tribu est encore réunie, mais rapidement les grands affluents nous divisent. Certains prennent la rivière aux castors. Nous, la rivière verte. De soir en soir, les camps se font plus restreints. Jusqu'au jour où il ne reste plus que le noyau avec lequel nous allons passer l'hiver. La famille du Chef, et la mienne. Quand je dis ma famille, je veux dire ma mère et moi. Celle du Chef est plus importante. Il y a le Chef et sa femme. Leur fils, Feu, et sa femme, Loutre. Et leurs trois petits-enfants. Eux, c'est une famille de trois canots. Je ne sais pas pourquoi Feu et Loutre se sont mariés. Lui barbote dans l'autorité de son père comme si c'était la sienne. Il n'a de présence que par sa carrure. Le reste n'est que stupidité. Il déteste ma mère et ne manque jamais une occasion de le lui faire sentir. Par exemple, il aime bien dire que si les caribous disparaissent, seulement ceux qui ont le plus de réserves de graisse survivront. Et il a un sourire en coin, car il n'a pas assez de contrôle pour cacher sa suffisance. Comme personne ne relève, il répète plus fort, pour être sûr d'être entendu.

Avec sa femme, il a aussi ses humeurs. Il est capable de l'insulter si les enfants pleurent, car il la tient responsable de ce qu'ils sont. Le pire, c'est sa mauvaise foi. S'il ne s'est pas levé assez tôt, c'est la faute des nuages qui ont caché le soleil. S'il n'attrape pas de gibier, c'est que nous avons froissé le Grand-Loup. Il trouve toujours à nous reprocher notre façon d'être, de faire. Surtout à moi et à ma mère. Si nous rions, nous vexons la forêt. Si nous renversons notre bol de soupe, nous éloignons les animaux. Il s'adresse aux Esprits tous les matins, tous les soirs. Il n'oublie jamais. Et il s'agace de nous voir si distraites, de ne pas remercier plus souvent ceux qui ont créé le grand cercle du monde. Mais ma mère dit que les échanges avec les Esprits sont dans le cœur. Que les Esprits s'ennuient de nos prières, si nous prions toujours de la même manière. Je ris de voir Feu si rigide. Loutre n'a rien à voir avec lui. Elle ne parle jamais pour ne rien dire. Se coule dans la vie comme si c'était sa seconde peau. Elle mange peu. S'efface toujours devant son homme qui avale le caribou à s'en rendre malade. Quand la nourriture se fait rare, elle ne souffre pas. Se contente de ralentir son allure, sans jamais perdre son sourire. Elle fredonne souvent des comptines. Elle est la beauté et la grâce. S'il fallait choisir une mère parmi toutes les femmes de la tribu, je la choisirais elle.

Maintenant que je vis comme un garçon, je prends la place arrière du canot. Pour donner la direction. Parce que j'incarne la force. Mais comme on se met de travers, on finit par accoster sur un bord pour échanger de nouveau. Je ne fais pas encore le poids pour compenser le cul de ma mère, qui nous fait piquer du nez. Nous remontons les rivières, virage après virage. Toujours le long des berges, pour échapper aux courants trop forts. Quand ma perche trouve une bonne prise, la poussée est bonne. Mais quand le sédiment est meuble, j'ai l'impression de faire du surplace. C'est que l'eau file sous la coque, et que les arbres se ressemblent. Une fois, j'ai coincé ma perche sous un rocher, et elle m'a glissé des mains. Alors il faut s'arrêter, sauter dans l'eau. Si le geste de la perche me semble de plus en plus naturel, le voyage, lui, me paraît interminable. Quand est-ce qu'on arrive ? Ma mère laisse le silence répondre à sa place. Le soir, dans notre tente, elle me dit qu'il n'y a pas d'arrivée pour les Yeux-Rouges. Il n'y a que des voyages sans fin. Parce qu'on ne reste jamais longtemps au même endroit. Comme la rivière qui est toujours en mouvement, et qui ne quitte pourtant jamais son lit.

— Lâche ta perche, et profite du paysage, me dit ma mère.

— Tu as vu le retard qu'on a ? On va finir par les perdre !

— Et alors ? Il suffit de suivre les traces. On finira bien par les retrouver.

Je crois me rappeler que l'an dernier je ne perchais que quelques heures par jour, avant de laisser tout faire à ma mère. Le Chef inversait parfois avec elle, lui donnant la responsabilité de son propre canot. Alors j'étais heureuse parce que nous prenions la tête de l'expédition. Le geste du Chef est vif, pas comme celui de ma mère. Cette année les équipages restent en place. Et même si ça me manque de sentir la puissance du Chef, j'aime me dire que mon corps a forci. Qu'il tient maintenant la cadence et la durée. Les rivières sont de moins en moins larges. Elles compensent en fougue. Nous devons souvent contourner les rapides à pied. Il faut prendre les charges sur le dos, mettre le canot sur la tête. Parfois il faut faire jusqu'à quatre allers et retours pour tout prendre. Les pentes raides compliquent les manœuvres entre les rochers. Il y a la peur de déchirer la coque avec une branche. Ça voudrait dire colmater, refaire l'étanchéité. Le Chef n'est pas tendre avec les maladroits. L'année dernière, il a engueulé ma mère pour avoir trébuché et troué l'écorce de la poupe. Pourtant le trou n'était pas grand, et trop loin de la quille pour vraiment nous faire courir un danger. Le Chef l'a insultée, l'a menacée de ne plus nous emmener. Que nous n'avions qu'à passer l'hiver entre filles. Et qu'il avait hâte de savoir comment elle allait réussir à chasser le caribou, si même cueillir les airelles la faisait transpirer. Ma mère s'est remise debout et je l'ai détestée de ne rien dire, de se faire marcher dessus. Je l'ai défendue. J'ai dit que c'était un accident. Le Chef m'a regardée. Puis il a repris la route. Nous avons bouché le trou en haut du rapide.

Le lendemain, c'est la grande cascade. Je me baigne dans la vasque creusée par la chute. Le Chef fait tomber son pagne à côté du mien. Je ne peux pas m'empêcher de regarder avec fascination ce corps qui fend l'eau comme une lame. Comme Orage-Blanc, mais en plus crédible, avec les épaules larges, et le sexe dans son lit noir. Il joue avec ses petits-enfants. Puis, quand il en est lassé, il traverse toute la vasque à la nage. Je le cherche des yeux. Le vacarme de la cascade couvre le son de ses brasses, de sa tête qui sort de l'eau, de sa bouche qui inspire grand. Il grimpe sur un rocher et plonge. Plusieurs fois de suite. Enfin, il refait le trajet en sens inverse, se glisse à travers le bouillon. L'eau est glaciale. Mais l'air paraît presque chaud quand on le laisse venir à nous, sécher nos gouttes. Ma mère n'a pas voulu se mouiller. Loutre s'est isolée dans un nœud de rivière pour se rincer l'assise et les aisselles. Elle nous tourne le dos, élégante et souveraine.

Puis c'est la ligne de partage des eaux. À force

de monter vers les montagnes, les montagnes ont fini par s'inverser, et maintenant les rivières coulent vers la toundra. Coulent avec nous. Nous laissons nos perches et dansons pour remercier les courants qui ne nous ont pas retournés, et qui vont nous aider pour notre voyage vers l'intérieur des terres. Les pagaies ressortent du fond des canots. Un premier ciel de neige nous passe dessus, et je lève les yeux pour voir voler les rares paillettes de glace. Je ne réussis pas à en prendre sur ma main. Elles fondent avant d'arriver jusqu'à moi.

La vraie première neige tombe la semaine qui suit, durant la nuit. Le Chef la sent venir. Elle est si fine que nous ne l'entendons pas recouvrir les tentes. Je me réveille avec un sentiment étrange : je n'ai plus sommeil, et pourtant il fait sombre. C'est quand je regarde à travers l'ouverture que je comprends que la neige est là. Qu'elle a mangé le peu de lumière qui passe à travers les peaux. La première fois qu'on se lève et que le paysage a été poncé de blanc, on a du mal à croire que l'on n'a pas été déplacés dans la nuit. Les montagnes se sont assouplies. Seule la rivière résiste encore à changer d'apparence, mais le froid finira par la prendre elle aussi. Les premières rencontres avec la neige rendent euphoriques. Mélangent parents et enfants dans une même joie. On se jette sur le dos, on roule, on se bagarre. Je passe de bons moments avec

Feuille-d'Automne, le petit-fils du Chef, qui a une année de moins que moi. On descend sur les fesses depuis la colline, on fait la course. On fait des murs et des réserves de boules de neige. J'essaye de le prendre à revers en rampant derrière les arbres. Il fait pareil, il s'éloigne, se fait oublier, puis revient. J'aime ses paroles espiègles et sa jolie bouille. On se rappelle que la neige fait mal quand je lui en mets une grosse dans la tête, et qu'il se met à pleurer de froid. La tente prend alors tout son sens, et la chaleur du feu n'est jamais aussi bonne que quand elle fait fondre les glaçons dans nos cheveux, revenir le sang dans nos doigts. La neige est souvent attendue avec impatience par les hommes. C'est le moment de bascule, où il faut se défausser de l'été pour revêtir les astuces de l'hiver. Où glisser devient plus intéressant que marcher. Où les pelages sombres deviennent voyants. Où les traces des animaux deviennent évidentes. C'est le temps de la poudreuse. Le temps où les animaux se promènent encore dans la forêt, avant de s'enterrer pour les grands froids. Les canots sont retournés sur un bord de rivière. Ils nous attendront jusqu'au dégel. Nous continuons à pied, poussant ou tirant les traîneaux. Le premier de nos camps d'hiver est atteint quelques jours plus tard.

16

Je suis passée du côté des hommes. Les hivers précédents, je m'occupais de récolter des branches pour tapisser le sol de notre tente, pour isoler. De préférence du sapin, parce que les aiguilles piquent moins. Je m'appliquais à faire une belle couche, régulière, les aiguilles dans le même sens que sur leurs arbres. Je passais beaucoup de temps à ramasser du bois de chauffage. C'était comme ça que je tuais les jours. Ou plutôt les longues nuits. Pour le reste, j'ai toujours été obligée de me dépêtrer seule de mon ennui. Je faisais des allers et retours de peu d'envergure entre la tente et la neige immense. Il me fallait sortir pour éprouver la liberté, puis rentrer pour me gorger de chaleur. Le sapinage et le bois, c'étaient mes seules vraies tâches. Ma mère me proposait bien de l'aider à cuire les viandes, à plumer les perdrix, à faire bouillir les os de caribou pour en extraire la graisse, mais je disais toujours non. Je ne voulais pas. Toucher aux marmites, ça me rendait malade. J'étais aussi réticente que si c'était moi qu'on allait cuire. J'en ai pleuré, une fois. Quand Loutre m'a obligée à nettoyer les plats après le repas. Elle a dû le faire avec moi, m'écraser la mousse dans la main pour que je frotte. Je pleurais comme un bébé. Les bras inertes. Je me laissais faire. Incapable de mettre de l'énergie dans cette tâche. Je vivais ça comme une humiliation. La vie sous la tente, pour moi, c'était juste la merde qui reste.

Alors, ce premier jour, quand j'ai compris que le Chef m'emmenait à la chasse, c'était extraordinaire. *Peau-Mêlée, tu viens avec nous !* Voilà ce qu'il me dit chaque matin, depuis que nous avons pris la route des rivières. Ce n'est pas une proposition, c'est un ordre : je vais avec eux, avec Feuille-d'Automne, son père et son grand-père. Malgré la timidité que j'éprouve face à cet homme immense, je n'ai jamais été aussi heureuse. Il m'emmène partout où ils vont. Il me fait lever tôt pour partir dès que le soleil est assez haut. Il m'apprend la trappe et la pêche sous la glace, il me raconte les rythmes et les comportements des animaux, m'entraîne à reconnaître les cris de chacun, ce que disent les hurlements des loups. M'enseigne à me repérer dans l'automne, dans l'hiver.

Je connais quelqu'un qui n'est pas content de ma présence. Il n'a pas fallu longtemps à Feuille-d'Automne pour montrer des signes de jalousie.

La première fois qu'il boude, c'est le jour de l'orignal. Le Chef a construit un appeau d'écorce qu'il me met dans les mains. M'explique comment gonfler ma gorge pour tordre ma voix. Je l'imite. Je cherche en moi le son grave du mâle. Quand Feuille-d'Automne insiste pour coller ses lèvres à l'appeau, le Chef l'en empêche : *Tu connais déjà. C'est son tour d'apprendre.*

Ça ne lui plaît pas, à Feuille-d'Automne. Ça ne lui semble pas juste. Il décide de laisser traîner ses pieds sans jamais lever la semelle. Sa manière de nous montrer qu'il est mécontent. À ce moment du voyage, il n'y avait pas encore de neige. Le sol n'est alors qu'une broussaille détrempée. Les feuilles crissent sous ses pas. Il nous tape sur les nerfs. Le Chef finit par se retourner et lui en coller une, sans un mot. Feuille-d'Automne a un cri de surprise. Il n'a rien vu venir. Pourtant, il traînait la patte jusqu'à obtenir une réaction. Sa réaction, il l'a eue. Peut-être pas celle qu'il espérait. Il se met à chouiner. Feu, son père, le prend dans ses bras. Tout le monde est obligé de s'arrêter pour attendre la fin des sanglots. Nous en sommes là quand nous tombons sur l'orignal. Sauf que c'est lui qui nous a vus en premier. Dans une bonne chasse, c'est généralement l'inverse. Il nous observe, calme. C'est une femelle, au poil brun. Une belle bête. Nous sommes loin pour tirer une flèche. Même si nous arrivons à l'atteindre, le trait risque de manquer de puissance. L'orignal, sans se forcer, file derrière un bosquet, et s'éloigne. Sans nous laisser d'autre occasion de le viser. La journée restera stérile. Le Chef n'a pas décroché un mot du trajet du retour.

La tension monte encore d'un cran quand nous allons aux castors, où il me faut tout apprendre. Feuille-d'Automne, qui sait déjà tout ce qu'il y a à savoir, ne supporte pas d'être privé de l'attention de son grand-père, et je m'efforce de ne pas me laisser déconcentrer par sa mauvaise humeur, quand le Chef m'explique les différentes étapes à respecter.

Les castors sont des bâtisseurs. Ils ne cherchent pas à masquer leur présence. Les arbres rongés et les barrages les trahissent. Leur stratégie de défense, c'est la même que celle des Habitants. Barricader, surveiller, alerter. Répondre à coups de dents. Les trouver, ce n'est pas difficile. C'est de les attraper qui pose problème. Le Chef nous aide à repérer l'ouverture de la loge, l'endroit d'où ils sortent. On ouvre une fenêtre dans la glace grâce au fer des Barbes. À genoux, les mains dans l'eau, je tire les morceaux brisés. Mais Feuille-d'Automne se moque de moi. Me fait remarquer qu'il est plus simple de les enfoncer dans l'eau avec un coup de talon. Il a raison, mais je m'obstine dans ma technique parce qu'elle me plaît. Parce que j'ai de l'orgueil, aussi. Quand la fenêtre est assez large, on jette des branches vertes pour attirer le castor, et un filet entre lui et le bois. Après, on attend. Le Chef demande à Feuille-d'Automne de frapper la hutte avec un gourdin, pour les effrayer.

— Pourquoi moi ? il dit. Pourquoi je ne peux pas rester attraper le castor ?

— Parce que tes bras sont trop courts, et le castor risque de t'entraîner à l'eau.

Mais Feu n'est pas d'accord :

— Mon fils est bien assez grand pour attraper le castor. Mon fils est aussi grand que Peau-Mêlée.

Le Chef ne relève pas, et les choses se déroulent comme il l'a décidé. Un gros mâle finit par sortir et se ruer dans le filet. Le Chef me dit de plonger les bras pour remonter l'animal. *Fais-toi deux entailles dans la glace pour caler tes pieds, allonge-toi et attrape-le.* J'obéis. La glace sur mon ventre pénètre mes habits, l'eau m'engourdit les bras. Je sens son pelage huileux, j'essaye d'y mettre les doigts, de trouver une prise. *Vas-y franchement !* me dit le Chef. J'arrive à attraper ses pattes. Je le hisse hors de la rivière, de toutes mes forces. Sa queue m'éclabousse le visage. L'eau est glaciale, douloureuse. Je ferme les yeux mais je tiens bon, et je le jette, lui et le filet, sur la glace. Il se débat comme une truite. Pas longtemps, car le Chef l'assomme d'un coup de bûche. Feuille-d'Automne se précipite pour voir, demande s'il peut l'achever. Le Chef refuse, dit que c'est à moi de le faire. Encore une fois la même réponse : *Toi, tu l'as déjà fait l'an dernier. Le prochain sera le tien.* Même si je comprends Feuille-d'Automne, je donne raison au Chef. Parce qu'il tient ses promesses. Mais cette fois-ci j'ai de la peine pour cet enfant jaloux. Sans réfléchir, je donne ma masse à Feuille-d'Automne. Je lui dis qu'il peut le faire, s'il veut. Le Chef est plus rapide. Il intercepte l'arme, me la retourne :

— Tu as peur de le faire, Peau-Mêlée ?

— Non, je…

— Alors si je dis que c'est ton tour de le faire, c'est que c'est ton tour. Tu prends ta masse. Et tu le tues.

Je remercie le castor pour sa viande et sa peau. Et je lui brise la nuque. Le Chef s'intéresse à moi parce que je ne suis plus une fille. Parce que mes nouveaux habits laissent mes jambes libres de courir. Parce que mes bottes supportent les griffes des branches basses. Parce que je n'ai pas de collier qui tinte dans le silence de la chasse. Chaque matin j'embrasse mon bracelet sur mon poignet, comme un talisman. J'embrasse mon ancienne vie, pour qu'elle ne m'oublie pas, avant de tirer sur ma manche pour la recouvrir. Il faut que je vive comme un garçon. Absolument comme un garçon.

Puis c'est le temps des grands froids. Les animaux se cachent. Le caribou devient le centre de notre monde. Les récits disent que les

Yeux-Rouges ont été taillés dans un os femelle, que nous sommes de la même famille que lui. Le caribou nous donne sa viande, sa graisse et sa peau. Mais il ne se laisse attraper que par les grands chasseurs. Car il faut couvrir de longues distances pour le trouver. Quand on tient une piste, il faut la suivre coûte que coûte. C'est la seule manière. Il faut s'accrocher. Parfois marcher plusieurs jours de suite, jusqu'à tomber sur le lac où le troupeau a élu domicile. Alors on rampe. On bloque les échappatoires pour en abattre un maximum. Le Chef, ou son fils, tire la première flèche. Il faut viser en premier celui qui a les plus gros bois. C'est lui le meneur. Et quand le meneur tombe, les autres hésitent. Ils nous offrent quelques secondes précieuses pour bander nos arcs. Avec quatre chasseurs, on peut espérer tuer vingt têtes. Si les caribous s'obstinent à remonter la rivière, au lieu de se disperser dans les bois. Après, quand on pense qu'on en a assez, on les saigne, on les éviscère et on enfouit les corps dans la neige.

Tout cela je l'ai appris la première fois que je suis partie aux caribous. Je ne connaissais rien de cette chasse. Je ne voyais que la version des femmes, quand les hommes reviennent et font démonter le camp pour le transférer où les caribous sont restés. Nous, les Yeux-Rouges, nous sommes des nomades. C'est la viande qui nous mène par le bout du nez. Quand on arrive sur place, les femmes ont beaucoup de travail. Beaucoup de peaux à traiter. La viande à découper. La graisse à extraire des os. Déjà les hommes repartent, pour trouver encore de quoi vivre. On ne sait jamais combien de temps prendra la chasse. Pourtant il faut voyager léger, ou nous n'irons jamais loin. Dès que le soleil tombe, la brise du soir nous entraîne dans sa danse, jusqu'à nous refroidir et nous faire perdre pied si nous n'y prenons pas garde. Le Chef nous apprend les bons gestes. Il nous interdit de nous relâcher tant que le camp n'est pas monté. Il nous montre comment trouver une flamme avec un arc de bois et une ficelle. Comment choisir les branches pour faire prendre le feu, le faire monter à l'assaut des bûches épaisses. Comment l'alimenter pour qu'il fasse de la braise et reparte vite au matin, pour faire chauffer l'eau. Il nous apprend à creuser des abris dans la neige, et des murs de glace qui coupent le vent et laissent juste de quoi respirer. Feuille-d'Automne et moi, nous dormons dans notre abri à nous, pelotonnés dans nos couvertures. Quand je n'ai pas sommeil, je me couche sur le dos, et je regarde la fumée qui sort de ma bouche. Ou, à travers l'ouverture, la profondeur du ciel, et la neige qui n'est jamais aussi blanche que les soirs de pleine lune.

17

Feuille-d'Automne tombe malade au milieu de l'hiver, quand le froid est si fort que même les nuages ne crèvent plus et s'amoncellent les uns sur les autres, le ventre plein.

Le soleil est encore loin sous le monde quand Feu entre dans la tente pour confier son fils à ma mère : *Occupe-t'en. J'ai peur que son frère et sa sœur attrapent son Mauvais Esprit.* Ma mère vient de se réveiller. Elle prend l'enfant et l'allonge sur sa propre couche. Puis elle souffle sur les braises pour que les flammes repartent, que la chaleur s'installe. Elle me charge d'aller cueillir des aiguilles de pin pour un cataplasme. Elle le veille pendant que je chasse. Quand je reviens, il est toujours allongé, son front est chaud. Je lui prends la main. Il me dit que ça lui fait du bien, même si mes doigts sont froids. Ça fait une semaine qu'il est alité. Sa fièvre ne descend pas. Il n'arrive pas à avaler plus que quelques cuillerées de bouillon. Ma mère demande de l'aide : elle se met à genoux, lève les yeux vers l'ouverture et regarde le ciel sans étoiles pour demander encore quelques années pour le garçon. Feuille-d'Automne est appelé vers l'autre pays. Je le sais. Je le sais parce que ni sa mère ni son père ne veulent s'en occuper. Ça veut dire qu'ils ont parlé aux Esprits, et que les Esprits leur ont dit la vérité. Sinon ils le garderaient chez eux. Un matin, quand ma mère m'envoie chercher les aiguilles de pin, je dis que ça ne sert à rien. Ma mère m'attrape le bras et me pince :

— Pourquoi tu dis ça, toi ?

— Parce que tu fais des cataplasmes tous les jours, et ça ne marche pas. Parce que chaque jour la vie lui échappe un peu plus.

— Tu ne peux pas décider à la place des Esprits. On ne sait jamais ce qui peut arriver. Mais si tu ne crois pas en lui, il va perdre ses dernières forces. Alors que si tu crois en lui, peut-être qu'il va vouloir rester.

Après ça, j'ai peur de le tuer avec mes mauvaises pensées. C'est que je n'ai jamais vu de fièvre aussi forte. Je pensais que ma mère ne s'occupait de lui que parce qu'on lui avait demandé. Pour l'aider à traverser la frontière. Mais elle dit qu'on ne sait pas. Qu'on ne sait jamais, qu'il ne faut pas prétendre connaître les projets des Esprits. Alors s'il faut choisir, s'il faut faire pencher la balance d'un côté ou d'un autre, je veux qu'il reste. Parce que je l'aime bien, Feuille-d'Automne. Je l'aime bien malgré ses jours sans sourire. J'aime sa façon maladroite de courir. Sa façon de regarder les arbres. Sa façon de toucher la glace avec les doigts avant de s'engager sur un lac. J'aime son rire quand il me lance une boule de neige dans le dos, qu'il voit mon corps se crisper. J'aime son envie d'être plus fort que moi, sa mauvaise foi quand il n'arrive pas à planter ses flèches plus près que les miennes. Qu'il essaye encore et encore, jusqu'à épuiser sa concentration et ne même plus toucher la cible. Alors on creuse le manteau de poudreuse pour retrouver son trait perdu. On s'y met à deux et il jure de ne plus jamais mettre à côté, mais ça recommence toujours. Il dit que c'est à cause du soleil qui éblouit. Que c'est l'empennage qui n'est pas bon. Que le bois n'est pas droit. Et quand on retrouve la flèche, il me dit de fermer un œil et d'aligner la pointe. *Tu vois, tu vois ? Tu vois qu'elle n'est pas droite ?* Et tant que je n'admets pas, il continue à vouloir avoir raison.

Je veux qu'il reste. Peut-être que mes pensées sont entendues, car il guérit. Il boit, il mange. Sa voix n'est plus encombrée comme avant, son regard a repris ses couleurs de malice. Il veut se lever. Ma mère demande que je sois là pour le soutenir. Feuille-d'Automne passe son bras autour de mon cou pour faire ses premiers pas. Il est comme l'orignal nouveau-né, qui découvre ses pattes immenses et retombe souvent sur ses fesses. Nous faisons le tour du foyer. Il veut sortir, revoir la neige. Ma mère lui demande encore un peu de patience. Quand enfin il peut mettre le pied dehors, il veut goûter à tous les plaisirs en même temps. Il veut glisser sur les collines, craquer les glaces avec le pied et les regarder se fissurer, se voiler. Il veut chercher des sapins pour percer des bulles de sève, s'en coller les doigts. Il veut secouer des branches quand je passe dessous, pour m'en mettre plein la tête. Il sort son arc, cherche un défi à relever.

— Est-ce que tu es capable de tirer une flèche et de la planter sur le poteau ? je lui demande.

— Ce poteau-là ?

— Oui, ce poteau.

C'est le poteau qui sert de cadre pour tendre les peaux de caribou, pour les faire sécher. La première flèche passe trop à droite. La deuxième passe cette fois-ci trop à gauche : en plein dans la peau de caribou, ouvrant un grand trou. Je passe ma main dans le sens du poil, pour cacher les dégâts. Feuille-d'Automne dit que son père va s'en apercevoir de toute façon. Il dit qu'on ne peut pas laisser ça comme ça. Il va dans la tente de ses parents en tremblant. Je reste à l'extérieur car je n'ai pas le droit d'entrer. Feu sort pour voir de lui-même, se rend derrière le cadre, passe son doigt dans le trou. Puis frappe Feuille-d'Automne. Si fort que j'entends la claque deux fois : une fois sur la joue du garçon, et une fois dans le lointain. Je dis que c'est ma faute, que je lui ai lancé le défi. Je m'en reçois une aussi. Feu relève son fils et le tire par le bras jusqu'à sa tente.

À partir de ce jour, nous ne jouons plus. Je ne propose plus rien. J'ai peur de le tenter, et que ça lui retombe dessus. Nous nous voyons toute la journée, mais sans rien nous dire. On chasse en silence. Ça pourrait être beau. Mais c'est un silence imposé par la force. Le soir, quand on dort au camp, j'apporte la soupe de ma mère devant leur tente. Parfois c'est lui qui sort pour la récupérer. Il me sourit tristement, et retourne servir ses parents. Quand on dort sous la neige, il se couche et me tourne le dos. Me souhaite seulement bonne nuit.

Une fois, le blizzard a soufflé si longtemps que le froid s'est fait un nid dans nos pieds. Feuille-d'Automne sanglote. Il n'a plus la force de lutter. Quand je lui demande si ça va, il ne répond pas. Je roule jusqu'à lui, et j'attrape son pied. Ses orteils sont glacés. Je les réchauffe comme je peux avec mes mains. Je les masse pour faire revenir le sang, et avec le sang vient la douleur. Il sanglote. Je frotte pour ranimer sa peau. Ensuite, je le pose sur mon ventre. Un frisson me traverse. Ma bouche s'ouvre pour geindre, mais je me retiens pour qu'il ne se retire pas. Je le garde serré contre moi, jusqu'à me creuser, jusqu'à me fondre à la forme de son pied. Nos chaleurs s'entremêlent. Je fais la même chose avec le deuxième. Puis je lui murmure de se retourner. Il obéit. Je lui prends les mains, je souffle dessus. Je les glisse elles aussi sous mes vêtements. D'abord le plat de la main, ensuite le dos. Nous nous endormons ainsi. Face à face, et les pieds enlacés.

Depuis, j'attends les nuits sous la neige. J'espère chaque matin que le Chef choisira de partir au caribou, qu'il faudra parcourir de longues distances pour trouver le troupeau, que les dix doigts ne suffiront pas pour compter le nombre de lacs à traverser. Je ne reste plus comme avant, près du feu, à regarder les dessins des étoiles, la brillance du manteau blanc sous la lune. J'ai autre chose en tête. Je vais me coucher dès qu'il est l'heure, quand le Chef rince sa tasse dans la poudreuse et nous souhaite bonne nuit. Même si la journée a été chaude, je demande à Feuille-d'Automne s'il veut que je le réchauffe. Il ne dit jamais rien, mais il sort la jambe de la couverture pour me la tendre. L'étape des pieds est longue et froide. Mais je la garde, car c'est la porte pour ouvrir son corps. Les mains trouvent un espace nouveau chaque nuit. Chaque nuit remontent un peu plus haut le long de mon dos, se font moins timides pour caresser ma peau. Le renflement de mes seins et les contreforts de mon sexe lui font rebrousser chemin. Je rêve qu'il ose, qu'il me prenne la main pour la mettre sur lui, comme je l'ai fait avec la sienne. Mais c'est ma main qui finit par aller toute seule soulever ses vêtements, et passer sur son torse. C'est ma main qui se glisse dans ses cheveux pour lui dégager la joue. C'est ma main qui apprend les reliefs de son visage. Je le trouve trop petit pour oser m'aventurer sur ses fesses, et entre ses jambes. Mais je me dis qu'il se trouve peut-être lui-même trop petit pour s'aventurer entre les miennes. Alors, cette nuit, je me décide. Je me coule entre les vallons de son ventre. J'avance doucement, pour lui faire comprendre. J'effleure son sexe, d'abord avec le bout des doigts, comme si c'était un accident. Il a la respiration rapide. Je m'enroule autour de lui. Je le sens battre. Je repense au sexe de Petit-Renard, sur la plage. Je chasse cette idée de ma tête, parce que je ne veux pas penser le sexe. Je ne veux pas voir le sexe. Je veux seulement la nuit et nos souffles émus. Seulement mes mains sur lui, qui tâtonnent. Je veux le grain de la peau et le souffle dans mon cou. Je veux me vautrer en lui. Je m'échappe de mes couvertures pour passer sous les siennes. J'attrape son visage et sa bouche.

L'hiver m'apprend à aimer un garçon. Avec le corps, avec les soupirs et le dos qui se cambre, il me dit où les choses sont bonnes. Je l'embrasse partout. Il n'y a que les lèvres pour sentir les infinies variations de la peau, la douceur dans le creux du ventre, les os qui saillent et le duvet dans la nuque. Il se laisse empoigner, retourner. Il se laisse ouvrir. Il me laisse une place entre ses jambes. Je suis épuisée de désir, incapable de satisfaire ma langue qui veut sa bouche, mes seins qui veulent des caresses, mon sexe qui s'effeuille pour lui. Au début j'aime qu'il ne soit qu'à moi. Qu'il ne soit qu'une poupée chaude. Puis je veux plus. Alors je me love, je me fais petite. Je prends sa main pour m'enlacer de lui. Pour qu'il passe sur mon ventre et mes jambes. Pour qu'il m'enfouisse. Doucement, je l'emmène sur mon sexe. Je l'emmène où l'eau sourd, où le plaisir boit. Où les doigts s'arrondissent et s'écoulent. J'aime que cette main ne soit pas ma main. J'aime ces doigts dociles, qui apprennent les petits cercles qui me font jouir.

Une nuit de chasse, une nuit entre rires et soupirs, ma langue se promène sur son oreille. Je m'amuse à forcer mon souffle, pour le voir se cambrer de plaisir.

Un craquement me fait sursauter, mais il est trop tard pour réagir, car déjà le pied de Feu écrase le mur de glace qui protège notre trou, et son bras se faufile vers nous, main ouverte comme pour tordre le cou d'un animal. Je crie, me ramasse vers le fond. La main attrape Feuille-d'Automne par le mollet, et le tire vers la sortie. J'ai le réflexe d'attraper aussi le garçon, pour le garder près de moi. Même dans le noir, je sais la panique dans ses yeux. Il ne résiste pas. Il a tout lâché, résigné. Il se dit que la punition sera moins grande. Comme si ça pouvait faire une différence, atténuer sa faute. Quand je comprends que Feu va tirer jusqu'à ce que je cède, je suis obligée de le laisser se faire emporter. Je m'attends à ce qu'il me prenne aussi, alors je reste bien au fond. Mais non. Les claques s'abattent, et mes mains se portent à mes oreilles pour ne plus entendre. Il emmène son fils dans son propre trou, pour ne plus jamais le perdre des yeux. Quand je sors la tête, je vois à la trace dans la neige qu'il ne lui a même pas permis de se relever. Il l'a traîné comme un cadavre. Il l'a frappé à même le sol. J'ai au moins la consolation de me dire que Feuille-d'Automne a ses peaux sur le dos. Qu'il ne mourra pas de froid. C'est toujours ça de pris sur la souffrance. Le Chef échange sa place avec Feuille-d'Automne. S'allonge à côté de moi et, sans un mot, se met à ronfler.

18

L'hiver passe sans que rien d'autre n'arrive. Rien concernant ce que nous avons fait. J'aimais nos nuits. Lui aussi. Je ne pensais à rien d'autre que ma main sur son torse. Je n'ai jamais pensé aux conséquences. Ce que je comprends, c'est que le monde des caresses est un monde souterrain. Un monde qui ne peut pas se mêler aux autres. Il lui faut une couverture. Une peau de caribou pour l'étouffer comme on étouffe un feu. Ou une vaste forêt pour le diluer. Mais certaines couvertures doivent être plus épaisses que d'autres. Feu, je l'ai déjà entendu monter sur Loutre. Jusqu'à la faire haleter. Je sais ce qu'ils font, tout le monde sait ce qu'ils font, mais personne ne vient les séparer quand ils sont nus. Nous, nous ne faisions pas de bruit comme les adultes. Pas comme Feu et Loutre. Nous avons quand même été entendus. Et nos caresses nous ont été retirées.

Le Chamane m'a beaucoup parlé du feu et

de l'eau. Du féminin et du masculin. Il a dit que les mariages réunissent le féminin et le masculin. C'est ce que veut le Grand-Esprit. C'est ainsi que se crée l'équilibre. Alors naissent les enfants. Les tentes ronronnent du travail des uns et des autres. Le chasseur sert la cuisinière, et la cuisinière sert le chasseur. Les hommes ne se touchent pas entre eux. C'est pour ça qu'ils peuvent dormir dans le même trou de neige. Mais moi, il a dit que je suis le masculin et le féminin dans le même corps. Je ne suis pas un homme. Je vis seulement comme un homme. Je ne comprends pas ce que j'ai le droit de faire, et ce qui m'est interdit.

Maintenant, pendant la chasse, les grands ne nous laissent plus seuls derrière. Feu reste avec son fils. Le Chef reste avec moi. Avec lui, rien n'a changé. Il m'apprend toujours les gestes qui sauvent. Comment jouer avec le vent pour ne pas porter notre présence sous le mufle des caribous. Il m'aide à construire les tréteaux pour mettre la viande hors de portée des ours. Le soir, quand nous dormons sans les tentes, il s'endort sur le dos. Souvent, je n'arrive pas à trouver le sommeil car je suis concentrée sur son souffle qui gonfle et finit en ronflements, de plus en plus forts. Jusqu'à ce qu'il se tourne sur le côté.

Je n'entends plus le rire de Feuille-d'Automne. C'est normal car il ne riait qu'avec moi. Il est devenu comme le lièvre. Un animal aux yeux ronds, toujours aux aguets. Son père le regarde quand il tire les flèches. Quand il coupe les branches pour sapiner. Quand il creuse la neige. Je suis heureuse que ce regard ne soit pas sur moi. Le Chef fait comme si de rien n'était. Feu aussi. Pourtant, j'ai souvent l'impression que le secret lui brûle les lèvres. Je le trouve plus dur encore avec ma mère. Quand il lui demande de resservir la viande, il a la bouche pleine de mépris.

Les jours rallongent, chassent les grands froids. Les redoux s'amusent à trouer le paysage. D'abord les roches se découvrent, puis les bords de rivière. Quand le soleil est à son maximum, j'aime regarder les conifères qui s'ébrouent. Ils se débarrassent de cette neige qui les écrase. Prennent une grande respiration et leurs branches remontent comme on relâcherait les épaules. Des taches vertes apparaissent. Il faut se lever tôt pour marcher sans s'enfoncer, quand la croûte est encore assez dure pour supporter nos pas. Feuille-d'Automne et moi n'avons pas de problèmes avec notre poids d'enfant. Mais Feu râle quand il faut lever haut la jambe pour se dégager. Nous marchons moins : la fin de l'hiver est riche en loutres et castors. La fonte fait monter les eaux, et parfois inonde leurs loges. Les animaux ressortent faibles de leur hibernation. Ils prennent des risques pour se nourrir, sont moins vigilants. Nous laissons les caribous regonfler leurs troupeaux, pour nous recentrer sur le petit gibier. Comme nous sommes moins occupés, je prends le temps de regarder la débâcle des glaces sur les rivières. Les morceaux s'entrechoquent, s'entassent dans les méandres.

Puis c'est le grand retour. D'abord à pied, avant de retrouver les canots qui nous ont attendus, protégés sous des tas de branches. Les bras morts sont encore pris dans les glaces, mais les eaux vives ont depuis longtemps ressurgi, plus tumultueuses que jamais. On taille des perches et on remonte. Après le partage des eaux, tout va très vite. Le risque, c'est de se faire retourner par les rapides. Ma mère et moi, nous suivons les deux canots qui nous précèdent. Et ainsi nous ne risquons pas d'être avalées par une mauvaise vague. Vers la fin du voyage, nous retrouvons une famille, puis deux de plus. Et ainsi, nous arrivons à notre camp d'été, dans la joie de revoir des têtes connues.

19

Les Longues-Tresses nous rendent visite au début de l'été. Et aucun sang ne coule. Dans la grande tente du conseil, les sages des clans parlent longtemps. Après leur départ, le Chef annonce qu'un jeu de balle a été décidé pour apaiser les haines. Cet hiver encore, une famille a disparu. Tant que les Longues-Tresses voudront le qaa, la guerre de vengeance risque de perdurer. Il y a trop de morts. Trop de captures. Il faut y mettre un terme, ou nous allons finir par disparaître. C'est ce que pensent les sages. Les Yeux-Rouges ont accepté de laisser les Longues-Tresses accéder à l'île s'ils gagnent le jeu. Parce que les Longues-Tresses sont un peuple violent, un peuple qui veut s'emparer de nos richesses. Les Longues-Tresses sont avides et voleurs. Ils ne croient qu'en l'arbitrage des Esprits. Mais nous aussi nous y croyons. Nous savons que nous avons reçu le qaa. Nous n'avons pas peur.

Le jeu de crosse aura lieu à la fin de l'été, juste

avant les grands voyages. Le Chef sera aussi chef d'équipe. C'est lui qui choisira ses joueurs. Pendant les jours qui suivent, je ne pense qu'à ça. Incapable d'aller en forêt, de me changer les idées. Je veux qu'il me choisisse. Les jeux de balle entre tribus sont exceptionnels. Dans les pays où le soleil fait mal, où les tribus sont tellement grosses qu'il est impossible de compter les familles, on dit que les Habitants jouent tous les ans. Ça me fait rêver. Certaines années, les adultes fabriquent des raquettes, une balle avec du cuir de caribou, et jouent entre eux. Ensuite, vient notre tour et on s'entraîne, les garçons et moi. L'an dernier, non. À cause de ce qui s'est passé. Avant, j'adorais jouer. On pouvait y passer des heures.

La première chose qu'on apprend, c'est à ramasser une balle à terre, avec la raquette, la faire monter dans le filet tressé au bout du bois. Plus tard viennent les creux de terrain, les mêlées qui n'en finissent plus. Seulement alors on peut passer aux passes, aux tirs. Et aux réceptions, le plus difficile. Je dirais que je ne suis pas mauvaise pour attraper les balles. J'ai des souvenirs de buts que j'ai mis et qui sont magnifiques. Surtout un que je ne peux pas oublier. C'était un jour où la balle était coincée, et deux garçons se battaient pour l'avoir. Je me suis glissée entre leurs épaules et j'ai donné un grand coup de raquette. J'ai décoincé la balle en les prenant de vitesse. J'ai réussi à faire monter la balle dans mon filet, et j'ai couru. Orage-Blanc a essayé de me barrer la route. Je lui ai tourné le dos pour qu'il ne puisse pas frapper le manche de ma raquette avec la sienne. Ça a marché parce que j'ai senti sa raquette taper mes jambes et mon dos mais jamais bois contre bois. J'ai couru encore et j'ai tiré, pas aussi fort que j'aurais voulu, mais la balle est rentrée en touchant le poteau. Des fois, on ne sait pas pourquoi on est capable de faire de telles choses. Les choses nous viennent, c'est tout.

Les adultes ne jouent pas à la crosse tous les ans. Parce que l'été passe vite. Parce que les adultes pensent à autre chose. Pour nous les Yeux-Rouges, le jeu de balle est un moment rare. Cette année est d'autant plus spéciale qu'il y a l'enjeu de l'honneur et du qaa. Cette année, tout le monde est concentré sur ça. Le Chef visite les hommes un par un pour constituer son équipe. Ceux qui sont recrutés commencent à chercher un bon bois pour leur raquette. Je brûle d'impatience d'être prise. D'être prise comme les autres. Bien sûr, je pense à ce qu'il pourrait dire. Que je suis un homme sans en être un, que je suis trop jeune. Que je dois encore faire mes preuves. Je tourne en rond, je tape dans les arbres. Le lac m'aide à évacuer ma tension. Je m'immerge jusqu'à ce que le froid me cogne la tête. Ensuite je m'allonge, et j'essaye d'oublier ce jeu de balle, mais il revient toujours par le bas, par le ventre. Il s'infiltre en moi et prend la couleur de la colère ou de la tristesse, comme un jour d'ombre et de soleil.

Quand je rentre un soir dans la tente, il est là. Le Chef. Assis, pendant que ma mère prépare à manger. Mon cœur se met à battre très fort. Même quand il me dit que je dois jouer le jeu de balle, je n'arrive pas à y croire. C'est seulement une fois qu'il quitte la tente que je me mets à sauter de joie.

Pour la raquette, il y a un savoir-faire. À chaque étape je reçois l'aide d'un aîné, qui me montre les gestes. Quand il faut choisir l'arbre pour le bois. Quand il faut couper. Je veux la même taille que celle des adultes, mais on me conseille de me baser sur la longueur de mon bras. On me dit qu'un bâton trop grand sera plus difficile à manier. Cette parole fait son chemin dans ma tête. J'ai toujours cru que les grands outils étaient les meilleurs outils. Je comprends maintenant que les meilleurs outils sont ceux qui s'adaptent à notre main. Je me mets à aimer cette raquette qui prend forme, ce bois qui se dénude de son écorce. Pour l'instant ce n'est encore qu'un bâton. Quand on le plonge dans l'eau chaude, le bois s'assouplit. Les mains fortes des hommes et la pierre en façonnent l'extrémité en demi-cercle, comme un crochet. Ma mère me donne le cuir pour y tresser le filet. Quand ma raquette est terminée, je cours l'essayer dans les bois. Je chaparde une balle et je lance, encore et encore. J'essaye de toucher les troncs des arbres. De passer entre deux branches. Je m'entraîne à ramasser à pleine vitesse, à réceptionner les passes. Je lance la balle fort contre un tronc et je fais comme s'il était mon partenaire de jeu.

Un soir, le Chef nous annonce que l'équipe a été formée. Il y a Orage-Blanc et tous les garçons. Il y a le père d'Orage-Blanc. Il y a mes chasseurs. Il y a Feu. Il y a tous les hommes et les enfants en passe de le devenir. Ne manquent que les plus jeunes, les vieux, et les hommes dont les femmes sont enceintes. On ne peut pas jouer quand un bébé va naître. Le bébé détourne la pensée du combat. Les femmes ne jouent pas non plus. De se sentir tous ensemble, de se savoir dans ce groupe qui va se battre contre les Longues-Tresses, c'est quelque chose. Je sens la fierté dans nos regards. La fierté de représenter notre tribu. Le Chef vérifie que nous avons tous notre raquette. Passe auprès de chacun. Caresse les manches, les cuirs.

Vous avez tous compris l'importance de ce jeu de balle. Ce jeu de balle va prendre la place de la guerre qui tue nos familles depuis des années. Ce jeu de balle va ouvrir une nouvelle période de paix entre les Yeux-Rouges et les Longues-Tresses. Peu importe le résultat du jeu. Ce qui compte, c'est que le spectacle soit apprécié. Les Esprits veulent voir que les Yeux-Rouges sont braves. Qu'ils donnent tout, du lever au coucher du soleil. Le Grand-Aigle veut voir des passes habiles. Le Grand-Lièvre veut voir des jambes rapides. Le Grand-Ours veut voir des tirs puissants. Et pour ça, nous allons nous entraîner tout l'été, pour que le jour prévu, nous soyons grands.

Il nous explique son programme d'entraînement. Il faut d'abord trouver une place à chacun. Il veut des coureurs, il veut des défenseurs, il veut des passeurs, il veut des tireurs. Il veut de tout, il veut une équipe équilibrée. Il veut que les qualités de chacun soient exploitées au mieux. J'aime ses paroles. J'aime sa force de conviction. J'aime cette énergie collective. Je suis tellement excitée que, quand Ours-Assis se met à parler après le Chef, je mets longtemps à comprendre qu'il parle de moi :

— Je pense qu'elle va nous attirer la colère du ciel. Ce n'est pas un homme. Elle n'a même pas fait son passage à l'âge adulte.

— Et moi je pense que sa présence est au contraire une faveur. Et c'est pour ça que je l'ai choisie dans notre équipe, répond le Chef.

Chacun y va de son bavardage. Le sang de la colère me monte aux joues.

— Nous avons besoin de tous nos jeunes, reprend le Chef. S'ils ne sont pas encore adultes aujourd'hui, ils le seront au moment du jeu. Ils vont vivre leur rite cette année.

— Même si elle accomplit son rite cette année, la Peau-Mêlée n'est pas un homme. Elle ne sera jamais un homme. Ni une femme. Le Chamane nous l'a bien expliqué. Elle n'a rien à faire dans le jeu.

— Cette année, elle a chassé comme un homme. Elle a tué le caribou avec ma famille. Elle a monté des tréteaux, elle a marché et dormi dans la neige. Plus tard, elle se mariera. Elle sera l'homme de la famille. Elle apportera le gibier, elle n'aura pas peur de saigner les bêtes encore chaudes. Une Peau-Mêlée vit comme un homme. Et le jeu de balle est un jeu d'hommes. Elle a toute sa place sur le terrain.

— Notre tribu est petite, Chef. Les choses se savent. Tu as raison : si c'était une Peau-Mêlée, peut-être qu'elle aurait sa place. Mais est-ce qu'elle est vraiment ce qu'elle prétend être ? Tant qu'elle n'a pas fait démonstration de sa magie, je ne crois pas en elle. Même sa naissance manquait de certitudes. Depuis, j'ai entendu dire que certaines choses se sont passées cet hiver, qui mettent en doute son pouvoir. Tu sais de quoi je parle, Chef.

Je me sens chaude et nauséeuse. Quand Feu a tiré Feuille-d'Automne loin de moi, il a rendu nos caresses interdites, il a fait naître la honte, qui m'a souvent empêchée de dormir. Je croyais qu'elle avait été effacée par le temps. Lavée par la fonte des glaces. Qu'elle resterait collée à un événement qui n'est plus. Elle me revient avec encore plus de violence. Le père d'Orage-Blanc sait. Peut-être qu'Orage-Blanc sait. Peut-être que les garçons savent. J'envie Feuille-d'Automne de ne pas être là. De ne pas être pointé du doigt.

— Peau-Mêlée, lève-toi s'il te plaît, demande le Chef.

Il me fait venir devant lui et pose une main sur mon épaule. De l'autre, il me fait lever le menton, jusqu'à ce que mes yeux tombent sur ceux d'Ours-Assis, qui ne me regarde pas.

— Voilà la personne dont tu parles, Ours-Assis. Dès son plus jeune âge, elle a aimé les activités de garçons. Ce que tu ne sais pas, Ours-Assis, c'est que le Chamane et moi avons beaucoup parlé d'elle. Car elle montrait des signes depuis longtemps. Puis Peau-Mêlée a fait un voyage de plusieurs jours dans la forêt. Elle a écouté les voix du qaa. Elle a écouté les voix du sol et du ciel qui lui ont dit qu'elle devait vivre comme un garçon. Nous avons toujours cru en la vision. Nous avons toujours cru aux prophéties du Chamane. Et la prophétie du Chamane s'est réalisée. Il avait vu que cette enfant aurait un grand destin, et, malgré son âge, elle nous a déjà montré sa puissance. Si tu refuses qu'elle joue le jeu, alors c'est que tu ne crois plus aux visions. Tu ne crois plus au Chamane. Et tu ne crois plus au Chef.

— Peut-être qu'à force de lui voir un grand destin, c'est nous qui lui avons construit son destin.

— Et toi, qu'est-ce que tu en penses ? me demande le Chef, en se tournant vers moi. Est-ce que tu crois que tu dois jouer ?

Sa main se fait plus ferme sur mon épaule. Son regard plus perçant que jamais. J'ai une seconde d'hésitation. Consciente que chaque mot compte. Alors je fais quelque chose dont je resterai fière : je relève la tête. C'est cette main sur mon épaule qui me donne le courage. Je relève la tête et je regarde Ours-Assis droit dans les yeux.

— Je suis une Peau-Mêlée. Je vis comme un garçon. Il faut que je joue, parce que je suis meilleure que la plupart des garçons.

20

Le Chef nous fait faire des exercices et construire des buts, avec de hautes perches pour les poteaux, et une plus courte, à l'horizontale, pour marquer la limite en hauteur. Mon rêve est d'être tireuse. Mais en réalisant l'exercice de précision, je tire à côté, je manque de force. Je m'en veux d'être si nulle. Dans les mêlées, je ne fais pas le poids pour ressortir les balles. Je repense à ce qu'a dit Ours-Assis, et je me sens abattue. Je ne me sens pas à ma place.

Puis on joue tous ensemble, pour s'entraîner comme en vrai. Les grands se font des passes entre eux, et nos petits bras peinent à attraper les balles. Orage-Blanc, lui, réussit quelques actions. Le Chef va lui donner une bonne place. Lors d'une mêlée, je me trouve au bon endroit, en retrait, quand un grand de mon équipe dégage la balle et cherche à faire une passe. Il me voit : la balle tombe dans mon filet. Je ne réfléchis pas et je fais ce que je fais de mieux : je cours. On essaye de me tomber dessus. Je feinte. Change de direction. Passe entre mes adversaires. Me faufile entre les épaules. Je me sens des ailes. Enfin, quand je vois que je ne peux plus m'en sortir, je fais une passe par-dessus. La balle retombe dans la raquette de mon partenaire. Il tire et marque. Au cours du jeu, il y a plusieurs actions similaires. La balle ressort de la mêlée, m'arrive dans le filet, et je fais des échappées solitaires. C'est quelque chose que j'aime. C'est quelque chose où je suis douée, de me jouer des autres par le corps. Je reprends confiance. Le Chef, à la fin du jeu, me félicite. Je suis une coureuse. Pas la plus rapide. Mais la plus souple, peut-être.

L'été est encore long. Il faut reprendre ce que l'on sait. La chasse, la fabrication de canots et de pièges pour l'hiver. Une autre excitation vient recouvrir la première : celle du rite de passage. C'est une excitation différente. Cette année, nous sommes beaucoup à devenir grands. À cause du jeu de balle, ceux qui auraient dû passer l'année suivante passent aussi. Ce sera la plus grande cérémonie depuis longtemps. Les filles aussi vont grandir. Mais elles sont moins que nous, car nous n'avons pas besoin d'elles pour la rencontre. Le jour de la cérémonie, le Chamane nous fait monter dans les canots, entre garçons. Les adultes perchent de leur côté. Nous nous rendons à l'Œil-Lac. Il faut une matinée pour l'atteindre, entre rivières et portages. J'ai le ventre serré à l'idée de voir enfin ce lac qui a nourri les légendes de mon enfance. Quand les adultes commencent à s'agiter, je comprends que nous y sommes presque. De loin, on reconnaît une masse plus haute que les autres. Le lac ne se devine pas. C'est que la forêt se superpose à la forêt, jusqu'à l'horizon. Quand le regard est au niveau de la surface, on ne distingue rien. Les méandres nous échappent, s'offrent au dernier moment. Ainsi l'Œil-Lac n'aurait pu être qu'un simple virage. Il s'ouvre par surprise. Grandiose. Aucun enfant ne pose la question de savoir si nous sommes arrivés : la réponse est évidente. Devant nous monte l'Île-Esprit. Une montagne qui plonge à pic, tellement raide que même les épinettes n'ont pas trouvé à fixer leurs racines sur les falaises. Le lac l'embrasse de tous côtés, immense. Les adultes nous rejoignent, accostent. À genoux, ils remercient le lac et l'île de nous accueillir pour faire grandir leurs enfants. Nous les imitons. Les canots passent par les terres. Sortent entièrement de la rivière. On doit marquer l'arrivée dans le domaine de l'Esprit. Une règle qu'aucun Yeux-Rouges n'a jamais transgressée, dit le Chamane.

Nous dormons sur les berges. La nuit flaire nos corps. Il faut laisser aux Esprits le temps de nous apprivoiser. Au matin, nous touchons enfin la surface du lac. Nous allons en faire le tour. Il nous faudra deux jours. Nous partons sans rien. Sans nourriture, sans peaux pour dormir. Ça fait partie du rite. Et sans les parents, qui nous attendent. Nous sommes ainsi livrés à nous-mêmes. Les garçons et moi, on fait la boucle dans un sens, les filles dans l'autre. À mi-chemin, nous nous retrouverons. Nous dormirons ensemble, comme si nous étions la tribu. Nous choisirons où établir le camp. Les adultes se cachent dans la forêt pour nous laisser partir. Ils n'ont pas le droit de nous voir embarquer. Leur regard porte malheur. Un enfant qui est regardé par ses parents, c'est un enfant qui ne trouvera pas le chemin, a dit le Chamane. C'est un enfant qui va s'accrocher à l'enfance. Moi, de toute façon, ma mère n'est pas venue. Elle ne risquait pas de m'empêcher de passer à l'âge adulte. Elle n'a jamais eu de regards pour moi. Même quand je suis sortie voir le prisonnier Longues-Tresses, l'an dernier, elle m'a laissé faire. Et maintenant je suis empoisonnée par le doute. Je pense souvent à ce qu'il m'a dit. À ce massacre des Longues-Tresses, près de l'Œil-Lac. Aujourd'hui, j'y pense encore plus. Mais je n'ai posé aucune question. J'ai peur qu'on m'accuse d'être faible.

Dans deux jours, quand nous aurons fait le tour du lac, nous reviendrons dormir au point de départ. Pendant ce temps, les adultes seront sur l'île. Ils dorment là-bas pendant la récolte du qaa. C'est le seul moment où l'île le permet. Au matin du troisième jour, nous les rejoindrons, pour recevoir la fin du rite. Orage-Blanc est en tête des canots. Il veut aller vite et loin. Il veut retrouver les filles au-delà du demi-cercle. Son père lui a dit qu'une fois les garçons ont mis plus longtemps que les filles à faire le tour. Alors les garçons, devenus hommes, ont eu des mauvaises vies. C'est une évidence qu'on doit arriver premiers, dit Orage-Blanc, les garçons doivent être plus rapides. Alors il nous fait ramer plus fort. Je suis avec un de ces garçons que j'aimais beaucoup, avant qu'Orage-Blanc ne nous éloigne. Un de ces garçons qui me portait sur ses épaules pour me jeter à l'eau. Un de ces garçons qui était dans ma tribu des Grandes Chaleurs quand nous jouions à la guerre. Il a grandi. Il a pris des épaules et du muscle. Sa voix mue. Je lui demande si on peut rester à l'arrière, en queue du groupe. Je lui dis que c'est à cause d'Orage-Blanc. Que je ne m'entends plus avec lui. Qu'il veut toujours décider de ce qui est bien pour les autres. Je dis qu'Orage-Blanc se prend pour un adulte, croit tout savoir. Je critique sa façon de donner des ordres sur le terrain. Même parfois aux adultes. Orage-Blanc, il dit d'aller dans la mêlée. Il demande qu'on lui fasse la passe et il peste quand on rate une balle. Mais lui, il n'en fait jamais, de passe. Il veut toujours courir, marquer le point et finit souvent par se faire piquer la balle. Il ne comprend pas que le plus important, c'est de la conserver dans l'équipe. Le garçon renchérit. Je crois que ma parole le libère. Dans l'intimité du canot, il ose rire d'Orage-Blanc. Il ose raconter qu'une fois il a voulu prendre la balle, mais qu'Orage-Blanc l'a bousculé et a crié : *Laisse !* Il l'a prise de force. Il ne s'est même pas excusé. Ensuite, il a voulu jouer tout seul et l'a perdue. Le garçon est heureux de pouvoir me raconter ça. Raconter ce que tout le monde sait et tait.

On parle de l'hiver. J'aime comment il raconte. Il me fait rire. Il raconte qu'il joue des fois au Serpent-de-Neige avec sa famille. C'est lui qui tasse et qui creuse pour faire la piste. C'est lui qui taille les bâtons. C'est parfois dur de jouer car il y a tellement de choses à faire en hiver qu'on n'a pas le temps. La lumière est rare. Le soleil est le meilleur outil du chasseur qui cherche sa proie. Quand même, ils ont réussi à trouver des occasions pour lancer le bâton dans la piste. C'est son père qui arrive le plus loin. Des fois on n'arrive pas à savoir car il y a un chien qui joue aussi. Chaque fois qu'on fait glisser le bâton il court pour le rattraper. Il se lance sur la piste glacée. C'est devenu plus drôle de regarder la trajectoire du chien que celle du bâton. Le chien dérape. Le chien se vautre. Le chien mord dans le vide quand le bâton lui échappe. Il revient en courant pour le rapporter, fier comme jamais. Alors qu'il n'a pas cessé de se mettre en vrac. Souvent il faut lui courir après pour le lui arracher. Toute la famille s'y met. Et le chien est plus glissant qu'un saumon. Fait tomber les bébés et les grands-mères. Moi il me fait rire, ce garçon, parce qu'il a les yeux qui brillent. Je le trouve différent quand il sort du groupe des garçons. Quand il est juste avec moi dans le canot.

Je fais exprès d'aller lentement pour ralentir le groupe. Je ne crois pas qu'il faille être les premiers, être plus rapides que les filles. Mais est-ce que ça nous donnerait une vie de malheur ? Le Grand-Esprit aime qu'on prenne notre temps. Il aime qu'on reste quelques jours dans la forêt, qu'on ne fasse rien d'autre que s'allonger. C'est la seule façon d'entendre les battements de la terre. De sentir les odeurs d'humus qui, à hauteur d'homme, sont balayées par les vents. C'est la seule façon de voir le ciel et les boucles des nuages qui se défont. Non, je ne crois pas que le Grand-Esprit aimerait qu'on découpe l'Œil-Lac d'un grand geste de canot. Je crois qu'il aimerait qu'on se fonde dans le sacré. Qu'on se laisse envahir par l'immensité. Quand le garçon est à l'avant du canot, j'en profite pour ramer lentement et nous laisser distancer. Je vois bien qu'il voudrait les rattraper. Il plonge à droite, à gauche. Il roule les épaules pour que sa pagaie prenne une belle verticale dans l'eau, que la poussée soit ferme. L'eau coule le long du manche, lui inonde les cuisses. Mes coups de rame sont plus doux, il ne les entend pas. Il se doute de quelque chose, car souvent il se retourne vers moi. Me lance un faux sourire. Veut vérifier que je travaille bien. Sous son regard, je fais semblant. Je ne veux pas qu'il croie que je suis paresseuse, que je profite de l'arrière pour me la couler douce. Ça n'a rien à voir. C'est une question de croyance. C'est une question de lutte contre Orage-Blanc qui croit être le chef du groupe. Le rite de passage, ce n'est pas la continuité de l'enfance. C'est la rupture. Il faut arrêter d'être ce qu'on a toujours été. Il faut s'oublier. Orage-Blanc, lui, il ne s'oublie pas. Au contraire. Il se sert du rite pour devenir celui qu'il veut être, au lieu de devenir celui que le rite lui dira d'être. Orage-Blanc ne fait pas de pause. Je me demande si, avec sa famille, ils voyagent comme ça. Est-ce qu'ils remontent les rivières comme si c'était une course à gagner ? Je voudrais bien prendre le temps. Les paysages sont beaux. L'Île-Esprit avance dans le lac. La roche brille. Comme mouillée par le soleil.

Autour du feu, le Chamane nous racontait souvent les légendes de l'île. Comment l'île est née quand, après un long hiver, le Grand-Ours avait tellement faim qu'il a décidé de manger le Grand-Poisson. Il s'est tapi dans la forêt car il savait que le Grand-Poisson allait frayer dans l'Œil-Lac, qui n'avait pas encore sa forme d'œil. La faim tenaillait le Grand-Ours. Il n'a pas réussi à attendre qu'une femelle arrive et distraie le Grand-Poisson, si bien que le Grand-Poisson avait déjà disparu quand le Grand-Ours a donné un coup de patte dans l'eau, trahi par son ombre. La patte est restée plantée dans le fond du lac. De peur que les hommes viennent le dévorer, il a tiré pour se décoincer, et sa patte s'est arrachée. Depuis, il n'est jamais venu la récupérer, et la forêt a poussé dessus. L'Île-Esprit, c'est cette patte, ces griffes noires au milieu du lac.

Il y a aussi une légende pour le lac, car les légendes n'arrivent jamais seules. C'était bien avant l'histoire du Grand-Ours, quand le Grand-Loup courait après la Grande-Louve, qui chaque fois se dérobait. Le Grand-Loup était le meilleur chasseur. Il rapportait à la meute des orignaux, des caribous, des castors. Il nourrissait sa belle et elle ne s'inquiétait jamais de l'hiver. Elle avait toujours le pelage doux et l'estomac rempli. Mais quand il s'approchait d'elle, elle fuyait, trouvait un autre loup. Un jour ils avaient rendez-vous dans une forêt loin de la meute. Il croyait qu'enfin il allait pouvoir l'aimer. Elle n'est jamais venue. Le Grand-Loup a pleuré une année entière. Il a pleuré un lac de larmes. Il a eu tellement honte de ne pas savoir retenir son chagrin qu'il n'est jamais retourné auprès des siens. Certains disent que son amour l'empêche de mourir. Qu'il erre toujours dans les bois, sans trouver le repos. Qu'il revient parfois s'abreuver dans le lac de ses propres larmes.

Je suis sûre qu'Orage-Blanc ne pense pas aux légendes. Je suis sûre qu'il ne pense qu'à la course. Il nous attend pour nous pousser au cul. *Tu es sûre que tu veux rester avec les garçons ?* il me demande. *Parce que tu m'as plutôt l'air de ramer comme une fille.* Puis, à mon équipier : *Fais gaffe ! Si tu restes avec elle, tu vas être obligé de jouer à la fille. Tu vas faire la cuisine et écarter les jambes !*

Mon garçon rougit et accélère, mon garçon redevient ce garçon suiveur, ce garçon dans la masse des garçons. Il perd l'estime qu'il avait gagnée avec ses histoires d'hiver.

Parfois j'écoute si j'entends les adultes récolter. J'essaye de voir des arbres plier. Mais le lac est trop grand, et l'île trop vaste. Enfin quelqu'un crie quand une proue de canot se dessine au loin. Les chants des filles viennent jusqu'à nous, et nous leur répondons. Quand les canots se croisent, les filles se mettent à tourner autour des nôtres. Je ne sais pas si c'est un jeu qu'elles ont inventé pendant le voyage, ou une tradition apprise de leurs mères. Nous, nous inventons au fur et à mesure.

Orage-Blanc décide qu'il est temps de chercher le camp. Côté taïga, pas du côté de l'île. L'île sera pour demain. Les canots sont tirés sur une plage. Orage-Blanc donne les ordres : *Toi et toi, occupez-vous du feu. Toi et toi, vous êtes chargés du poisson. Les filles, vous sapinez pour qu'on puisse dormir.* Mais comment faire du feu sans pierre à feu ? Comment pêcher le poisson sans nasses ? Les uns et les autres sont ennuyés, ne savent pas quoi faire.

— Je ne crois pas qu'on attende de nous de faire un camp d'adulte, je dis. Je crois qu'il faut juste passer la nuit dans la forêt comme si nous étions ses invités. Qu'il ne faut toucher à rien et dormir sur le sol nu, le ventre vide. Qu'il faut devenir adulte dans la tête, plutôt que nous occuper les mains.

Orage-Blanc s'approche de moi. Me regarde dans les yeux.

— Ah oui ? Tu crois ça, toi ? Mais qu'est-ce qui te fait penser que tu as raison ?

— Nous n'avons pas de matériel. Rien.

— Peut-être parce que les adultes veulent qu'on apprenne à se débrouiller sans.

— Peut-être parce qu'ils veulent nous apprendre à voir le monde autrement qu'à travers le même feu de camp, la même tente que toujours.

— Tu te crois mieux que les autres, hein ? Tu crois que tu sais tout parce que le Chamane te lèche le cul ?

— Non, je ne sais rien. Mais à ceux qui veulent vivre leur rite de passage autrement qu'en pêchant des poissons à la main, je propose de faire comme ils veulent. À tous ceux qui imaginaient quelque chose de plus grand que la vie quotidienne, de se lancer. Moi, je ne suivrai pas tes ordres, Orage-Blanc. Je n'oblige personne à faire comme moi. Mais que ceux qui ne veulent pas t'écouter ne se sentent pas obligés de le faire.

Orage-Blanc s'adresse alors à tout le monde :

— Et moi, je propose à tous ceux qui pensent que le rite de passage sert à devenir adulte de m'écouter. Car cette nuit nous apprenons à devenir des hommes et des femmes. Nous apprenons à être une tribu. Je ne vais pas suivre les conseils de quelqu'un qui propose de ne rien faire. De se laisser mourir de faim et de froid.

C'était plus fort que moi. Je ne pouvais pas laisser Orage-Blanc accaparer l'espace de liberté que nous avons ici. Je ne pouvais pas le laisser distribuer ses ordres sans rien dire. En même temps, je n'ai rien en échange. J'ai juste dans la tête les quelques jours que j'ai passés seule dans la forêt, avec la boisson. Ces jours qui ont marqué mon corps. J'ai vu la forêt comme je ne l'avais jamais vue. J'ai collé ma peau aux peaux du monde. Aux écorces, aux sols d'aiguilles et de feuilles. J'ai vu que le solide était aussi liquide. J'ai aiguisé la réalité des choses. Tout ça, je voudrais que les garçons et les filles le vivent. C'est la seule initiation que je connaisse. Mon rite de passage avant l'âge. Quand les partisans d'Orage-Blanc se mettent à l'ouvrage, je reste seule avec deux filles et un garçon, qui attendent de moi des miracles. Qui me regardent, les yeux ronds. Je ne pensais même pas avoir ce succès. La peur de les décevoir me prend. Je ne veux pas leur donner d'ordres. Pourtant, ils en attendent. Je voudrais qu'ils se laissent porter. Ils attendent que je les porte. Je leur donne ce que le Chamane m'a donné : l'isolement et le temps. On s'éloigne du camp. Le garçon doute. Peut-être qu'il regrette. Peut-être qu'il ne voulait pas suivre Orage-Blanc, mais qu'il ne voulait pas me suivre non plus. À choisir, peut-être qu'il se dit qu'il vaut mieux être avec la majorité. Il pose des questions. Il demande si nous allons loin. Les filles ne disent rien. Je les emmène là où les bruits des autres ne parviennent pas. Je les laisse chacun sur une plage. Sans consigne. Sauf celle de se sentir libre. De se sentir libre de faire ce qu'ils veulent. Je me trouve moi-même une plage, d'où je peux regarder l'île en face. Le soir se rapproche. Le soleil glisse lentement. Semble ne jamais vouloir s'échapper. Les nuages se gorgent de couleurs. Devant moi, sur l'île, il y a cette roche heureuse de recevoir le ciel. Cette falaise miroir. Je laisse mes yeux entrer dans une faille qui court. Ils y entrent si profond que je sens la puissance de la pierre. Comme si mes yeux étaient une main immense qui caresse. La faille n'est plus là-bas, elle est là, sur mes doigts. Elle est là, dans mon ventre. Elle me noue. Je la sens dure et osseuse. Je la sens affamée de chaleur. Je la sens moite, à l'écoute des épinettes qui bavardent le soir. Elle me fait respirer plus fort. Elle me fait ouvrir mes jambes. Elle me traverse par la bouche et le sexe. Elle est partout en moi, à m'épuiser la peau. Elle me fait aimer être au monde.

Les moustiques finissent par m'arracher à ma contemplation. Quand je retourne chercher les autres, les filles sont parties. Il n'y a que le garçon. Nos pas bruissent dans la forêt. Craquent les aiguilles et les brindilles. Cognent les racines fondues dans l'obscurité. Le lac est blanc. Sa lumière éclaire notre chemin. Le camp a été organisé en cercle, comme dans la tribu, avec le feu au centre. Il ne semble pas qu'ils aient attrapé de poisson, car je ne vois aucun reste. Quelques cônes traînent ici et là, ouverts. Orage-Blanc leur a fait manger des graines, à défaut d'avoir pu pêcher. Ils ont sapiné des couches pour deux à trois personnes, où se mélangent parfois des filles et des garçons. Nous trouvons chacun un arbre et nous nous endormons le ventre vide. Et, je l'espère, la tête pleine.

Dans la nuit j'entends chuchoter. J'entends froisser des vêtements. C'est Orage-Blanc et une fille. J'écoute si la fille veut, ou si sa voix cherche à freiner les choses. Je ne crois pas qu'elle dise non. Il y a des bruits de bouche. Des lèvres qui se collent. Des langues qui se cherchent. Les mains soulèvent les vêtements. Je sais que c'est Orage-Blanc. Mais ma main ne peut s'empêcher de descendre où mon corps se fend. Je pense à Feuille-d'Automne. À nos peaux noires de nuit. À ses doigts qui se laissent faire. Qui se laissent entrer en moi. Je ne fais pas de bruit pour ne pas réveiller mon voisin. Mais mon plaisir est un tambour qui couvre Orage-Blanc et la fille, et la forêt tout entière. Je danse avec lui.

Nous repartons au matin. Si les regards des deux filles me fuient, le garçon traîne encore avec moi. Il ne porte pas le regret dans son attitude. Je reprends ma place avec l'autre. Je le sens gêné de n'avoir pas suivi mon rite, d'avoir préféré celui d'Orage-Blanc. Quand il comprend que je m'en fous, notre canot se fait plus léger. Nos discussions reprennent. On arrive avant les filles, bien sûr. Il n'y avait pas d'enjeu pour elles.

21

Aux aurores commence la deuxième étape. Chaque enfant est embarqué dans le canot d'un adulte : une fille pour une femme, un garçon pour un homme. Quand on s'approche de l'île, l'homme me fait descendre dans l'eau alors qu'elle est encore profonde. *Le lac est sacré,* il me dit. *Il va te laver de ton enfance. Ton enfance partira avec le courant jusqu'à la mer, là où se retrouvent les enfances de tous les Yeux-Rouges.* Autour de moi, tout le monde saute. Les filles comme les garçons. Je les imite. L'homme me suit peu après. Il me prend la main. Me demande de bloquer ma respiration. Il compte jusqu'à trois et nous plongeons vers le fond. Je souffle de grosses bulles. L'eau est trouble. Je ne distingue pas son visage, mais ses doigts sont toujours mêlés aux miens. Mes oreilles me font mal quand enfin on touche les galets et la vase. Il me fait asseoir en tailleur avec lui. Dans le halo trouble, il pose ses mains sur ma tête puis nous remontons d'un grand coup de patte. Les enfants sont invités à poser les pieds sur l'île, pendant que les adultes ramènent les canots à la nage. Sur la plage, les filles et les garçons sont séparés. Nous partons dans une direction, elles dans une autre. Nous ne nous reverrons plus jusqu'au soir.

Les hommes nous font nous déshabiller et accrocher nos vêtements sur des branches pour les laisser sécher. Ils font de même. D'abord je n'ose pas. Pourtant j'ai déjà montré mon sexe. J'ai déjà laissé voir de près. Mais c'était différent. J'étais encore une fille. Pas une Peau-Mêlée. Il n'y avait pas d'adultes autour de moi. C'était encore le privilège de l'enfance. Mais maintenant que nos sexes vont devenir des sexes adultes, je crains de montrer mon corps. J'ai envie d'attendre qu'un homme vienne me voir pour m'encourager. Il ne faut pas. Sinon je suis comme tous ces suiveurs qui ont besoin des autres pour se décider. Je respire un grand coup et je me mets nue. Il y a des regards sur moi. Je fais semblant de ne pas les voir. Je remercie ma mère qui a insisté pour que je laisse mon bracelet dans la tente.

Le Chamane nous fait grimper les montagnes. Beaucoup d'adultes sont restés récolter le qaa. Le Chef est là-bas, comme Feu, comme Ours-Assis. Les pieds nus, je connais. J'ai toujours grimpé au bouleau sans chaussons. Les pieds nus comprennent quand les branches sont trop fines pour porter le poids. Les pieds nus adhèrent à l'écorce. Le soir, ma mère m'obligeait à frotter mes orteils jusqu'à ce qu'ils redeviennent roses. Mais je crois qu'ils ont toujours gardé une teinte jaune, en souvenir des jours où mon pied et la terre se fondaient l'un dans l'autre. Le corps nu, par contre, je ne me rappelais pas la sensation. Ma mémoire ne remonte pas jusqu'à mes premières saisons, quand je n'avais pas encore de nom. Et, devant tant d'hommes, c'est encore autre chose. Ma chance, c'est que la forêt ne se laisse jamais crever en grand. On ne peut pas avancer autrement que les uns derrière les autres. Nos pas sont occupés à ne pas s'embourber. Alors j'oublie ma peau. J'oublie mes seins qui ont commencé à pousser. Mes poils noirs. La ligne de mon sexe.

Le sentier monte jusqu'au sommet de l'île, là où le vent souffle. Là où les arbres laissent place aux landes. Aux buissons et aux lichens. Le monde chauve. Le Chamane nous y attend, assis sur la grande dalle :

Bienvenue, enfants ! Aujourd'hui est un grand jour. Un jour qui va vous faire hommes. Un jour qui reste dans les mémoires. Votre peau était douce, elle a apprivoisé le froid. Vos jambes étaient faibles, elles ont appris à marcher. Vous vous êtes relevés. Vous vous êtes bâti un corps qui court, un corps qui remonte les rivières, un corps qui nage, un corps qui chasse. Un corps habile pour manier la pierre, pour séparer les viandes de leurs fourrures, pour briser les os. Ce corps, aujourd'hui, est prêt pour prendre sa place dans le monde des Yeux-Rouges. Aujourd'hui vous apprenez votre rôle. Mais pour ça il y a encore une chose que vous devez faire. Ici, au sommet de l'Île-Esprit, vos ancêtres ont placé un cercle de pierre, autour de la dalle où je suis assis. Chacun de vous va monter sur une de ces pierres. Prenez celle que vous souhaitez. À partir du moment où vous aurez les pieds dessus, vous ne devrez plus en bouger. Restez debout, les bras le long du corps. Tournez-moi le dos. Regardez au loin, ne regardez pas vos amis. Ne parlez pas. Gardez la tête haute et les yeux grands ouverts.

Orage-Blanc rit. Il demande : *C'est ça l'épreuve ? C'est juste ça ?* Le Chamane ne répond pas. Au lieu de ça, il se lève et s'en va et les adultes derrière lui, sans que je m'en rende compte. Ne reste que nous. Je me décide vite. Je choisis ma pierre. Ce sera celle qui fait face aux montagnes qui relèvent le soleil. Les autres hésitent encore. Ont les mains sur les hanches. Orage-Blanc est déçu. Il aurait voulu quelque chose de plus grand. Une épreuve de force. Il rechigne, et fait rechigner tout le groupe. J'ai installé mes pieds bien à plat, les jambes un peu écartées pour être confortable. Je sais que le temps peut être long. Le Chamane m'a déjà fait le coup. Un à un, les garçons finissent par choisir et le silence nous prend. Je pensais qu'Orage-Blanc allait parler. Mais il se tait. Le rite de passage est trop sacré pour qu'il le piétine.

Je me dis que je vais avoir froid. Nue et au vent. L'année dernière, dans la forêt, l'été était plus avancé. L'air était plus vif. J'avais la boisson, j'avais mes vêtements et le sol pour m'accueillir. Là, nous sommes exposés. Rien pour freiner la course de la brise. Je comprends que l'épreuve est là. Dans la tête qui dit oui au froid, ou qui l'ignore. Je repense à ce que j'ai appris. Je pense à mon souffle qui avance et recule dans ma poitrine. Je pense au ciel. Je pense à l'Œil-Lac et à la taïga infinie. Je tente de m'oublier dans le paysage. Autour de nous, il n'y a rien. Pas un adulte qui vienne nous voir. Pas un bruit de récolte pour briser la monotonie. Les seuls événements, ce sont ces nuages qui s'effilochent, ces feuilles qui ondulent sans fin, ces insectes qui se posent ici et là. Il met du temps, mais le miracle de la veille refait surface. Quand la pensée s'abandonne, les distances s'effacent. Je peux fixer un brin d'herbe et m'émouvoir de sa danse, le temps que le ciel renouvelle ses nuages. J'explore le minuscule. J'essaye de sentir le moindre fragment de ma peau. D'écouter si le froid la tient éveillée. Même si j'ai tout ça, même si j'ai les conseils du Chamane en moi, je ne peux pas m'empêcher de trouver le temps long, et mes jambes lourdes. Je ne peux pas m'empêcher de souhaiter changer de position, replacer mes pieds, plier un genou.

Je me suis trompée. Je croyais qu'ils ne nous

donnaient que le vide pour nous défaire de l'enfance. Non, ce n'est pas tout. Le soleil a depuis longtemps entamé sa descente quand on entend des cris dans la forêt. Des cris comme une colère d'oiseaux. Ils s'agitent et retombent. Puis reviennent, encore plus fort. Quand ils sortent des arbres, je crois d'abord à des loups, parce qu'ils sont noirs de la tête aux pieds. Ils se sont roulés dans les tourbières, se sont inventé un pelage. Ils marchent à quatre pattes, le dos voûté. Font de petits bonds, s'arrêtent pour lever la tête ou lancer un cri. La tourbe ronge les visages. Les traits sont enfouis. Les pupilles sont réduites à un point noir. Ils balayent le paysage sans s'y arrêter. Semblent seulement intéressés quand ils tombent sur nous. Une des bêtes vient jusqu'à moi. Me détaille de la tête aux pieds. Cherche à m'intimider. Mon sexe a l'air de l'intriguer. Elle revient sans cesse dessus, tourne la tête pour mieux voir. Une autre bête s'approche, dérange la première. Elles se chamaillent, elles se courent après et m'offrent un peu de répit. Pas longtemps. La première revient. Elle ne m'a pas oubliée. Soudain, elle me crache dessus. Ça me tombe sur la poitrine, me coule jusqu'à l'aine. J'entends derrière moi que les autres l'imitent. Toutes les bêtes crachent sur les garçons. La mienne est excitée d'avoir lancé le mouvement. Elle crache encore et encore. Elle m'atteint au visage, sur le front. J'ai de la salive dans l'œil. Je penche la tête pour m'en débarrasser. La bête me voit. La bête voit tout. Elle a l'instinct du chasseur qui a trouvé sa proie et ne la lâchera plus. La bête crache encore. Me crie dessus. Derrière moi j'entends quelqu'un pleurer. Ça me donne la force de ravaler mes sanglots. De paraître plus grande encore.

Ma bête est entrée à l'intérieur du cercle, s'est dérobée à mon regard. J'entends fouiller dans une mare. Commencent les jets de tourbe. J'en reçois dans le dos. Je pousse un cri de surprise. C'est douloureux. Les coups ne tombent jamais quand je les imagine, me font sursauter. J'ai envie de m'échapper de ma pierre. De bondir et de courir vers la forêt, ouverte devant moi. Personne ne pourrait me rattraper. Mais je veux être un homme. Je veux passer l'épreuve et entrer dans le monde des grands. Je serre les dents.

Je sens une main sur ma cuisse. Une main rugueuse, humide. La bête commence à me toucher, à étaler la tourbe sur mes mollets. Tout est dans la respiration, tout est dans le souffle. Voilà ce que je me dis. J'essaye de m'échapper par la pensée, pendant que je me fais palper les jambes, les genoux. Les mains remontent sur mes fesses, font le tour pour me caresser le ventre. Je suis embourbée vivante. La bête fait de moi une bête. M'invite dans le monde inférieur. Elle se colle à moi. Je sens un sexe dressé sur mes fesses, écrasé contre mon cul. Même à travers la tourbe je sens sa chaleur, je sens comme il est dur. La bête m'empoigne. Se frotte. J'ai toujours les bras le long du corps. Je ne fléchis pas les genoux. Ma poitrine bat fort. Une autre bête vient et me touche. Il y a maintenant quatre mains qui se disputent ma peau, qui me pelotent. Un doigt passe entre mes fesses. Cherche à me pénétrer. Je serre. Je reçois une claque dans le dos. Les autres mains me forcent à me pencher en avant, à écarter les jambes. Elles m'ouvrent. On met quelque chose dans mon cul, mais ce n'est pas un doigt. C'est plus rond, plus lisse. On me laisse me relever. J'ai l'espoir que ça soit fini. Qu'ils soient allés au bout de l'humiliation. En fait, ça ne fait que commencer.

D'abord je crois que c'est juste l'irritation, juste le fait que mon cul essaye de se refermer, que c'est pour ça qu'il est sensible. Mais je comprends que c'est ce qu'on m'a introduit qui agit. C'est un fruit de qaa. Ces fruits dont même la vapeur attaque les yeux, et fait passer de mauvaises nuits. Le fruit libère sa puissance. D'abord, ce sont juste des picotements. Puis le qaa devient chaleur qui se répand, qui se faufile dans le ventre. Il y a la perte de sensibilité. Je n'arrive plus à sentir mes fesses. Je suis comme engourdie. Les mains continuent à passer sur mon corps. On m'embrasse la nuque, une langue me caresse les oreilles. Je ne sens plus le sexe en érection. Il est comme à distance.

On écarte mes jambes un peu plus. On s'occupe à nouveau de mon anus. Ça ne fait pas mal. C'est juste désagréable. Finalement les mains établissent leur camp sur mes hanches, me font aller et venir, de plus en plus fort. Maintenant j'ai un sentiment d'ennui. Une grande lassitude. Les mains ne me fouillent plus. Je suis au-delà des larmes. Je me sens perdue dans un monde trop grand pour moi. J'ai juste hâte d'entendre le Chamane siffler la fin du jeu.

La bête m'oblige à m'allonger par terre, sur le ventre. Je suis écrasée, la gueule contre la lande, la peau griffée de branchages.

D'un seul coup ça s'arrête. Les choses se retirent. Les mains, la sensation dans le cul, le poids de la bête sur mon dos. Je reste allongée. Je n'ai plus la force de rien. Je tourne la tête pour savoir où sont les garçons. Il y en a qui sont comme moi, à moitié enfouis dans la végétation. Le corps souillé, noir. D'autres sont recroquevillés. Personne n'a tenu la position debout. Je tâte mes fesses. Je ne trouve pas le fruit du qaa. Seulement quelques traces qui collent à mes doigts. Les bêtes se traînent jusqu'à la mare. Toutes ensemble, elles se baignent dans les faibles fonds. Les corps sont encore gris, l'eau n'est pas assez propre pour les nettoyer. Mais c'est suffisant pour que les masques de boue tombent. J'ai suivi ma bête des yeux, depuis le moment où elle s'est relevée de mon dos. C'est quelque chose que j'ai fait sans y penser. Je ne l'explique pas. Je ne m'explique pas pourquoi j'ai regardé, et pourquoi les autres garçons n'ont pas eu cette curiosité. Pourquoi j'ai fixé mon regard sur ma bête, au lieu de les croire toutes identiques sous leur pelage noir. Quand ma bête relève la tête, elle se met à parler. Elle parle fort. Avant toutes les autres. Elle dit que nous pouvons bouger de nouveau. C'est la fin de l'épreuve.

Dans ses traits, je reconnais ceux du Chamane.

22

C'est notre tour de devenir des bêtes. Les hommes nous relèvent et nous ramènent vers la dalle. Nous avons perdu nos regards. Orage-Blanc ne se ressemble plus. Il n'a plus les épaules fières. Il n'a plus ce corps qui dit oui à l'âge adulte. Pourtant, il obéit à tout. Comme tout le monde. On ne peut pas faire marche arrière. Il faut aller jusqu'au bout. Le Chamane nous parle du vieux combat des Yeux-Rouges et du qaa. Nous dit que le qaa et les Yeux-Rouges sont comme deux frères ennemis, qui s'aiment et se détestent à la fois. Que le qaa a tué beaucoup d'ancêtres. Jusqu'à ce que la relation s'apaise, et que l'Habitant apprenne à parler au qaa, et le qaa à l'Habitant. Le qaa attire l'Habitant avec ses fruits sucrés, qui donnent une grande force quand on les mange. Si l'Habitant ne fait pas attention, la graine s'installe en lui et le tue. Dans le cadavre, le qaa trouve la chaleur dont il a besoin pour faire une pousse.

Il a besoin de ce cadavre pour se faire une place dans la forêt. Mais le qaa ne pousse que sur l'Île-Esprit, car le qaa est une plante divine. Sur l'Île-Esprit la terre est plus noire. La roche est plus tranchante. Il ne faut pas oublier que l'Île-Esprit est la griffe du Grand-Ours. Ce n'est pas une île comme les autres. Les Yeux-Rouges ont essayé de replanter le qaa ailleurs. Ils ont sacrifié un chien pour cela. Ils lui ont donné une graine à manger. Et il a fallu qu'un chasseur coure pendant des jours derrière le chien qui devenait fou, pour ne pas perdre l'endroit où il allait mourir. Le chien prenait à travers les arbres, comme piqué par une bête. Il ne sentait plus le fouet des branches. Il mâchonnait des herbes pour se faire vomir. Le chasseur le suivait à la trace. Trouvait des pelotes de poils et de feuilles régurgitées. Le chien n'allait nulle part. Il allait, c'est tout. Si bien qu'il ne s'est pas éloigné du camp, à force de tourner en rond. Le chasseur l'a retrouvé mort dans une clairière. Le qaa a poussé à travers lui. Mais n'a jamais donné de fruit. L'année qui a suivi, les caribous ont fui les Habitants, si bien que les Habitants ont compris qu'ils avaient été punis, pour avoir voulu dompter le qaa, pour avoir voulu le rapporter chez eux. Aujourd'hui les chiens sont encore sacrifiés, mais seulement sur l'Île-Esprit. Jamais ailleurs. Le qaa aime les sacrifices, car il pousse haut, et donne de beaux fruits rouges. Les ancêtres ont appris à parler au qaa, et à écouter le qaa. Ils ont appris que la graine du qaa tue, car elle veut pousser. Mais la pulpe contient la vie. La pulpe rapproche les Yeux-Rouges du Grand-Esprit. Elle ouvre des yeux dans la peau. La pulpe est chauffée, fondue, séchée. Elle devient cette pâte rouge que les enfants ont vue dans le village. Les graines, elles, macèrent dans l'eau et donnent la boisson. La boisson se dompte plus facilement que la pulpe. C'est pour ça que certains ont peut-être déjà bu la boisson. La pulpe est seulement pour les adultes. C'est la pulpe qui nous fait adultes.

Pour chacun de nous, le Chamane découpe une lamelle de pâte et la dilue dans un fond d'eau. Nous fait avaler le liquide dans un bol. Le Chamane me sert en dernier. J'ai le temps de voir les changements chez les autres. Les yeux qui reculent. Quand c'est mon tour, je bois d'un coup. L'effet est plus rapide que la boisson, et plus soudain. Avec la boisson, c'était mon ventre qui faisait monter sa chaleur. Là, c'est la tête qui s'éveille. Un homme me prend par la main et m'emmène dans la forêt. Je veux dire quelque chose sur la couleur rouge de la lande. Rouge enflammé par le soleil couchant. Rouge qui saute aux yeux. Qui nous attrape, qui noue la gorge. Je veux dire ça, mais je n'y arrive pas. Il me tire par le bras, je lui montre la lumière. Ma tête ne se tient plus. Ma tête penche à droite, penche en avant. C'est beau de voir que le paysage penche avec. Que le ciel peut glisser sur la terre. Le qaa s'amuse à intervertir mes sens. L'extérieur m'échappe. Mon corps écrase le reste. Je me mets à vouloir toucher, et vouloir qu'on me touche. Je veux que l'on me creuse. Je veux tenir, je veux entrer. Je veux agripper l'homme. Lui embrasser les lèvres. Il m'en empêche. Il me tient les mains et m'entraîne dans la forêt. Maintenant il peut m'emmener où il veut, tant qu'il ne me lâche pas. J'ai peur qu'il me lâche. J'ai peur d'être sans le monde. Que le monde se fasse sans moi et que ma peau s'ennuie d'elle-même. Je veux un corps, à serrer, à mordre. Et ce corps, il me l'offre.

Dans la forêt il y a une fille. Elle est nue, allongée sur les mousses. Son corps éclairé de lumière oblique. Elle regarde vers les nuages. L'homme me tend un objet taillé dans une ramure d'orignal. Un objet long et poli. Qui rappelle les sexes en érection. Je sais ce qu'il veut que j'en fasse. Dans ma main, le bois d'orignal est déjà du plaisir. L'homme me donne à cette fille, nous joint les mains, nous rapproche les visages pour que nos langues se touchent. Les lèvres de la fille m'appellent. Je les dévore. Je m'abîme dans cette bouche. Je veux être tout entière dans cette bouche. Qu'elle m'absorbe.

Mes mains caressent. Mes mains épousent. Mes mains longent les lignes, cherchent les impasses. Mes doigts la pénètrent, puis le bois. Mon corps se sent plein, se sent eau qui remonte à la source, se sent tressé à la terre. Je me sens en elle et elle en moi.

L'effet du qaa retombe doucement. La conscience, elle, se réveille en sursaut. Et avec elle le dégoût. Je suis allongée sur la mousse. À côté de moi, la fille dort ou pleure, et c'est un peu pareil. Elle tourne la tête. Elle ne me regarde pas. Je pense à mes baisers qui l'embrassent, et je me rappelle sa peau tétanisée. Je me rappelle qu'elle me prenait dans ses bras, qu'elle me serrait fort quand je la pénétrais, mais que ses yeux ne disaient pas oui. Ses yeux disaient que le temps était passé trop vite. Qu'elle n'avait jamais pensé que l'enfance se sauverait en une nuit. Qu'elle n'avait jamais touché aucune peau en la désirant. Jamais embrassé aucun garçon. Ma peau et ma bouche et mes doigts et le bois d'orignal, c'était beaucoup. Le qaa se chargeait de lui ouvrir les jambes et le ventre. Ses yeux disaient que le plaisir d'en bas n'a pas grand-chose à voir avec ce que pense sa tête. Qu'elle est humide, mais que ça pourrait aussi bien être de larmes. Et moi j'ai voulu. J'ai voulu si fort que je suis passée entre ses jambes. J'ai bu son sexe. J'ai aimé sa peau. J'ai voulu si fort que j'ai laissé ses yeux dire sans vraiment les écouter. J'ai pensé que son sexe mouillé était suffisant pour qu'elle m'accueille. J'ai même pensé que mon sexe mouillé était suffisant pour qu'elle m'accueille. Cette nuit je suis née homme. Et mon accouchement est amer.

23

Notre statut a changé. Nous le savons dès que nous rentrons au village. La vieille hiérarchie de l'âge a disparu. Ne reste que la hiérarchie des guerriers, que nous connaissons par cœur pour avoir souvent compté les plumes sur les parures. Maintenant nous en faisons partie. Il ne nous reste plus qu'à tuer des Longues-Tresses, ou des ours, si nous voulons gagner le respect de la tribu. Nous participons aux conseils, de même que les filles devenues femmes. Notre voix est écoutée autant que celle des autres. Nos vies changent, aussi. Un homme ne joue pas dans la forêt. Un homme aide sa famille à chasser, à construire des canots et des pièges à castor. Notre arbre n'est plus à nous. Il y a de nouveaux jeunes qui grimpent dans ses branches. En regardant les autres, j'essaye d'apprendre mon rôle. Même si elle ne chasse pas, ma mère est à la fois l'homme et la femme de notre famille. Elle sait monter seule la tente.

Elle fait le feu. Elle fabrique les ustensiles dont nous avons besoin. Elle a toujours tanné les peaux du Chef en échange de sa viande. C'est comme ça qu'on est nourries. Sauf que, quand je veux prendre ma place d'homme, elle me la refuse. Elle ne veut rien changer à l'ordre des choses. Elle ne me laisse pas de place dans ses activités. Elle me dit de profiter de mon été. De rester tranquille. Que la vie passe trop vite pour qu'on travaille comme des bêtes. Elle est la seule à ne pas me voir différente. À ne pas me voir homme. Elle ne m'a pas demandé si j'avais réussi les épreuves. Elle m'a juste parlé du paysage. Je finis par lui rentrer dedans : *Pourquoi tu me traites comme avant ? Pourquoi tu me prends encore pour une enfant ? Tu fais comme s'il ne s'était rien passé. Alors que tout s'est passé. Je ne suis plus une enfant.*

Comme elle ne répond rien, rien d'autre qu'un sourire gêné, je sors pêcher. J'ai demandé au Chef de me prêter une nasse et je me suis rendue à la rivière. J'ai trouvé à coincer le piège entre deux rochers. Je n'ai eu qu'un poisson, que je donne à ma mère. Je veux qu'elle soit heureuse de ce poisson. Je veux qu'elle ne voie pas seulement la chair du poisson, mais le symbole du poisson. Ce poisson dit qu'un jour je vais être assez forte pour apporter toute la viande pour nous faire vivre. Alors on ne sera plus dépendantes du Chef.

On sera un vrai clan. Un petit clan. Mais un clan autonome. C'est ça que je veux qu'elle voie. Je veux qu'elle voie que maintenant j'ai le droit de faire toutes ces tâches. Que c'est mon devoir. Je veux qu'elle comprenne que je mérite ça.

Le Chamane me convoque dans sa tente. Il a toujours les yeux aussi noirs, des yeux qui comprennent tout, qui voient à travers la peau. Qu'est-ce que j'avais cru ? Qu'il allait s'excuser de m'avoir prise ? Au début, je croyais ça. J'espérais. Puis j'ai compris que le rite de passage consiste justement à accepter le rite de passage. Je sais pourquoi il me convoque. Depuis notre retour, je n'ai pas arrêté de l'éviter. Chaque fois qu'on pouvait se croiser, j'ai pris un autre chemin. Parce que j'ai confondu les bêtes avec les hommes.

— Comment vas-tu ?

Je n'arrive pas à soutenir son regard. Il est trop puissant. Il me dénude. J'ai les mots qui défilent. Je pense à tout ce que je pourrais lui dire. Que c'est lui la bête. Que c'est lui qui a écrasé ma tête sur la lande. Que le qaa m'a transformée en bête. Que j'ai touché cette fille et que cette fille n'était pas prête. Que je me sens faible. Mais le dire serait le pire des aveux. Il risque de croire que je ne suis pas vraiment un homme. Qu'est-ce que le Chamane m'a appris ? Le Chamane m'a appris à respirer. Il veut voir si j'ai bien appris. Je prends une grande inspiration, et avec l'inspiration refluent mes larmes. J'ai la tête à nouveau forte. Je suis une montagne, je suis une Peau-Mêlée.

— Oui, tout va bien.

— Tu es sûre ? Tu n'as rien à me dire ?

— Non, rien.

Je suis encore une fille dans son cœur.

Le Chamane laisse passer quelques instants. Puis une ombre passe sur son visage, et il reprend, soudain grave :

— Moi j'ai quelque chose à te dire. On m'a raconté ce qui s'est passé. Sache que l'événement n'a pas été bu par l'hiver. Il n'y aura pas de punition pour ça. Pas encore. Parce que tu n'étais pas adulte, et Feuille-d'Automne non plus. Donc les choses s'arrêtent ici. Nous n'en parlerons plus. Mais fais bien attention, car nous ne serons pas toujours aussi indulgents. Tu as suivi le rite de passage. Tu dois donc te comporter en homme, désormais. Tu n'as pas tous les droits. Et, pour dire les choses simplement, les hommes ne caressent pas les autres hommes. Est-ce que je suis clair ?

— Oui.

D'un geste de la main, il m'indique que la conversation est terminée. Je le salue et me lève. Au moment où je me tourne vers la sortie, il m'attrape la main et retrousse mon vêtement d'un geste vif, pour dégager mon poignet. Il reconnaît mon bracelet de petite fille.

— Tu as bien failli m'avoir, il crache. Mais je sais encore reconnaître une bête malfaisante quand j'en vois une.

24

Ce n'est pas ma faute s'il se blesse. C'est dans le jeu. Je suis derrière lui, et je donne un coup de crosse dans la sienne, pour qu'il perde la balle. Ma frappe est précise. La balle s'échappe de son filet. Il tourne la tête pour la suivre des yeux. C'est là que sa cheville plie. À cause d'une motte de terre. Dans mes rêves, je vais voir longtemps ce pied qui se trompe de verticale. Cet angle bizarre de la jambe. Quand la cheville plie, j'entends des cris. Des clameurs. Certains savent se faire entendre plus fort que les autres. Savent glisser ce qu'ils ont à dire. *C'est sa faute ! C'est la fille !* Depuis le discours d'Ours-Assis, et l'insulte du Chamane, je suis sur mes gardes. Tous les jours il faut que je prouve. Et dans le jeu plus que tout. Dans le jeu je dois éviter les grands qui cherchent à me tomber dessus. Qui cherchent à me faire valdinguer. Je dois courir plus vite que tout le monde et faire des crochets. Ils n'attendent que ça. Ils n'attendent que de me voir tomber.

On se masse autour du guerrier à terre. Il dit que ce n'est rien. Il se relève, et il se remet à courir. Parce que c'est un brave. Un des meilleurs joueurs. On compte sur lui pour marquer des points. Le lendemain, la cheville a gonflé. Le Chamane monte la tente tremblante et essaye de faire fuir le Mauvais Esprit. Il lui fait prendre du qaa pour lui donner des forces. Le village attend dans la colère. Le Chef demande de continuer l'entraînement. C'est le dernier jour. Les Longues-Tresses arrivent ce soir pour la cérémonie. Le Chef veut de la concentration, mais les joueurs se dispersent. Font des allers et retours à la tente tremblante. Veulent mettre leur grain de sel. Donner leur avis sur le Mauvais Esprit. S'il est encore là, s'il est déjà parti. Au milieu de l'après-midi, les hommes et les femmes se réunissent pour un conseil exceptionnel. Le Chef me prend par le bras. Me dit d'être forte. Je ne comprends pas. Il prend sa place, et moi la mienne. Ours-Assis est le premier à parler : ça n'était encore jamais arrivé.

— Demain est un jour qui restera dans les mémoires. Notre honneur est en jeu. Nos vies sont en jeu. Les temps sont durs. Le Barbe est en mouvement. De la main droite, il nous achète des peaux. De la main gauche, il va lui-même trapper le castor. De la main droite, il nous dit qu'il nous protège, de la main gauche il fait commerce avec les Longues-Tresses. Nous ne savons pas ce que veut le Barbe. Mais nous savons ce que veut le Longues-Tresses. Le Longues-Tresses veut nos richesses. Le Longues-Tresses veut notre qaa. Demain nous devons gagner. Mais sans le Grand-Esprit, nous ne pouvons pas gagner. Est-ce que le Grand-Esprit est avec nous ? Non. Le Grand-Esprit regarde ailleurs. Il a laissé notre meilleur joueur se faire attaquer par l'ennemi. Notre meilleur joueur a perdu une de ses jambes et sans elle il ne pourra pas marquer de points. Notre meilleur joueur a été atteint par une grande magie.

Il laisse un silence. Pour se donner de la prestance.

— Je sais qui a lancé le sort, reprend-il. Je sais qui a lancé le sort car depuis toujours elle est sous mes yeux. Je l'ai vue grandir. Elle dit qu'elle est Peau-Mêlée, mais c'est un imposteur. Elle n'est pas des nôtres. C'est un Mauvais Esprit Longues-Tresses, qui a pénétré notre village pour nous détruire. Hier, elle a touché notre meilleur joueur, et notre joueur est tombé. Il ne s'est pas relevé. Est-ce qu'il vous faut encore des preuves ? Combien d'hivers encore il vous faudra pour voir que Peau-Mêlée n'est pas une Peau-Mêlée ? Depuis des années nous sommes aveugles, parce qu'elle nous a aveuglés. Son pouvoir est grand, car elle a aveuglé le Chamane et le Chef aussi. Mais aujourd'hui je veux que vous ouvriez les yeux et les oreilles. Elle a refusé d'être parmi les filles. Elle s'est infiltrée chez nos garçons pour les rendre faibles. Elle avait ensorcelé notre Chamane, elle a triché pour battre mon fils. Elle essaye de nous voler notre courage. Cet hiver, elle est entrée dans la nuit de Feuille-d'Automne pour l'empêcher d'être un garçon. Elle a même suivi le rite de passage pour connaître le secret de l'Île-Esprit. Je veux que vous la voyiez comme elle est vraiment. Elle n'est pas née Yeux-Rouges, c'est une Longues-Tresses, et le sang ne ment pas. Si elle joue le match, nous le perdrons.

Alors Ours-Assis se rassoit pour laisser la place au Chamane :

— Je me suis trompé. Elle n'est pas celle qu'elle prétend être. C'est une Longues-Tresses qui possède un grand pouvoir. Elle a gardé son bracelet de fille, au lieu de le mettre au feu. Je l'ai reconnu sur son poignet. Elle n'a pas eu de vision. Elle a été envoyée pour nous diviser et nous détruire. Cela a déjà commencé. Aussi, nous avons décidé de proposer un vote pour savoir si elle doit jouer ou non. Yeux-Rouges, laissez parler votre cœur ! Faites confiance à votre intuition ! Et dites-nous ce que vous voyez.

Il laisse murmurer le groupe avant de conclure :

— Je demande que les hommes et les femmes qui ne veulent pas d'elle sur le terrain lèvent la main.

Je me sens retournée comme un canot. Basculée dans les rapides. J'ai toujours eu le sentiment de ne pas être aimée. C'est quelque chose dans les regards. Quelque chose quand on joue avec les enfants des autres. Je m'étais habituée. Je croyais que ça avait à voir avec ma personnalité, ou avec celle de ma mère. Que c'était une question de place dans la tribu. Jamais je n'avais imaginé que je pouvais être d'un autre sang. Ou peut-être m'étais-je toujours arrangée pour ne pas l'entendre.

Presque toutes les personnes du conseil lèvent la main. Femmes comme hommes. Et c'est comme si la haine contre moi se matérialisait, se comptait mieux que le nombre de têtes dans un troupeau.

Ours-Assis profite de la majorité pour récupérer la parole :

— Le Chef a failli. Il s'est laissé entraîner par une enfant. Même quand notre grand joueur était dans la tente tremblante, il a préféré continuer à jouer à la balle plutôt que de combattre le Mauvais Esprit, il a préféré ignorer les signes. Par le passé, le Chef a pris de grandes décisions pour notre tribu. Mais il se fait vieux, et il se fait faible. Il a été ensorcelé par une fille. Même quand nous avons essayé de lui ouvrir les yeux, il a refusé de le faire. Vous avez tous pu voir qu'il n'a pas voté contre elle. Il croit encore qu'elle doit jouer, alors que tout le village voit enfin la vérité. Nous ne pouvons pas perdre contre les Longues-Tresses. Nous sommes les Yeux-Rouges, et depuis trop d'années les Longues-Tresses se moquent de nous. Nous ne pouvons pas laisser le destin de notre tribu entre les mains d'un chef qui a perdu sa force.

Le Chef se lève alors pour répondre. C'est vrai qu'il est plus vieux qu'Ours-Assis. Mais c'est encore lui qui a le plus de plumes. C'est encore lui qui gagne aux épreuves de force et de précision. Je le regarde, écrasée par l'angoisse de le voir faire un faux pas :

— Je remercie Ours-Assis pour sa parole. Mais je ne laisserai personne dire que je suis aveugle. Car j'ai encore le regard aussi clair que celui de l'aigle. Peau-Mêlée est bien ce qu'elle dit. Je n'avais pas cru le Chamane, quand le Chamane nous a apporté l'enfant sauvée de l'île. Nous avions dit à l'époque que si elle était Fille-Rousse, alors Fille-Rousse se manifesterait. Cette parole était sage. Je l'ai respectée. J'ai observé. Avec le temps, j'ai vu Fille-Rousse en elle. J'ai vu sa grandeur. Sa puissance. Je la vois encore. Je ne trahirai pas Fille-Rousse pour me ranger à l'opinion de la majorité. Je sais que Fille-Rousse est grande. Que Peau-Mêlée est bien ce qu'elle prétend être. Qu'elle a dialogué avec les voix de la forêt. Elle est grande parce qu'elle est libre. Elle est grande parce que sa peau parle le langage du monde. Elle est grande parce qu'elle respecte la vie et la mort. Elle est grande parce que sa flèche est précise, sa course rapide. Elle est grande parce qu'elle ne se laisse abuser par personne, ni homme ni Mauvais Esprit. Elle est grande parce qu'elle est juste. Elle est grande car aujourd'hui elle est homme, et demain elle sera femme. Elle est les deux à la fois. Si vous l'autorisez à vivre avec nous, elle fera de grands exploits, je vous le promets. Par contre, si vous abandonnez Fille-Rousse, de grands malheurs vont s'abattre sur notre tribu. J'ai écouté les bruits des montagnes. Regardé la course des rivières. Le paysage est inquiet. Les nuages ne se promènent plus : ils courent, comme poursuivis par un prédateur. Je sais ce que je dis. Si vous le pouvez, annulez votre vote, redonnez-lui sa place sur le terrain, avant qu'il ne soit trop tard. C'est ma position, et je n'en bougerai pas.

Ours-Assis demande un deuxième vote. Un vote pour savoir si le Chef doit être encore chef. Je ne peux pas croire qu'Ours-Assis ose le remettre en question. Je pensais que le Chef devait toujours être le Chef. Mais il semble que le monde devait changer, encore plus vite que l'an dernier. Car deux tiers des bras se lèvent pour le destituer. Et choisir Ours-Assis à sa place.

Ils débattent encore. À propos des Longues-Tresses, des hommes barbes. À propos des peaux et du qaa. Je n'entends plus rien. Mon corps pleure en dedans. Je ne veux plus être là. Je ne veux plus voir la gueule d'Ours-Assis, entendre ses paroles. Je veux lui arracher les yeux et la langue. Qu'il se taise à jamais. Car sa voix caresse les hommes et les femmes faibles, taille des avis dans leurs têtes. Le Chef a échoué à convaincre. Comment défendre un présent qui n'est jamais assez généreux ? Comment se battre contre les frustrations de cette terre froide ? Où toute contrariété est souvent un Esprit en colère : un orage, une neige tardive, une flèche manquée. Les grands yeux nous regardent partout. À travers l'eau du lac. À travers les montagnes. Les grands yeux pénètrent les ombres et les bois. Chaque événement, aussi petit soit-il, est un signe. Faveur ou punition. En m'écartant des filles, je suis devenue quelque chose que l'on surveille jour après jour, pour savoir si ça ne va pas enfler, comme une boule dans le ventre d'un chien. Et j'ai enflé. J'ai continué mon chemin parmi les garçons. J'ai battu le meilleur d'entre eux. J'ai tiré le caribou, j'ai attrapé le castor. J'ai lâché mes cheveux pour changer de rive. Pour être là où mon regard porte. L'an dernier, j'étais encore une faveur. Cette année, je suis devenue punition.

Je me réfugie sur ma plage secrète. Ma plage

encaissée et abrupte. Ma plage qui ne connaît du soleil que son reflet sur le lac. Ma plage toujours fraîche et humide comme un matin de rosée. J'aime sa main de galets sur mon dos quand je m'allonge. Me perdre dans les nuages, où ma colère a moins de prise. Le Chef me retrouve. Je ne devrais plus l'appeler comme ça. Il n'est plus le Chef. Il redevient ce qu'il était avant. Il reprend le nom de Eau-qui-Gronde. On l'a appelé ainsi car il a fait ses premiers pas un jour de dégel. Un jour où la rivière charriait de gros blocs qui choquaient comme le tambour du ciel. Il est venu seul, dans son canot. Je me lève, comme pour me tenir prête à grimper aux rochers ou m'enfoncer dans la forêt. Il m'apaise d'un signe du bras. Me demande de m'asseoir et s'assoit à côté de moi.

— Il y a des forces qui sont plus fortes que nous, il me dit.

Sa voix est lente.

— J'ai senti que j'avais perdu la confiance de ma tribu. Mais je l'ai senti trop tard. Je n'étais pas assez à l'écoute de l'inquiétude. Je suis désolé. Si j'avais été plus attentif, peut-être que les choses auraient été autrement. Peut-être que tu aurais pu jouer le match.

Je peine à l'écouter. Je suis dévorée par ce qu'il a dit face au conseil. Je suis dévorée par l'enfant sauvée de l'île.

— Je ne suis pas née de ma mère, je dis.

— Non, c'est vrai.

— Si je ne suis pas née de ma mère, de qui est-ce que je suis née ?

— Le Chamane t'a trouvée sur l'Île-Esprit. Tu es l'enfant de l'Île-Esprit.

— Je ne comprends pas.

— Le Chamane a été appelé par l'aigle. L'aigle l'a amené sur l'Île-Esprit, où il t'a trouvée.

— Tous les enfants ont une mère et un père. Et moi, déjà que je n'avais pas de père, je viens de perdre ma mère.

— Roseau-Fendu t'a élevée comme son enfant. Elle sera toujours ta mère, même si elle ne t'a pas portée dans son ventre. Au contraire, tu as deux mères. Roseau-Fendu, et l'Île-Esprit.

— Mais où ? Où est-ce que l'Île-Esprit fait naître des enfants ?

— Toute chose a un ventre, sur cette terre. Les montagnes comme les forêts. Le ventre, c'est là où nos yeux d'hommes n'arrivent pas à voir. C'est la vie intérieure. Elle est infiniment plus grande que ce qu'offre la peau. Tu es née du mystère. C'est pourquoi il faut que tu continues ton chemin. Même si beaucoup ont levé la main contre toi.

— Mais est-ce que je suis Fille-Rousse ?

— Je crois que tu as le sang de Fille-Rousse. Mais Fille-Rousse est une déesse. Fille-Rousse ne meurt jamais. Tu connais ses histoires. Tu connais ses ruses. Tu sais comme elle est indomptable.

Parfois elle prend corps. Je crois qu'elle s'ennuyait de nous, que ça faisait trop longtemps qu'elle n'avait pas rendu visite aux Yeux-Rouges. C'est pourquoi elle est venue vivre dans la tribu, et je crois qu'elle t'a choisie pour la porter.

— Je ne crois pas. Je ne suis pas Fille-Rousse. Je ne suis rien du tout. Rien que la fille d'une mère qui n'est rien. Sinon les autres me respecteraient. Sinon ils ne diraient pas que j'ai menti. Ils ne diraient pas que je suis une Longues-Tresses, une fausse Peau-Mêlée. Ils me croiraient.

— Rappelle-toi les histoires de Fille-Rousse. Rappelle-toi que Fille-Rousse est invisible. Elle se faufile dans les villages. Tout le monde la prend pour une fille perdue. Quand enfin elle fait de grandes choses, tout le monde s'incline devant elle.

— Si on m'interdit de jouer à la balle, si on m'interdit de vivre comme un garçon, comment est-ce que je peux faire de grandes choses ? Comment est-ce que je peux prouver que je suis bien Peau-Mêlée, que j'ai Fille-Rousse en moi ?

Alors Eau-qui-Gronde a un geste que je ne lui connaissais pas. Il me prend dans ses bras. Mais je ne sais pas être prise dans les bras. Je suis un petit chien qui est né sans qu'on s'en rende compte, et qui n'a pas été habitué aux hommes. Un chien qui n'aime pas les câlins. Je me dégage.

Je regretterai de ne pas avoir accepté sa tendresse.

25

Les Longues-Tresses arrivent le soir même. Je les regarde de loin, depuis la cime d'un arbre où je me suis cachée. Les salutations durent longtemps. Toute notre tribu est là pour les accueillir. Ils sont venus en nombre. Peut-être même qu'ils n'ont laissé personne derrière eux. Chamane, femmes, enfants, chiens : ils sont tous là. Chaque Yeux-Rouges trouve son reflet chez les Longues-Tresses. Seules les coiffures des hommes sont différentes. Ils portent une frange et une unique natte ornée de piquants de porc-épic. Je trouve ça beau. Plus beau que nos cheveux laissés libres sur nos épaules et dans notre dos. Chez nous, c'est moins élaboré. Moins travaillé.

Les Longues-Tresses s'installent sur la vieille clairière. Là où on montait le camp avant ma naissance. Elle est plus vaste que notre emplacement actuel. Mais il y a plus de mouches noires. Sans attendre, les cérémonies commencent.

Je m'approche du terrain en faisant le grand tour par la forêt. Je me retrouve derrière le but ennemi. Les guerriers font un cercle autour de leurs deux poteaux. Se tiennent par la main et chantent. Les nôtres font la même chose de leur côté. Les tambours ne sont pas accordés, mais ça ne semble gêner personne, comme si les Longues-Tresses et les Yeux-Rouges n'appartenaient pas au même lieu. Les Longues-Tresses parlent notre langue. Je comprends leurs chants. Je comprends leurs hommages aux Esprits, qui ont hâte de voir le match, mais qu'on ne peut pas décevoir. Car ils nous enlèveront les caribous, ou la neige. L'Esprit des rivières est le plus joueur de tous. Quand le monde n'était pas encore vert, il a parié qu'il pouvait atteindre l'océan avant que le soleil se couche. Il a creusé la terre pour se frayer un chemin rapide. Il s'est jeté du haut des montagnes qu'il ne pouvait percer. Il a arrondi le dos dans les virages. Et il a gagné son pari. C'est grâce à lui qu'on peut relier les eaux salées avec les eaux intérieures. L'Esprit des rivières est toujours là le premier pour voir les jeux de balle. Il ne tourne jamais la tête, il ne ferme jamais les yeux. Il ne perd rien. Depuis longtemps il a compris que je n'allais pas jouer, et il va me trouver lâche. À quoi ça sert que je sois Peau-Mêlée, si c'est pour être moins qu'une femme et moins qu'un homme ? Le Chamane disait que j'étais les deux. Que j'étais l'un et l'autre. Pas l'un ou l'autre. Mais ça, c'était avant. Dans la forêt, j'ai écouté, et j'ai entendu les insectes gratter la terre. J'ai entendu le vent souffler et les branches craquer. Tous me disaient que j'étais à ma place. Qu'il fallait que je vive comme un garçon. Je n'ai jamais été aussi bien que dans cette certitude et dans cette solitude. J'ai toujours vécu comme un garçon. Bien avant qu'on me pose la question. J'ai toujours préféré la chasse et la pêche au travail des peaux et des viandes. Je n'aurais jamais pu dire au Chamane que les Esprits voulaient que je vive comme une fille. Ça sonne comme un tambour percé. Ça sonne loin de moi. Eau-qui-Gronde, lui, il me croit. Roseau-Fendu aussi. Ils me connaissent mieux que le Chamane, qui ne me connaît que l'été. Il faut connaître quelqu'un l'hiver pour le connaître vraiment.

Les tambours se sont tus. Les Longues-Tresses et les Yeux-Rouges retournent à leurs camps pour une courte nuit. Le jeu commencera au lever du soleil. Je refais le tour du lac en sens inverse, pour rejoindre ma tente sans être vue. Je vais jouer. Je n'ai pas besoin de leur autorisation, j'ai l'autorisation des forêts.

26

Le ciel est à peine rose sur les franges quand la cérémonie commence. Je n'ai pas trouvé le sommeil. Ou, quand je l'ai trouvé, c'était pour me réveiller en sursaut à l'idée de rater le début du jeu. Je vais au lac me mettre un peu d'eau sur le visage. L'eau m'a toujours porté chance. Quand je reviens près du terrain, certains joueurs sont déjà couverts de sang. Les chamanes passent un os taillé sur les bras et les jambes de leurs guerriers, pour ouvrir de longues plaies qui pissent. Pour que les guerriers oublient la vieille séparation entre l'intérieur et l'extérieur. Qu'ils se rappellent que la souffrance plaît aux Esprits, quand elle atteste du courage. Les joueurs sont scarifiés un par un. Ils jouent pour le qaa. Pour l'accès à l'île. Mais on joue aussi pour toutes les autres richesses, posées sur le bord du terrain. Tas de peaux empilées, qui valent une année de travail. Pour des vêtements, pour des parures, pour des chaussons. Toutes les familles ont misé ce qu'elles ont.

Le chamane Longues-Tresses appelle les deux chefs pour l'engagement. La balle est posée au sol, au milieu du terrain. Les raquettes prêtes à fondre dessus, au coup d'envoi. Le Chamane porte le sifflet de bois à ses lèvres. Quand il s'est assuré que les deux équipes sont en place, il lance le match. L'intensité s'invite tout de suite. Les joueurs se disputent la balle avec toutes leurs armes. Avec leurs épaules qui renversent les adversaires. Avec leurs raquettes qui frappent. Des hommes restent à terre, sonnés. Les chamanes laissent jouer. Au jeu de balle, il y a peu de chocs interdits. Comme le terrain n'a pas de limites latérales, il n'y a pas de temps mort. Sauf quand un but est marqué. Ou quand il y a une faute. La seule faute étant de toucher la balle avec les mains.

Le premier point est marqué par les Longues-Tresses. Puis les Yeux-Rouges égalisent, et le jeu roule des hanches, dans le camp des uns, dans le camp des autres, comme un ours bien nourri. C'est équilibré. Mais les Longues-Tresses mènent. Même si nous ne sommes jamais loin derrière, nous ne sommes jamais devant. Est-ce qu'il y a une stratégie de l'embuscade ? Pour gagner au dernier moment ? Parce que pour l'instant, je ne vois pas comment on va vaincre.

Quand l'ombre de ma tente commence à tourner sur l'enclos des chiens, je vais me préparer. Il faut que le soleil monte au-dessus des arbres pour éblouir les hommes, pour m'aider. Je m'échauffe entre les arbres. Je rattrape des balles imaginaires et les renvoie très loin. J'accélère. Je repense aux exercices qu'on faisait quand Eau-qui-Gronde était encore chef. Puis je prends le couteau de ma mère, et je m'entaille. Je comprends que la vitesse oublie de faire mal. La douleur prend du retard. Je fais courir le couteau sur mon corps. Les derniers coups de couteau sont terribles. À cause de mes tempes qui tapent. À cause de mes plaies qui brûlent. Je serre les dents pour descendre jusqu'aux chevilles. Après, je m'assois, et je regarde le ciel. Il faut que ça sèche, pour faire plus vrai. Il faut que je sois plus rouille que rouge.

Je fais le grand tour par-derrière le lac, le grand tour du camp des Longues-Tresses. Je rampe jusqu'à l'arbre près du terrain. J'attends que la mêlée s'écrase près d'ici. Que les têtes et les corps s'embrouillent.

Un Longues-Tresses rate sa réception. La balle roule et rebondit. Elle vient dans ma direction. Aussitôt la masse se jette dessus. Je vois la puissance des hommes. Les corps à corps qui claquent. La balle ressort. Le jeu s'éloigne, et entraîne les regards avec lui. Alors j'entre sur le terrain, comme si de rien n'était. Je me mêle aux Longues-Tresses et Yeux-Rouges, qui courent pour se rapprocher du porteur. Mon costume de sang me semble imparfait, pas assez barbouillé par la violence du jeu. Mais l'Esprit de la rivière me regarde. Il va s'ennuyer de moi, si je fais semblant de jouer. Maintenant que je suis là, je dois y aller.

Un Yeux-Rouges me fait la passe. Je l'attrape dans mon filet. Déjà les raquettes des Longues-Tresses se lèvent pour frapper la mienne, les hommes se ruent sur moi. Que je sois presque un enfant ne change rien. J'ai vu ça ce matin. Ils ne sont pas plus tendres avec les jeunes. Alors je fais ce que je fais de mieux : je cours. Je remonte mes mains sur le manche de ma raquette pour protéger le filet. Je fais des feintes de corps. Je change de direction pour me faufiler dans les espaces. Je rentre les épaules et la tête. Nous sommes beaucoup de guerriers sur le terrain, mais le terrain est vaste. Il y a de la place pour courir. Quand je vois que je ne vais pas m'en sortir, je fais la passe. Elle tombe dans le filet d'un Yeux-Rouges. C'était ma première action. Ma première action et je l'ai réussie. J'ai remonté vers le but. J'ai gagné du terrain. Je n'ai pas perdu la balle. Je veux déjà une autre balle, une autre action.

On m'attrape le bras. C'est Eau-qui-Gronde :

— Continue de courir ! il me dit.

Je ne réponds rien.

— Il faut que tu quittes le terrain. Tout de suite !

— Je dois jouer !

Je suis essoufflée. Je n'arrive pas à dire autre chose que ça. Que je dois jouer. Le visage d'Eau-qui-Gronde se crispe. Nos courses se séparent. Il se jette dans une mêlée. Je fais le tour, pour essayer de sortir la balle par la gauche. Il me retrouve plus tard, sur une autre diagonale.

— Ours-Assis va te tuer ! il me dit. Si tu restes, tu vas mourir !

Je change de direction, car la balle m'entraîne ailleurs. Non, je pense. Non, je ne vais pas mourir. Je n'ai pas peur d'Ours-Assis. Ours-Assis ne sait pas qui je suis. Alors que les Esprits savent. Je tuerai Ours-Assis plutôt que de les décevoir. Plutôt que de rater le match.

Une passe manquée. La balle tombe au sol. J'ai l'instinct du rebond. Je chipe la balle sous le nez d'un Longues-Tresses. Je me sens comme le caribou qui détale entre les arbres. Comme l'eau qui file sous les rochers. Les adversaires n'arrivent pas à anticiper mes crochets. Je les efface les uns après les autres. Ils frappent mes bras de leurs raquettes. Ma balle est protégée dans mon filet. Mes plaies se remettent à saigner à cause des coups. Le maillage Longues-Tresses se resserre, et je suis obligée de faire une passe. L'action se termine par un point. Grâce à moi. Parce que j'ai ouvert le champ vers le but.

Les Longues-Tresses s'apprêtent à engager quand deux coups de sifflet suspendent le jeu. Les têtes se relèvent. Les chamanes parlent avec Ours-Assis. On attend. On cherche à comprendre ce qui se passe.

Puis le bras d'Ours-Assis me désigne. Les deux chamanes et tous les joueurs se tournent vers moi. Même les chants des femmes retombent. Je suis rouge de sueur et d'effort. Je ne cherche pas à fuir. Je fais la seule chose à faire après une course décisive : je relève la tête, comme le Chef m'a appris. Le chamane Longues-Tresses s'approche de moi. Je le laisse plonger dans mes yeux. Il regarde mes blessures et il voit qu'elles sont différentes, il voit que mon dos est mal lacéré, à cause de mon bras en bout de course. Il regarde mon visage. Qu'est-ce qu'il voit sur mon visage ? Est-ce qu'il y a autre chose à voir que mon envie de jouer ? Il demande à Ours-Assis et à notre Chamane de me tenir les bras. Alors il passe sa main sous mon pagne pour attraper mon sexe : il attrape une chatte.

Les joueurs se sont massés autour de moi. Ils veulent voir. Même les femmes, si elles pouvaient, rentreraient sur le terrain jeter leur coup d'œil. Ours-Assis confie sa raquette à son fils. De toutes ses forces, il abat son poing dans ma gueule. Je tombe dans l'herbe. Le choc me fait perdre connaissance quelques instants. Quelques instants où je ne sais plus où je suis. Je pourrais aussi bien être dans l'enfance ou au fond d'un lac. Dans un lieu qui noie. Quand je reviens à moi, les hommes négocient. Le chamane de l'autre équipe parle. Il dit que les Yeux-Rouges doivent être punis. Ils ont maquillé une fille pour la faire jouer parmi les hommes. Ils ont laissé une fille monter sur le terrain sacré. Elle a touché une raquette avec ses mains et touché d'autres raquettes avec son corps. Mais surtout, elle s'est elle-même scarifiée. Elle s'est substituée aux chamanes. Les Longues-Tresses et les Yeux-Rouges seront maudits pendant plusieurs hivers pour ça. Peut-être même qu'il n'est pas encore né l'Homme qui verra la fin de la malédiction. De mémoire de chamane, jamais il n'avait entendu un plus grand affront. On s'agenouille pour demander pardon pour mes fautes. Le mal est fait, mais si les Yeux-Rouges sont humbles, peut-être que les Esprits seront cléments. Notre Chamane lui-même se repent pour son peuple. Se repent pour moi.

Il faut sacrifier son corps au Soleil, dit le Longues-Tresses. *Il faut interrompre la partie. Il faut laver la faute avant que la colère du ciel monte. Il faut la sacrifier tout de suite. Que plus personne ne touche la balle ou une raquette tant que son corps sera encore sur l'herbe du jeu.*

À peine ces paroles prononcées, les Habitants jettent leurs raquettes comme si elles étaient en feu. S'organisent pour faire couler mon sang sans même me déplacer. À l'endroit exact où j'ai offensé les Esprits.

Le soleil n'est pas encore au sommet de sa

course. Dans ma tête, j'ai cette pensée stupide : que je ne verrai pas la fin du jeu. Que je ne saurai jamais si les Yeux-Rouges auront réussi à gagner. On va chercher un poteau qu'on plante dans le sol. On m'y attache. C'est au chamane Longues-Tresses que revient la tâche de me trancher la gorge. On lui a apporté un couteau. Une autre rumeur monte parmi les joueurs, et détourne l'attention. J'ai un espoir fou que quelqu'un me sauve. Que quelqu'un leur dise qu'ils se trompent, et que sa voix emporte l'adhésion de tous. Mais mon imagination n'est même pas capable de voir quel événement pourrait renverser ma mort.

Quelque chose arrive. Quelque chose de plus. D'abord, il y a un regroupement de joueurs, et des voix qui montent. Des bras qui se lèvent. Finalement, je vois Eau-qui-Gronde retenu par ses hommes. Puis mené à un autre poteau. *Laisser courir un affront n'est pas moins grave que de commettre un affront soi-même,* explique Ours-Assis. *Eau-qui-Gronde, des Yeux-Rouges t'ont vu parler à la fille, avant même qu'elle soit démasquée, ce qui te rend complice.*

Le chamane Longues-Tresses fait chauffer les tisons. Les tambours sont amenés sur le terrain. Le jeu devient cérémonie. Tant pis pour la balle. Tant pis pour le soleil qui s'obstine à faire sa journée. On ne peut pas faire attendre les Esprits. Ce sont des impatients, à qui l'on passe tous les caprices. Le chamane Longues-Tresses a refait ses peintures. Tient son couteau à plat dans ses deux paumes ouvertes. Encore une fois on me met nue. Mais il n'y a plus les flammes pour me protéger des regards. Le nu sert à me faire honte. Le chamane redit la liste de mes méfaits. Et tous, Longues-Tresses comme Yeux-Rouges, approuvent ma mort. Le chamane s'approche pour me trancher la gorge. Ma mâchoire me fait mal. Ours-Assis me l'a déboîtée. J'arrive à peine à parler. Je murmure presque au chamane ma dernière volonté :

— Torture-moi !

Il me fait répéter. Mais je sais qu'il a entendu.

— Torture-moi ! Je suis une Peau-Mêlée ! Ne me tue pas comme une femme. Offre-moi de mourir en homme.

Son visage s'est figé, et ce minuscule hiver du corps me donne le courage des désespérés.

— Je n'ai jamais été fille. Je ne veux pas mourir en fille. Je suis une Peau-Mêlée à visage d'homme. On m'a fait une cérémonie pour devenir Peau-Mêlée. J'ai fait le rite de passage des garçons. Et maintenant on me condamne parce que j'ai voulu jouer comme un homme ? Tuez-moi si vous voulez. Mais tuez-moi en homme. Ne me tranchez pas la gorge. Ne me tuez pas sans éprouver mon courage. Passez le feu sur moi, brûlez-moi vive et vous verrez que je dis vrai. Que je souffre en silence.

Le chamane recule. Blême. Il regarde ses guerriers. Il regarde Ours-Assis. Il voit dans la gêne des Yeux-Rouges que je dis vrai. Il voit que les Yeux-Rouges ont voté mon exclusion du groupe des hommes la veille au soir. Que la décision est encore fraîche et fragile. Qu'Ours-Assis n'a pas tout dit. Qu'il espérait que j'allais être exécutée à la va-vite. À cause de l'urgence à soulager les Esprits. Qu'on ne me laisserait pas parler. Mais j'ai parlé. Mes mots ont trouvé un chemin malgré ma mâchoire démise. Et mes paroles livrent une vérité plus complexe.

Le Longues-Tresses sort du terrain, se dirige vers les siens. Il revient quelques instants plus tard, accompagné d'une grande femme. Quand elle s'approche, je comprends qui elle est. À cause de ses épaules larges, et de sa mâchoire épaisse. Elle est mon reflet. Une Peau-Mêlée à visage de femme. Un homme qui vit comme une femme. La Peau-Mêlée me caresse la joue. Murmure quelques phrases comme des incantations. Je soutiens son regard. Elle est très douce. Presque une mère. Elle lit dans mes mains mon passé. Dans mes yeux mon courage et ma force. Alors elle coupe mes liens et s'agenouille. Et toute sa tribu avec elle. Pour la deuxième fois, on s'incline devant moi.

Les Yeux-Rouges sont indécis. Certains suivent, d'autres non. Ours-Assis a croisé les bras en signe de refus. Un grand silence se fait.

Alors Ours-Assis reprend les choses en main. Il avait délégué son pouvoir au Longues-Tresses, lui donnant l'illusion de mener la danse. Il le laissait tenir le couteau et animer la cérémonie, pour flatter son peuple, le laisser croire qu'il connaît mieux le sacré. Faire couler le sang sur le sol des autres, quel chamane s'en priverait ? Mais ce n'était que le sale boulot. Maintenant que les Longues-Tresses ont les yeux grands ouverts, Ours-Assis regonfle sa poitrine de chef. C'est terminé, les donneurs de leçons. Personne ne traite les Yeux-Rouges comme des enfants. Personne ne leur dit quoi penser.

Mon peuple, il dit. *Hier, vous avez réfléchi à tous les événements. Vous avez pesé le pour et le contre. Vous avez tranché. Vous avez reconnu que cette soi-disant Peau-Mêlée était en fait un imposteur. Juste une fille, qui veut se mêler aux garçons pour appauvrir notre sang. Pour nous rendre faibles. Vous avez eu raison, et je vous demande d'assumer votre choix, de relever la tête, et de sortir du rang.*

Les deux tribus se séparent comme l'huile et l'eau. *Si les Longues-Tresses ne veulent pas sacrifier cette fille qui a offensé la terre, alors je le ferai moi-même !* Il profite de la surprise du chamane Longues-Tresses et lui vole son couteau resté coincé dans sa ceinture. D'un bond, il est sur moi pour me trancher la gorge. Alors tout va très vite. Heureusement que mes liens ont été coupés, car il m'aurait tuée sans me laisser le temps de dire au revoir au monde. Je saute sur le côté et j'évite sa grosse main qui veut m'attraper par les cheveux. Je tombe sur les fesses. Il se jette sur moi. Mes jambes se replient par réflexe, pour me protéger la poitrine. Mon genou frappe son menton. C'est violent. Comme deux rochers qui se fracassent l'un contre l'autre. Il perd connaissance quelques instants. Pas assez pour que je me dégage de son corps qui m'écrase. Pas assez pour lui arracher le couteau de la main, qu'il tient encore serré. Pourtant la peur de la mort me donne une énergie sauvage. Avec mes ongles, je tire sur ses doigts pour les écarter. Je les arracherais si je pouvais. Je crie pour donner plus de force à mes coups de hanches, mes coups de pied. Quand je vois ses paupières battre, que je sens sa poigne se raffermir, je me dis que c'est fini. Bienvenue dans l'autre pays.

Au moment où son bras se lève de nouveau, son couteau prêt à me trancher la gorge, je vois sa rage s'effacer, sa tête s'affaisser. On vient de le frapper par-derrière. Il s'effondre. On le fait rouler sur le côté pour me délivrer. Je rampe dans la direction opposée, le corps encore tétanisé de peur. Je reconnais la Peau-Mêlée Longues-Tresses, et dans sa main droite la pierre qu'elle a utilisée pour assommer. Elle m'attrape par le bras et me demande de courir. Mes jambes tremblent mais elles ont la mémoire de mes années de forêt. Elles courent toutes seules. J'entends derrière moi que la colère monte. Les Yeux-Rouges se lèvent pour leur chef. Les Longues-Tresses se lèvent pour les Peaux-Mêlées. Les deux tribus s'empoignent. Je dis à la Peau-Mêlée que je veux me battre. Je tourne la tête pour voir ce qui se passe, et déjà il y a des corps à terre et des poings qui prennent de la vitesse. *Cours !* elle me répond. *Ce n'est pas du courage de se battre à armes inégales ! C'est de la folie !*

27

Sa main est grande mais sa main est douce quand elle caresse ma joue pour soulager ma douleur. Elle ferme les yeux et vérifie que je n'ai rien de cassé. Elle me fait parler. Mes gencives pissent encore le sang mais rien ne bouge quand je passe ma langue sur mes dents. Je suis juste un peu meurtrie. Et très effrayée. Parfois je ne comprends pas ce qu'elle dit, à cause de son accent, à cause de certains mots. Elle est très calme. M'apporte des peaux pour m'envelopper. Je mâche ma première résine Longues-Tresses. Rien à voir avec ce que nous mâchons chez nous. Nous, nous ne faisons que mettre l'arbre à la bouche. Eux, ils font des bonbons de sève. Ils atténuent l'amertume, ils travaillent la texture. Ils font du fondant, pas du collant. Je ne retrouverai jamais ce goût de première fois, même façonné par les meilleures mains. Les artisans ne peuvent rien contre les sens qui viennent de toucher la mort.

J'entends au loin que les cris continuent. La Peau-Mêlée me dit de me détendre, que les choses vont s'arranger. Elle me force à relâcher mes épaules, à chercher loin mes respirations. Je lui raconte comment je suis devenue qui je suis. Comment j'ai appris le métier d'homme, comment j'ai passé le rite. Je ne dis pas tout. Je ne parle pas des hommes qui ont grimpé sur moi. De mon corps écrasé dans la lande. Mais je parle des bêtes peintes en noir. Je parle de la longue solitude face au vent. Du soleil qui longe l'horizon. Je trahis les miens. Je trahis le Chamane et les secrets de l'initiation. Et j'aime ça. J'aime détruire le silence, ce vieux silence qu'emportent même les morts. C'est parce que je me sens dans des bras de confiance. Je me sens avec la mère de toutes les mères. Qui connaît les mots doux et les armes qui tranchent. Qui a les yeux qui voient loin sous la peau. Je parle sans m'arrêter. Des larmes coulent sur mes joues, et plus je veux les ravaler, plus elles roulent les unes sur les autres. Ce sont des poches de larmes jamais crevées. Des larmes d'enfance. Des larmes de peur et des larmes de colère. J'ai honte. Tellement honte de ne pas me maîtriser, de déborder de moi-même. La Peau-Mêlée me prend dans ses bras comme une cabane. Me couvre de ses cheveux. Je veux entrer dans le noir profond. Dans la grande eau. La Peau-Mêlée ne laisse entrer personne. Elle me dit que je suis en sécurité ici.

Que ni les Yeux-Rouges ni les Longues-Tresses ne peuvent venir sous sa tente. Car les Peaux-Mêlées ont une terre qui leur appartient, et qu'on ne peut pas fouler. C'est la terre intérieure. La terre sous la tente. Car là se mêlent l'eau et le feu. Là s'agitent le féminin et le masculin. Là les choses basculent. Les Habitants et Habitantes ne doivent pas s'approcher de la frontière où les hommes sont femmes et les femmes sont hommes, car ils risquent de devenir fous.

— Est-ce que toi aussi tu vas dire que j'ai menti, parce que j'ai pleuré ?

— Calme-toi. Chez les Longues-Tresses, nous croyons à la vision. Si tu as parlé aux Esprits, alors il faut que les Yeux-Rouges te croient. Nous allons parler à ton peuple.

— Ils n'écouteront pas.

— Il faudra bien. Le Grand-Esprit est en colère contre eux. On ne peut pas mettre à mort une Peau-Mêlée. Et sans respecter aucun rituel. Il a tenté de te tuer sans aucune cérémonie. Il faut qu'il reconnaisse sa faute. Ensuite, on pourra te rendre à ta tribu.

— Non ! Pourquoi est-ce que tu veux me rendre à ma tribu ? Je n'appartiens pas aux Yeux-Rouges. Ils m'ont rejetée. J'appartiens aux Longues-Tresses ! J'appartiens au peuple qui croit à la vision ! Il faut que je vive avec vous !

Elle a un sourire triste.

— Les choses ne sont pas si simples. On ne

peut pas t'adopter comme ça. Tu as bien une famille ? Tu ne serais pas triste de perdre ta tente, tes amis, tes habitudes ?

— Je suis une enfant perdue. Je n'ai que la forêt. Et la forêt me suivra jusque chez vous.

28

Je reste dans la tente toute la journée. Les combats ont cessé. Les guerriers ont été séparés. Les deux tribus se sont réunies pour parler, et les discussions sont longues. À la nuit tombée, la Peau-Mêlée vient me voir pour m'apporter quelques nouvelles et me donner à manger.

Ton chamane parle mal. Il ne comprend pas les Peaux-Mêlées. Il parle de l'eau et du feu, il évoque de vieilles légendes, il connaît les récits sur le bout des doigts, mais il ne les comprend pas. Il ne fait que répéter ce qu'on lui a appris. Il n'a pas l'œil. Il ne voit que ce qu'il a toujours vu. Des hommes masculins. Des femmes féminines. Il n'a pas compris que tu fais partie du troisième troupeau. Et que si ce troupeau ne devait avoir qu'une seule tête, il serait quand même un troupeau. Je veux que tu comprennes ça. Parce que si ton chamane n'a pas su te l'expliquer, alors qui aurait pu te l'expliquer ? Ce que te reproche ton chamane, c'est d'avoir dormi contre ton jeune ami Feuille-d'Automne. Il a vu là ton mensonge. Mais il s'est trompé. Tu es Peau-Mêlée. Tu es au croisement. Il est interdit que deux femmes dorment ensemble. Ou que deux hommes dorment ensemble. Mais ce n'est pas une histoire de corps, de pénis ou de vulve. C'est une histoire de place dans la tribu. C'est pour ça que tu dors avec qui tu veux.

Au matin, on vient me chercher pour m'annoncer la bonne nouvelle : je vais vivre chez les Longues-Tresses. Cette fois-ci c'est moi qui prends la Peau-Mêlée dans mes bras. Je la serre fort, je m'accroche à elle comme à un rêve impossible. J'aime son corps dur et rond à la fois.

Le jeu de balle reprendra du début. Zéro à zéro. Comme si rien ne s'était passé. Les cicatrices à peine refermées sont rouvertes. Les guerriers ravalent leurs grimaces. Cette fois-ci, je peux tout voir. Je peux profiter de tout, sans en profiter vraiment. Il y a cette boule dans ma gorge. Est-ce qu'on peut être heureuse d'être en vie si on ne joue pas ? La Peau-Mêlée m'a fait admettre que c'est un beau compromis. La vie sauve, et une nouvelle tribu qui va m'aimer pour ce que je suis. En échange je renonce au jeu de balle. Les Longues-Tresses ne me donnent pas un droit pour me l'enlever ensuite. Ils ne se permettraient pas de remettre en doute mes visions. Alors, la balle, je pourrai y jouer autant que je veux. Mais pas aujourd'hui. Ours-Assis n'a jamais fléchi. Le match avance et je regrette d'avoir été raisonnable. J'aurais voulu être dans chaque passe. Dans chaque tir. J'aurais voulu être la possibilité d'un point. Debout à côté de moi, il y a ma nouvelle mère. Je l'aime déjà plus que l'ancienne. Je l'aime car elle est grande. Je l'aime car elle est forte. Elle a la vie brûlante. Pour elle je vais ravaler mes regrets, faire taire mes jambes qui crèvent d'envie d'entrer sur le terrain.

Les Longues-Tresses gagnent par cent points contre quatre-vingt-quinze. Les femmes viennent danser autour des poteaux. J'emboîte le pas de Peau-Mêlée. Elle danse femme, et moi je danse homme. Avec ma puissance. Avec mes pieds qui frappent le sol. Comme un corps à corps avec le ciel, avec la terre.

Nous sommes riches de toutes les peaux gagnées. Les canots débordent de nourriture. Mais surtout nous sommes riches de qaa. La victoire nous donne droit à l'île, nous donne la moitié de la récolte. C'est pour ça que les peuples se font la guerre, se volent des familles. Parce que le qaa est la porte des mondes, et les Yeux-Rouges ne peuvent pas être les seuls gardiens des portes. C'est ce que m'explique mon nouveau clan. C'est ce que j'apprends, les yeux immenses. Je ne peux pas croire que les choses paraissent si différentes quand elles sortent d'une bouche nouvelle. Ils me disent que le qaa était partagé entre les deux peuples, avant. Puis que les Yeux-Rouges ont interdit l'accès. Maintenant que les Barbes achètent tout le qaa, les Habitants n'arrivent plus à parler aux Esprits. Alors je suis d'accord. Je comprends pourquoi on a voulu que les Longues-Tresses gagnent le jeu. Parce que la terre n'est la terre de personne. Encore moins ses fruits.

Dès le soir, j'aide à faire les allers et retours. À porter sur mon dos les charges. Les autres sont gentils avec moi. Ils me disent merci. Me disent que je ne suis pas obligée. On parle beaucoup du jeu. Les guerriers se pavanent pour leurs points marqués. Cent points, c'est assez pour que chacun ait son exploit. Ils parlent de leurs blessures, de leurs bleus, de leurs cicatrices.

— D'ailleurs, en parlant de blessures, il n'est toujours pas mort, le condamné ? demande un des hommes.

Mon sang me monte aux tempes. Je m'interromps en plein geste.

— Quel condamné ? Chez les Longues-Tresses ?

— Non. Chez les tiens. L'homme qu'ils ont attrapé en même temps que toi. L'homme qui savait que tu étais sur le terrain, et qui n'a rien dit. Autour du feu du conseil, les nôtres ont essayé de le sauver. Ont essayé de faire entendre raison à votre chef. Mais il n'a rien voulu savoir.

Votre chamane a déjà passé la flamme et ses couteaux sur son corps.

Je profite de la nuit pour visiter mon Chef. Les chiens grognent quand ils sentent ma présence. Je pose mon doigt sur mes lèvres pour leur dire de se taire. Il me suffit de quelques caresses pour les rassurer, pour faire battre les queues. Le village est endormi. Eau-qui-Gronde est ficelé au poteau. Comme mon prisonnier de l'an dernier, à la même place. Pourtant, il y a deux jours encore, il était le chef. Les tribus veulent du sang. Veulent des coupables. Il reconnaît mon pas avant même que je lui parle. Ses lèvres crevées par la soif arrivent encore à sourire. À être heureuses que je sois là. Il me dit de partir. Que je vais être tuée.

— Tout le monde dort. Je ne risque rien.

— Ours-Assis ne dormira jamais tant qu'il ne t'aura pas égorgée.

Je lui apporte de l'eau, qui coule sur sa poitrine quand j'essaye de verser dans sa bouche. Il a du mal à ouvrir les yeux. Les Longues-Tresses m'ont dit qu'il a été torturé sans relâche. Avec une application propre à celle qu'on réserve aux traîtres.

Un craquement me fait sursauter. Je surveille les ombres derrière moi. Mon Chef me supplie de fuir, et sa peur commence à déteindre sur moi. Je m'excuse de lui coûter la vie. Je m'excuse de l'abandonner. De ne pas pouvoir le délivrer.

Je veux lui murmurer à l'oreille toute l'estime que j'ai pour lui, mais il ne veut pas de mes paroles. Il veut que je retourne chez les miens.

J'entends encore un bruit. Je recule doucement, sans rien perdre des yeux. Alors je vois l'ombre qui émerge dans celle de la tente. Mes yeux croisent une dernière fois le visage du Chef, et je détale. Mes pas trouvent un écho. Quelqu'un s'est lancé à ma poursuite. Je traverse les bois qui séparent nos camps. Surtout ne pas tomber. Surtout ne pas trébucher. Je pense à mon supplice s'ils m'attrapaient. Qu'il n'y aurait plus personne pour me sauver. Je pense à ma Peau-Mêlée. Qu'elle aurait fait ça pour rien. Parce que je suis stupide.

Enfin j'arrive au camp. Je ne m'arrête pas avant d'avoir touché l'écorce de la tente. Je me retourne. Heureuse et honteuse. Les chiens aboient. Les corps se défroissent, s'apprêtent à sortir, masse à la main. Ils ont encore la violence à fleur de peau. Même s'ils sont là pour la paix, ils ont toujours la guerre en tête. Voilà la vie dans les forêts. Être capable de caresser d'une main et de trancher de l'autre.

Debout à l'orée du camp, je vois Orage-Blanc. La poitrine qui se soulève vite, à cause de l'effort. Il s'est arrêté juste avant de sortir des arbres, juste avant d'entrer dans la lumière de la lune. Il me regarde, possédé par la même haine que son père. Il pointe son couteau sur moi, avant de faire mine de se trancher la gorge, et de disparaître de nouveau dans la nuit. Peau-Mêlée est sortie, une peau de caribou sur les épaules. Elle me prend dans ses bras. Je raconte que je voulais voir le Chef avant qu'il meure. Elle ne savait pas qu'il était le chef. Elle ne savait pas qui il était pour moi. Alors elle prie pour lui. Puis elle calme les hommes et les invite à retourner se coucher.

Je n'ai dit au revoir à personne. Pas même à Roseau-Fendu. Ma vie est devant moi. Ma vie m'appelle au loin et j'aime me laisser guider par son chant. Ici, je n'avais qu'une vie à demi morte. Ours-Assis voulait m'en enlever la meilleure moitié. Qu'ils brûlent mes affaires s'ils veulent. S'ils veulent m'oublier. Moi je vais faire pareil. J'écrase mon enfance. J'écrase les images de la fille en moi. Je ne me retourne pas. Mes yeux sont avec les Longues-Tresses, désormais.

III

29

Je suis partie de mon ancienne tribu la queue entre les jambes. J'avais la peur collée au corps. J'ai vu un homme désirer mon sang jusqu'à l'extase. Désirer comme sous l'effet du qaa, les mêmes yeux étroits, le couteau dressé à la place du sexe. J'ai vu un chef rétrécir en quelques heures, agoniser sur un poteau, sans eau et abandonné par l'amour des siens. Le Chef, ou le grand arbre de ma vie. La seule personne pour qui j'ai voulu grandir, pour qui j'ai voulu m'améliorer. La seule personne dont le regard a toujours compté. Je n'arrive pas à digérer de l'avoir laissé sans affection. D'avoir dû fuir sans me retourner. Maintenant je suis aussi prise par le désir de mort. Je veux crever Orage-Blanc. Lui faire ravaler son arrogance de garçon qui se croit homme. Il se sent légitime grâce à son père, mais il n'a toujours rien prouvé. Il peut bien venir jusqu'à notre camp. Se montrer en bord de lune et lancer ses menaces. Je n'appelle pas ça du courage. Aujourd'hui je comprends sa hâte à sortir de l'enfance, pourquoi il a décidé que j'étais une fille au bout de toutes ces années alors que je n'étais qu'une enfant parmi les autres. Je comprends que son père a voulu qu'il parle plus fort, et lui a appris le sentiment de supériorité. S'ils viennent en terre Longues-Tresses, je les tuerai moi-même. L'un après l'autre. Je leur écraserai la tête jusqu'à ce que leurs paupières peinent à s'ouvrir. Je leur ferai couler le sang. Je leur ferai voir la peur. Le temps passe et je me laisse entraîner dans ma vie Longues-Tresses. Mais le désir de mort ne s'éteint pas. Chaque fois que je repense à eux, il se réveille comme au premier jour. Mon Chef ne cesse de mourir dans ma tête. Et ça, c'est une violence qui n'a pas de fin. Alors mes poings se serrent, mon cœur se gonfle et mes yeux se ferment à la forêt pour ne plus voir que mon couteau se planter dans leurs peaux. Je suis Longues-Tresses, mais une Longues-Tresses qui porte son passé au creux du ventre. Et je sais qu'un jour il me faudra l'accoucher.

30

Les mots Longues-Tresses ont le ventre mou. Ils s'étirent en bord de phrase, et peuvent gonfler pour se faire mieux voir. Les mots Longues-Tresses sont mouillés de fraîcheur matinale et se tiennent serrés les uns contre les autres. J'ai parfois du mal à comprendre, et souvent la langue est mon plus grand exil. Il y a d'autres choses qui me font me sentir étrangère. Il y a ma peau qui se souvient du lac. C'est que mon nez ne voit pas aussi loin que celui des chiens, mais il a bonne mémoire. J'ai dans un coin de ma tête ma plage, qui chaque jour s'embrume, mais qui sent toujours aussi fort, comme un corps de fièvre. C'était ma tente sans feu, ma tente ouverte aux vents. Maintenant il y a cette rivière à la place, cette eau vive qui ne donne pas le même plaisir de baignade. Qui ne se ride pas de moi. Cette rivière qui donne tout le poisson de l'été, si bien que les Longues-Tresses ne prennent pas la peine de chasser. La viande me manque. Le goût du saumon se lèche aussi sur les doigts, mais ce n'est pas le goût des forêts. C'est un goût en creux. C'est le goût du large. J'attends l'hiver avec impatience, pour que la glace oblige les Longues-Tresses à pister le caribou, et que mon ancienne et ma nouvelle vie se confondent.

Il y a aussi les bons exils. Ceux qui font dire qu'on ne pourra pas revenir en arrière. Comment j'ai pu vivre sans les bonbons de résine ? Sans les haricots ? Les Longues-Tresses aiment échanger avec les peuples du fleuve, les peuples qui vivent à l'année dans les maisons. Les Longues-Tresses apportent leurs peaux et leur artisanat, et reviennent chargés de nourriture et de colliers. Pour inviter le lointain dans les cheveux, les vêtements.

Les cultures Longues-Tresses et Yeux-Rouges se ressemblent. Les récits des ancêtres et de ceux qui ont voyagé parlent de terres sèches et de troupeaux qui font trembler les plaines. Ils parlent d'un grand ailleurs. Je sais qu'il y a là-bas des tribus qui ne vivent pas comme nous, car elles n'ont pas le même soleil. C'est pour ça que je peux dire que Longues-Tresses et Yeux-Rouges ne sont pas si éloignés. Nous, nous avons le même soleil, pâle en hiver, long en été. Mais il y a quand même quelques différences fondamentales, que les échanges d'esclaves n'ont pas réussi à effacer. Il me faut du temps pour le découvrir, car même les Longues-Tresses ne savent pas expliquer pourquoi ils sont ce qu'ils sont. C'est dans les gestes. C'est dans le regard qu'ils posent sur les forêts. La première chose que j'ai vue, c'est qu'ils ne s'adressent pas aux poissons de la même manière, au moment de leur trancher la tête. Ils ne parlent pas à l'Esprit-Poisson, les yeux tournés vers l'aval, vers le monde inférieur. Ils ne glissent pas leurs prières dans le silence qui est la porte entre les mondes. Au contraire, ils s'appliquent à ne pas s'échapper. Ils sont les yeux dans les yeux avec le poisson. La main ferme pour que la mort soit rapide. Ils parlent au poisson. Ils lui expliquent pourquoi il perd la vie. Ça n'empêche pas le poisson de se décrocher la mâchoire pour un peu d'air, de frapper le rocher avec sa queue. Alors j'ai fini par comprendre que l'Esprit-Poisson n'existe pas chez les Longues-Tresses. Ou plutôt, qu'il existe à égalité dans toutes les chairs, du plus petit alevin au plus grand des saumons. Cela me paraît effrayant. Car on ne prend plus un poisson d'un grand tout. On prend une vie unique. Et où va cette vie ? Les pêcheurs n'ont pas la réponse. Mais ils m'apprennent à regarder chaque poisson dans le détail. La robe de l'un, les blessures d'un autre. Les grands, les petits. Ils m'apprennent à voir les poissons, alors que je ne voyais que la forme générale du poisson. Ils m'apprennent à rendre hommage aux détails, à la diversité des corps, à l'usure du temps. Alors je pense que je suis aussi un corps d'usure. Un arc qui prend la forme des doigts. Une patine de bois.

Et ça me plaît.

31

Il y a le lieu, et il y a le nœud. J'étais l'animal solitaire qui tourne autour du troupeau. On aurait dit que j'en faisais partie, parce que je broutais la même herbe. Mais il y a le sentiment du troupeau. Je m'étais habituée. Maintenant je m'en veux de mon manque d'imagination. J'avais dans mon ventre un autre lieu, mais il manquait à mes yeux. Parce qu'il y a le lieu, et il y a le nœud. Mon lieu m'abritait sans m'habiter. Je me sens enveloppée par ma nouvelle vie. L'ancienne m'échappe au galop. Je la laisse filer. Je passe mes journées à flâner dans le village, à sourire aux sourires.

C'est la fin de l'été. Bientôt les oies nous invitent au voyage d'hiver. Quand nous chargeons les canots, je suis excitée. Je ne suis plus obligée de regarder Roseau-Fendu préparer la nourriture pour d'autres enfants que moi. Je passe la saison froide avec une vraie famille. Avec Peau-Mêlée, son mari, et ses deux frères.

Je n'aime pas le mari de Peau-Mêlée. Je le trouve pâle. Je voulais un père chef, un père qui renverse les autres au corps à corps. À la place, il y a un mari noueux, le corps tressé, les bras croisés et assis dans un coin de tente. Un mari de silence. C'est dommage de laisser ce père diluer la perfection de notre famille. Ma mère mérite mieux.

Moi je veux montrer. Je me lève avant ce mari, le matin. J'alimente le feu, je colle mes oncles pour tout faire avec eux. Je reconnais mieux leurs manières d'hommes. Leur goût pour le sang versé et les tibias de caribous qu'on brise sur un rocher. Leur compétition à qui en tuera le plus. Ils comptent et ils se chamaillent.

— Celui-ci est le mien, c'est ma flèche dans son flanc !

— La première flèche, oui, mais c'est moi qui lui ai percé le cœur !

Quand on rentre après plusieurs jours de chasse, je n'aime que ma mère. Il n'y a qu'elle dans la tente. Que ses câlins, ses caresses, ses baisers. Que ses humeurs changeantes, que ses grands rires quand son mari raconte les gamineries de ses frères. Je suis jalouse de cet homme de rien qui fait surgir ces bourrasques de plaisir. Je fais comme s'il n'existait pas. Pour me concentrer sur la viande forte, qu'on mange avec les doigts jusqu'à l'écœurement.

Ma nouvelle famille est plus vaste que ma

famille Yeux-Rouges. Je finis par m'habituer au collectif, à ces grands portages, à ces enfants qui courent entre les jambes. On monte ensemble la tente de sudation, on s'entraide. Il y a des personnalités mais pas de hiérarchie. Les deux oncles sont joueurs, toujours à vanter leurs exploits. Mais au fond, ce ne sont que des renards qui se mordillent la nuque. J'étais sûre que le mari serait écrasé par ses frères. Ou, si ce n'était pas encore le cas, que ça n'allait pas tarder à arriver. Pour avoir vu le Chef tomber, j'ai cru savoir ce qui se passait dans cette famille, mais la famille avait beaucoup à m'apprendre. Elle m'a appris qu'on n'est pas toujours obligé d'être le plus fort. Et même, que si l'on n'est pas le plus fort, ça ne veut pas dire qu'on est le plus faible. Chez les Yeux-Rouges, c'était différent. Il y avait le Chef et sa poigne. Il était la loi de l'hiver. Même loin du camp. Son fils aspirait à s'élever à la hauteur du père, mais n'était que nerfs et coups de sang. Ici, je suis parfois perdue. Je ne sais pas toujours ce qui fait bouger la famille, qui décide de nos déménagements.

32

Mes cousins sont une meute. Ils chassent ensemble, ils dorment ensemble. Ils n'ont pas de prédateurs, et ça les rend bruyants. Pourtant ils sont de mon âge, ils sont grands. Seul le dernier n'a pas fait le rite. Je le vois à sa coiffure, qui est encore libre sur ses épaules. Il n'a pas participé au jeu de balle, sa peau n'en garde aucune trace. Ils me rappellent notre groupe dans l'arbre. C'est qu'ils ont emmené l'enfance avec eux. Ils ont emmené l'imagination et la fougue, les traces de résine sur les vêtements et l'émerveillement. Les yeux qui brillent pour un rocher en surplomb. Le goût de la grimpe. Ils voient des montagnes partout. Dans les hautes branches, dans les ruptures de pente, dans les canyons. Il leur faut être là où les autres ne sont pas. Voir et boire les hautes brises. Ils ont la soif originelle. Ça ne dure jamais longtemps, car déjà leurs jambes les portent vers un autre lieu. Quand ils ne chassent pas, et que les estomacs sont pleins, ils passent leur temps à inventer des jeux minuscules. Je croyais que l'âge avait eu raison des glissades et des sauts dans la neige. Chaque jour ils me prouvent le contraire. Ils ont amélioré l'enfance. Ils ont affiné les règles. Dans le fond, ce sont encore des chiots. Parfois ils restent des heures à quelques pas de la tente à se jeter dans la poudreuse. Rient de leurs peaux rougies par le froid, de leurs fesses gelées. Je me suis dit qu'ils ne voulaient pas de moi. Mais c'est surtout parce que je ne voulais pas d'eux. Je ne voulais que ma mère. Je voulais vite faire pousser un nouvel arbre sur la souche de l'ancien. Je voulais quelqu'un à aimer, comme j'ai aimé le Chef. Une personne pour m'arrondir les yeux. Une personne à l'égal des cieux.

Ma mère ne chasse pas. Ma mère ne craque pas la glace d'un coup de talon. Je ne l'ai jamais vue serrer un nœud avec les dents, regarder un caribou dans les yeux en lui coupant la gorge. Mais inspirer le respect, elle sait faire. Élever la voix aussi. Le camp est son territoire et grâce à elle je comprends que la cuisson d'une viande est aussi affaire d'avancer à tâtons. Elle tient nos vies fermement tressées aux réalités de l'existence. Le camp ne se déplace pas sans son avis. Elle garde en mémoire chaque cache à nourriture, et sait toujours combien de jours il nous reste avant de nous coucher le ventre vide. Elle n'oublie jamais de laisser à manger sur les tréteaux, pour ceux dont la chance a tourné et qui n'ont plus la force de chasser.

— Et si des Yeux-Rouges les trouvent ? je lui demande un jour.

— Si des Yeux-Rouges viennent par ici, eh bien j'espère que ça les aidera à survivre. Face à l'hiver, nous sommes tous les mêmes.

Depuis, je m'en veux de souhaiter la mort de mon ancienne tribu. Je m'en veux de ne pas avoir sa sagesse. J'essaye d'accepter l'idée du partage. Je m'applique à penser à la part restante, quand nous démontons le camp. Mais quand j'écoute la tourbe en moi, j'ai plutôt envie de laisser crever les mourants. Parfois j'excuse ceux qui ont levé la main pour changer de chef. Parfois je me dis que nous aussi nous devrions avoir des loups pour manger nos faibles et nos malades. Ceux qui lèvent leurs mains pour faire comme le voisin, ceux-là me font vomir. Mais mes garçons étaient comme ça, non ? Un peu suiveurs. Un peu sans avis. Penser à eux dilue ma colère. Ceux qui ne recevront jamais ma pitié, ce sont Ours-Assis, Orage-Blanc et le Chamane. Ils peuvent bien geler doigt après doigt. J'espère que leur mort sera lente.

C'est pour ça que je n'ai pas besoin de mes cousins. Je les regarde de loin. Pendant les jours calmes, je me lève et je file dans la forêt avant qu'ils aient le temps de m'attraper. Je suis grande pour leurs jeux. J'ai oublié ce que c'est que de faire partie d'un groupe. Ou plutôt, je ne me le rappelle que trop bien. Le groupe peut se rouler en boule et te régurgiter. Le groupe est un fruit de qaa qui peut séduire jusqu'à la mort. Ces cousins, ils ressemblent aux garçons que j'ai aimés. Ces garçons mouillés qui pouvaient me jeter à l'eau sans jamais oser me dire qu'ils en avaient assez, que leurs lèvres étaient bleues et leur peau froide. Ces garçons que j'ai trop aimés pour les perdre à nouveau. J'étais leur mère. J'étais dure avec eux, mais ils aimaient jouer selon mes règles. Je ne veux pas d'un nouveau groupe. Je n'ai plus de place pour adopter.

C'est moi qui suis adoptée sans le vouloir, ce jour où je me retrouve dans la même neige qu'eux. C'est un matin. J'entends leurs rires derrière les arbres. Quand je comprends qu'ils viennent dans ma direction, je veux me cacher dans un creux. Mais on ne la fait pas à un chasseur. Ils suivent mes traces, et me trouvent accroupie au milieu de rien. Comme si j'étais en train de pisser. Cette pensée me monte la chaleur aux joues. Je me rappelle qu'à l'époque des garçons j'ai parfois pissé devant eux car ils voulaient voir ce miracle qui, chez les filles, semble s'échapper de rien. Ça ne me dérangeait pas. Même, ça me donnait du pouvoir : le pouvoir de leur interdire de s'approcher trop. Aujourd'hui ce serait impensable. J'ai changé, j'ai grandi. Je ne m'amuse plus de ma pisse. Encore moins d'être regardée par les garçons. J'ai le corps affûté pour la chasse, la mémoire des couteaux au creux des mains. Je n'ai plus la porosité, plus le temps de jouer. Il y a des choses qu'on laisse derrière soi, et l'insouciance en fait partie. Je ne regrette rien. Il fallait que j'oublie les Yeux-Rouges et avec eux mes souvenirs. Alors non, je n'aime pas qu'ils me trouvent accroupie dans la neige. Comme prise en faute. Mais ils ne rient pas de moi. Ils trouvent la neige tellement bonne qu'ils s'y jettent la tête la première, comme une volée de moineaux dans une brise. Soudain je suis dans leurs jeux comme si j'y étais depuis toujours. Je jette de la neige comme eux. Je vais chercher sous les arbres de quoi rouler de belles boules qui ne se défont pas en vol. J'ajuste mes tirs. Je sais, pour les avoir vus faire, qu'ils ne craignent pas de recevoir dans le visage. Je dirais même qu'ils aiment les tirs qui sonnent, qui assomment. Ils reconnaissent le talent du lanceur. Ils savent que l'Habitant vit de son arc et de son œil, de sa connaissance des trajectoires qui abattent le gibier et l'ennemi. Je suis félicitée pour ma précision, et je me retrouve rouge sans en avoir reçu une seule.

Ma solitude part en fumée en quelques jours avec ces nouveaux garçons. Toutes mes idées sérieuses disparaissent. En plus de me faire rire et de me laisser aller et venir à mon rythme, ce qui m'étonne le plus chez eux, c'est qu'ils ne sont gênés par rien. Ils peuvent parler de leurs songes sous la peau. De leurs envies de péter. De leur grande curiosité du corps des filles. Du froid qui touche les doigts mais aussi du grand froid, celui des os, celui qui ne croit plus au retour de la joie. Avec eux je dis des choses que je n'aurais jamais pensé dire. Des choses que je ne croyais pas avoir en moi, des choses que je découvre presque en même temps qu'eux. Dans l'élan sortent des paroles que je voudrais ravaler car elles parlent de moi, et j'ai peur d'être faible. Mais les mots vont et viennent entre nous. Ils ont une seconde chance, sont remodelés et recuits. Il nous plaît d'avoir beaucoup de mots pour avoir beaucoup de vies. Il nous plaît de raconter des histoires et des rêves. D'être aujourd'hui chasseur et demain agriculteur des plaines.

— Et à quoi ça sert de penser à ça ? je demande un jour. Ça ne sert à rien parce qu'on sera toujours ici à traquer les caribous. On est des enfants du froid, on restera des enfants du froid. C'est notre place.

— Tu as bien changé de tribu, non ? me répond un cousin.

— Est-ce que ça veut dire que tu veux changer de tribu ?

— Non. Mais je me dis que je pourrais. Il y a d'autres vies. Si je ne peux pas toutes les enfiler, je suis au moins heureux de savoir qu'elles existent.

Parfois je les trouve bêtes. Je trouve qu'ils pensent comme des enfants et comme des enfants ils s'éparpillent. Alors je me mets en retrait et je les observe, avec le sourire en coin.

33

Mais voilà. J'étais tellement sûre qu'ils étaient des enfants que je n'ai rien vu du désir. De leur désir pour moi. Et encore moins du mien pour eux. C'est venu comme un jeu, comme toujours. Est-ce qu'on est capables de s'embrasser, lui et moi ? Comme il n'y a pas grand-chose que je puisse refuser quand on me lance un défi, bien sûr qu'on s'est embrassés. Je l'ai amené à mes lèvres, ma main sur sa nuque. Sa peur a fondu sur ma langue. Le jeu lui-même s'est fait oublier le temps de fermer les yeux et de découvrir que l'hiver garde encore quelques poches de chaleur. J'avais déjà embrassé. Mais je n'avais ressenti que l'étrangeté de la chose. Je n'avais pas ressenti l'abandon du corps. Les bras qui cherchent à se refermer sur leur prise quand le ventre s'ouvre. Je n'avais pas ressenti cette drôle envie de sourire quand les bouches se détachent. C'est mon cousin, mais à ce moment-là ce n'est plus mon cousin. Le problème, c'est que les autres aussi s'arrangent pour être mis au défi de m'embrasser. Je n'ai aucune raison d'accepter l'un et de refuser les trois autres. Il n'y a pas un garçon que je n'aie pas envie d'embrasser, car ils sont tous beaux, drôles et frondeurs. Ils ont chacun leur personnalité. Ma main aime caresser tous les visages. Elle passe de l'un à l'autre avec le même plaisir. D'une certaine manière, c'est bien que ce soit ainsi. C'est bien qu'il y ait égalité. Car il n'y a pas de jaloux. Et on peut en rester là. On pourrait en rester là.

On n'en reste pas là. Parfois je me demande où on va. Chaque nuit est un rituel bien respecté. Ils se relayent pour griffer ma peau avec leurs ongles. Plus fort, je demande. Parce que c'est meilleur quand l'agréable frise l'étrange. Ils se relayent pour m'embrasser. Je n'ai plus besoin de tendre les lèvres pour leur dire que je les attends. Que j'ai envie de continuer le jeu. Des fois je retiens leurs mains qui veulent passer sous mes vêtements. C'est que j'ai peur d'épuiser notre désir. J'ai envie de nous laisser un long chemin de peau pour les jours de nuit. Eux aussi prennent leur temps. S'aventurent dans les bas-côtés. Roulent sur moi, m'enveloppent, le sexe gros, et font des mouvements minuscules, en pensant passer inaperçus. Jour après jour, les mains se font plus sûres. Les garçons perdent leurs bonnes manières, s'impatientent et n'attendent plus. Cherchent mes lèvres encore humides du baiser précédent. Mes yeux ne s'ouvrent plus. Mes cousins sont tous à portée de main. Je n'ai qu'à tendre le bras pour trouver un visage. Je n'ai qu'à initier le mouvement pour qu'on vienne à moi. La fatigue creuse nos yeux. La neige nous met sur les nerfs. À peine nos jambes se sont habituées que le soleil change la nature de nos pas. L'hiver paraît encore plus féroce. Mais nous ne prenons pas sur les caresses.

Depuis l'an dernier, mon plaisir a enflé. Mon désir était pendu aux doigts de Feuille-d'Automne. Ces doigts, je leur ai forcé un chemin. Ça me suffisait. Aujourd'hui non. Aujourd'hui mes pensées fouillent sous les vêtements. Je suis ouverte aux sexes des garçons. J'y pense dès le premier baiser. Dès que je les sens durs sous leurs peaux de bêtes. Finalement nous y arrivons. La saison est bien assez longue. À force de se glisser dans les fissures, mes mains trouvent. Les garçons aussi se frayent un chemin. Je leur apprends que mon ventre est un arbre d'écorce et de sève. Je leur apprends à suivre d'où coule mon plaisir. Nous avons perdu le compte des baisers. Nous avons oublié qu'au début, ils faisaient à tour de rôle. Je ne m'amuse plus à deviner à qui appartiennent les mains qui me caressent : je les veux toutes, fondues en une grande rivière. Je sais quand même qui est le premier qui me pénètre. Certains ordres naturels perdurent. C'est aussi lui qui m'a embrassée en premier, lui qui a glissé ses doigts en premier. On dit que la première fois est douloureuse. Pour moi, c'est juste désagréable. De toute façon, c'est trop court pour ressembler à ce qu'on a entrevu dans les tentes de nos parents. Il entre d'un seul coup, puis il jette son corps sur moi pour étouffer le plaisir comme une flamme. C'est qu'il a cru qu'il allait jouer avec ma chaleur, mais c'est ma chaleur qui se joue de lui. Il jouit au bout de quelques secondes. Puis fait semblant jusqu'à ce que son sexe fonde et s'échappe comme un poisson gras. Il se couche, vaincu. Ma première fois se résume à mes doigts dans ses cheveux. Mais avec le sentiment de faire quelque chose de plus grand que moi. Les autres garçons doivent attendre. Le lendemain, je cherche les marques de leur désir dans leurs caribous manqués. La deuxième nuit est meilleure. Je les cueille tous, parce que j'en ai envie.

Ainsi passe un hiver d'amour. Les jours au camp sont les jours de manque, car nous dormons chacun dans notre tente. Mais ce sont aussi des jours qui rattrapent la part manquante de sommeil. Dans la taïga, la fatigue tue. La fatigue rend maladroit. La fatigue rend sourd et aveugle. Les pieds n'écoutent plus le sol quand il prévient des dangers. C'est ainsi que la glace mange les Habitants, et que certains ne trouvent jamais la porte de l'autre pays. Heureusement que la réalité nous freine car nous pourrions nous laisser mourir d'amour, moi et mes quatre cousins. Nous serions capables d'attendre la mort comme seule échappatoire au plaisir.

Le soleil s'habille plus chaud. C'est au long des jours puissants que j'apprends que les garçons sont comme les cycles des rivières : qu'ils sont beaux quand ils bouillonnent et débordent d'eux-mêmes. Mais que c'est aussi le moment où ils sont les plus dangereux.

Le printemps nous enlève le lieu pour nous aimer, car il n'est plus nécessaire de partir plusieurs jours d'affilée. Le petit gibier ressort, l'hibernation lui a laissé la peau sur les os. On prend du castor et du porc-épic, quelques martres. On ne sait jamais de quoi va être composé le repas du soir, et encore moins si ma langue va un jour retrouver celles des garçons. J'ai mis une distance avec eux. Je ne sais plus s'il faut laisser les caresses à l'hiver, ou les emporter avec nous. Je crois qu'on a tous envie de reproduire nos nuits. Je le sens dans les silences, quand nous marchons en bord de rivière. On se retient, car il n'y a plus l'évidence. Il n'y a plus l'obscurité pour éveiller la douceur des mains. Il n'y a plus la chaleur des couvertures, la certitude de se savoir à l'abri. Il faudrait forcer tous les désirs à s'allonger sur la même pierre, dans le même rayon de soleil. Ce n'est pas possible. Je crois que nous confondons le désir d'aimer avec le souvenir d'aimer.

34

Il fallait autre chose. Un cousin l'a compris. Il s'appelle Épinette-Noire. Le plus farouche des quatre. Celui qu'on n'entend pas rire, parce que son rire se déplace par en bas. Celui qui se fait oublier pour mieux vous coller une boule de neige dans la tempe. Je le croyais peureux. Il est tout le contraire. J'ai aimé ses mains qui empoignent, ses lèvres qui mordent, son corps d'arbre torve. Dans le groupe, il n'y a qu'un animal. C'est lui. Il est taillé pour la survie. Il ne s'excuse pas pour prendre sa part de loup. J'ai compris qu'il me voulait quand je l'ai vu m'observer depuis sa tente. Il n'a pas détourné la tête. Il n'a pas souri non plus comme le ferait une mère. Il me trouve dans la forêt et nous baisons. Cette fois-ci il ne donne pas les caresses qui éveillent la peau. Il m'attrape par la bouche et la chatte en même temps. Je lui force ma langue entre les lèvres. Il la suce comme si elle allait lui donner la sève.

Épinette-Noire m'a roulée dans la neige et la boue. J'ai les genoux râpés, les ongles noirs. Je suis trempée et transie. Mais je ne frissonne pas. Les frissons ne s'arrêtent pas sur les corps heureux.

Tous les jours il me trouve quand je l'attends le moins. Il n'aime pas que je le prenne dans ma bouche. C'est trop rond pour lui. Il aime quand ça claque. Quand ça lutte. Quand ma peau sent le chaud. Quand ma chatte a frotté contre les vêtements. Il aime me soulever par en bas, comme si j'étais un canot chargé à ras bord. Je résiste pour la forme. Au fond, je ne dirige rien. Je me laisse porter. Je me laisse écraser par ses batailles, par ses yeux noirs. C'est nouveau pour moi, ce plaisir qui s'oublie dans la vague.

Nous retrouvons le camp d'été. Les Longues-Tresses se prennent dans les bras. Moi aussi je serre ces oncles lointains. Je suis émue pour la première fois par ces gestes qui remercient l'autre d'être en vie. Un Longues-Tresses est revenu sans sa femme ni ses enfants, qui ont été bus par la rivière. Il ne sait pas où porter le regard pour pleurer. Quand je le prends contre moi, c'est comme si j'étreignais un arbre creux.

Les cousins sont de nouveau des amis. Des compagnons de jeu et de blagues. Mais parfois le plus grand pose sa main sur mon bras, et c'est plus une caresse qu'une tape de garçon.

Il cherche à me montrer qu'il veut. Je n'ai plus envie. Quand je pense à ces garçons, je n'arrive plus à penser qu'on a été nus les uns pour les autres. Que je les ai tous caressés, tous passés dans mon ventre. C'est une pensée qui est retombée dans le domaine de l'ailleurs. Parfois j'ai envie de cet amour à plusieurs. Mais il était cet empilement de pierres qui tient sans qu'on sache comment. Qu'on ne retrouve jamais une fois écroulé.

Épinette-Noire s'apprivoise chaque jour un peu plus. J'arrive à le garder avec moi pour des caresses dans les cheveux. Le soleil peint quelques taches d'herbe tiède. Nous nous y allongeons après l'amour. Il s'accorde un court sommeil. Je le regarde. Si calme, si différent quand il défait son nœud au ventre.

Je lui demande si mes habits le dérangent. Non, il dit. Moi je veux qu'il ouvre les yeux parce que c'est important. Je ne veux pas d'une réponse de demi-sommeil. J'ai le cœur qui bat fort, parce que j'ai peur de mes mots. Mais il faut ces mots pour nous. Nous n'avons pas assez de mots.

— Ce que je veux dire, c'est que ça ne te dérange pas d'être avec une Peau-Mêlée ? Avec quelqu'un qui est comme un garçon ?

Il rit.

— Qu'est-ce qui te fait rire ?

Comme il n'arrête pas, je lui demande encore :

— Qu’est-ce qui te fait rire ?

— Tu n’es pas un garçon, et tu n’es pas comme un garçon, il dit.

— Et comment tu sais que je ne suis pas un garçon, ni comme un garçon ?

— Parce que je le sais. Tu as des habits de garçon, mais tu es une fille.

— Tu n’as rien compris, alors. Peut-être que je ne suis pas un garçon. Mais, ce qui est sûr, c’est que je ne suis pas une fille.

— J’ai très bien compris, au contraire. Tu peux dire ce que tu veux, moi je sais ce que tu es.

Dans le grand silence d’après, je ne suis même pas sûre qu’il repense à ce qu’on vient de dire. J’écoute sa respiration. Je crois qu’il dort.

Un autre jour, je lui demande s’il m’aime. J’attends qu’il m’aime pour l’aimer. Il n’aura pas mon *Je t’aime* tant qu’il ne m’aura pas donné le sien. C’est aux garçons d’aimer en premier. Aux vrais garçons, je veux dire. Je sais bien que je pourrais commencer à parler d’amour. Mais avec lui c’est différent. Il a raison, je perds ma peau de garçon. Avec lui il y a encore de la fille en moi. Une ébauche de fille mal dégrossie, mais une fille quand même. Des fesses un peu raides, mais des fesses quand même. Quand il est sur moi, et qu’il se sert de mes hanches pour ses va-et-vient, il est le garçon. Quand je roule et quand il râle, il est le garçon. Quand il s’endort en moi. Quand il m'embrasse même quand je ne veux pas. Il m'agrippe par la chatte comme on enfile un poisson sur un bâton. L'envie de lui faire envie est plus forte que la fatigue. Alors on baise. On baise comme fille et garçon.

Il veut jouer à celui qui prend par-derrière. Il met sa main dans mon dos. Et je dois comprendre ce que comprennent les femmes quand un homme s'approche sans bruit. Mais je fais l'inverse. Je prends mon corps sauvage. Mon corps coriace. Il se colle contre moi et, sa main sur ma tête, me plie en deux, m'appuie contre un arbre. Je ferme les jambes. Si fort que même ses doigts ne trouvent pas de chemin entre mes cuisses. Il s'énerve. *Qu'est-ce que tu fais ?* il me demande. Plus tard je penserai que ce n'était pas moi qui faisais quelque chose. C'était lui. Mais ça ne me vient pas sur le moment. Alors je dis que je ne veux pas. C'est tout ce que j'ai en tête. Il n'y a rien d'autre à dire. Ou alors il y a tout à dire, depuis le début. Toute ma vie depuis ma naissance, et les garçons et la forêt, et les jours avec l'eau de qaa et le rituel et les bêtes noires. *Pourquoi ? Pourquoi tu ne veux pas ?* C'est plus simple de ne rien expliquer. De fermer les yeux et les oreilles. De ne pas répondre. Il continue : *Pourquoi ? Dis-moi pourquoi tu ne veux pas ? Tu ne sais pas pourquoi tu ne veux pas ? Allez ! Parle ! Dis-moi pourquoi tu ne veux pas !* Sa main est encore entre mes fesses, à me crocheter le sexe, doigt après doigt. Jusqu'à ouvrir une brèche assez grande pour passer.

Un cousin nous trouve un soir. Mais il n'y a pas de guerre d'hommes. Simplement le silence. Simplement une rivière qui se sépare en deux. Trois garçons d'un côté. Épinette-Noire et moi de l'autre. Je pensais être la coupable. Celle qui vient d'ailleurs pour briser le groupe. Mais ils en veulent surtout à Épinette-Noire. Ils lui en veulent d'être l'ami qui n'a pas tout dit. Peut-être d'être l'ami qui a osé prendre ce qu'aucun n'a osé prendre. Alors nous nous aimons encore plus. Nous apprenons par cœur la forêt. Chaque lit de soleil. Chaque rideau de branches pour nous abriter. Même les jours de fête sont des jours de baise.

Pendant un été, ma tribu se réduit au dernier noyau du monde. Nous sommes notre propre tribu. Nous avons notre rythme du matin et du soir. Nous tenons nos rôles. Mais c'est une tribu sous la peau d'une autre. C'est une tribu qui ne pense ni au feu ni au poisson. Ma mère, même quand j'oublie de lui parler, veille sur moi. Elle me donne les plantes qui bloquent les enfants, sans jamais dire qu'elle sait. Mais surtout, elle se bat pour qu'on me garde ma place. Tous les jours elle façonne mon image dans les têtes Longues-Tresses, elle lutte contre la pensée qui me veut tentatrice et paresseuse. Elle dit que la puissance de l'amour est la puissance de vie.

Qu'il faut cueillir le corps qui s'éveille, comme on cueille les premiers rayons du soleil. Épinette-Noire n'a pas cette chance. Sa mère n'a pas le pouvoir de la mienne, ni son père. On peut parler mal de lui, personne ne viendra le défendre. C'est pour ça qu'il bande dur et qu'il baise sec. Parce qu'en amour, il n'y a plus personne pour vous rappeler d'où viennent vos parents. Personne pour vous dire qu'ils sont des parents de l'ombre ou des parents de la lumière.

35

J'ai vu les miens se graisser les cheveux, se passer les mains sur le visage, donner du temps à la beauté. J'ai senti les sautes d'humeur, les nuages qui pleuvent pour un oui pour un non, les rivières qui se cambrent. J'ai vu les femmes qu'on isole pour leur sang, les palissades invisibles dressées pour ne pas croiser leurs chemins, leurs vents mauvais. J'ai écouté le silence des tipis la nuit, qui ne résonnent plus de la lutte des corps, pour ne pas dissiper la chaleur des ventres et la garder pour le groupe, pour le futur de la tribu. J'ai vu tout ça car je suis adulte. Dans ma première vie je ne voyais que l'enfance prête à tomber, à s'effeuiller comme l'automne. J'ai observé que le passage n'est pas seulement un jeune qui reçoit, mais aussi un grand qui donne. J'ai vu tout ça, et pourtant je ne vois qu'avec les yeux, pas avec la tête. Les images restent à l'entrée du tipi, comme un chien sous l'orage. Je me suis fermée parce que j'ai peur. J'ai déjà deux saisons chez les Longues-Tresses, et je ne sais toujours rien du passage. J'ai évité le sujet. Pas posé de questions, pas écouté les réponses. J'ai choisi d'avancer à blanc. Maintenant l'amour me fait diversion, me donne une bonne excuse pour ne pas penser. Épinette-Noire me rend sourde aux arbres, aux lieux, aux inquiétudes.

Ce jour-là, ma mère m'embrasse comme elle le fait tout le temps. Mais le temps d'aujourd'hui n'est pas comme les autres. C'est le temps de transmettre les valeurs d'hommes. Comme chez les Yeux-Rouges, nous prenons les canots. Comme chez les Yeux-Rouges, nous remontons les courants du sacré. Et comme je ne connais pas encore bien le territoire, me revient toujours l'idée qu'on m'emmène à l'Île-Esprit et aux bêtes noires. Mais non. Les Longues-Tresses ont leur propre lieu de cérémonie, qu'ils appellent Montagne de l'Aigle. Là sont laissés les garçons et les filles qui vont grandir. Ils vivent deux jours dans la forêt, séparés. Ce que je ne savais pas, ce à quoi je n'avais pas pensé, c'est que ce temps est aussi un moment spirituel pour les adultes. Nous remercions la terre qui fait pousser les herbes médecine et le blé sauvage. Nous écoutons les histoires du Chamane. Dans les vapeurs du qaa apparaissent les rivages de l'autre monde. Les anciens parlent le langage des oiseaux. Moi je vois ma mère en rêve. Ma première mère. Elle ne me dit rien. Elle est juste là et me regarde, et je me rappelle que je ne peux pas échapper à son regard parce que mon rêve est une terre sans arbre, juste elle et moi.

Vient le moment où les hommes et les femmes se séparent. Où ma mère devient la messagère de la féminité, et me laisse avec mes cousins, avec Épinette-Noire, avec mes oncles et son mari. Le Chamane parle de l'eau et du feu. Du ciel et de la terre. De la nuit et du jour. Nous parle de l'équilibre sur deux jambes et sur quatre pattes, des yeux qui voient mieux quand ils sont ouverts en même temps. Que reste-t-il quand on enlève tout ce qui vient par paire, que reste-t-il du corps humain ? Les aînés ricanent car ils connaissent la réponse. Mais nous, les jeunes adultes, nous n'avons encore jamais entendu ces paroles, jamais nous ne nous sommes posé la question.

Oui, il reste le sexe. Le sexe qui déséquilibre, qui rend fou, le sexe qui fomente les drames, transforme un frère en ennemi. Parce que le sexe n'est pas sage. Le sexe est une force qui trouve le repos seulement quand il rencontre sa paire. Notre sexe nous invite à rencontrer le féminin, et grâce au sexe, hommes et femmes vivent une meilleure vie, car les hommes chassent et les femmes font la cuisine. Dites-moi : comment les hommes pourraient survivre s'il n'y avait pas les femmes pour garder le camp et la nourriture ? Pour tanner les peaux qu'ils portent sur le dos ? Dites-moi : comment les femmes pourraient survivre sans la viande et le poisson ? Sans le cuir rapporté par leurs maris ? Regardez autour de vous et vous verrez que le monde est divisé selon ce principe de complémentarité. Le mâle caribou protège sa horde, quand la femelle met bas pour perpétuer l'espèce. L'ours mâle délimite un territoire, quand la femelle apprend à son ourson les baies qui nourrissent et celles qui font vomir. L'équilibre est partout. Vous savez que les enfants n'ont pas le sexe qui parle, leur sexe ne sert qu'à faire pipi. Mais aujourd'hui ils ont grandi. Il faut leur apprendre à laisser derrière eux les années d'indifférence, les années où garçons et filles pouvaient jouer ensemble. Il faut leur apprendre l'art de prendre femme, comme nous leur avons appris l'art de bander l'arc. Avec fermeté. Car c'est l'entrée du plaisir et de la famille. Aujourd'hui nous sommes ici pour cela. Pour que vous vous rappeliez la place que vous donne votre sexe d'homme. Pour que vous preniez conscience de vos responsabilités. Dans l'hiver sans soleil, la famine n'est jamais loin. Un homme qui ne connaît pas son rôle, c'est un homme qui entraîne ses enfants dans la mort. Ne l'oubliez jamais. Un homme qui pleure est déjà un homme abandonné. Soyez dignes de la vie qui vous a été donnée, car la vie s'échappe de celui qui ne la mérite pas.

Ainsi parle notre chamane Longues-Tresses, dans la nuit sans lune. Bien sûr c'est un discours qui n'a aucun sens pour moi. Parce qu'il ne m'inclut pas. Parce qu'il n'inclut pas ma mère. Je ne suis ni homme ni femme. Je suis

Peau-Mêlée. Je suis celle qui brouille le féminin et le masculin. Je n'ai pas le sexe dressé, et ça ne m'empêche pas de frapper la balle, de tuer le gibier. Je n'ai pas la verge haute, mais ça ne m'empêche pas de m'habiller en homme. Je suis complémentaire de l'homme que j'aime, mais je ne suis pas complémentaire de tous les hommes, parce que je ne suis pas un principe. Quand j'entends ce discours, je suis effrayée de voir les garçons et les aînés qui hochent la tête. Effrayée d'entendre un beau discours bien rond. Ce serait une belle histoire pour expliquer le monde, si seulement elle était vraie. Mais je n'arrive plus à voir autre chose que l'illusion. Je vois comme il coud les idées entre elles. Le pénis avec la chasse. Le sang avec la mort. La marmite avec le vagin. Et en faisant ça, j'entends surtout le filet qui se tend, qui coupe la rivière. J'entends les mailles qui grincent. J'entends toutes ces lignes qu'on ne peut plus franchir. Ça me semble tellement absurde de dire ça quand on sait que je les ai déjà franchies, et que rien n'a changé dans le mouvement du soleil, dans la direction du vent.

Alors nous prenons le qaa. Le Chamane découpe des lamelles toutes identiques, et nous nous rapprochons du pays du ciel. Nous dansons pour reprendre possession du corps, pour éveiller la vie lointaine. Mais je n'arrive pas à atteindre cet état que je peux avoir quand je chasse, quand je suis seule en forêt. Le groupe me fait redescendre. Je garde mémoire des Yeux-Rouges, de leur double visage. Chaque fois que je lève la tête, c'est comme si Épinette-Noire détournait le regard, comme s'il me surveillait. Je me convaincs que c'est son amour qui me regarde. Que c'est notre lien qui parle. La peau, ce n'est pas rien. Son corps et le mien dans les clairières, son sexe dans ma bouche, son sperme que j'avale, ce n'est pas rien. J'ai encore son goût sur ma langue. Il fait partie de moi.

Le qaa monte. Le cercle se perd dans la nuit. Nous dormons à même le sol. Je veux dormir près de mon amour mais il me dit qu'il ne faut pas. Il prend sa tête d'agacement, cette tête qu'il fait quand je bouge trop vite le bassin et que ça ne lui plaît pas, quand je veux l'embrasser et qu'il est fatigué de mes baisers, et bien sûr ce sont beaucoup de baisers et il a le droit d'être fatigué. Quand il a cette tête d'agacement je sais qu'il ne faut pas insister même si je veux dormir avec lui. Je lui dis qu'on ne fera rien, pas de sexe, juste des câlins ou même pas de câlins, juste qu'on se prendra dans les bras pour se tenir chaud et il dit que ça non plus, il ne faut pas, même si personne ne nous voit, il ne faut pas. *Parce qu'on est entre hommes, ici, tu comprends ? Tu comprends ce qu'a dit le Chamane, non ? Tu ne peux pas comprendre seulement quand ça t'arrange. Il faut qu'on garde notre ventre dur pour enseigner aux enfants. Il faut qu'on leur arrache l'enfance, tu comprends ?* Je lui dis que je comprends, bien sûr, mais que je ne vais prendre l'énergie de personne parce que s'aimer c'est se donner de l'énergie, et même sans sexe c'est de l'énergie. Je l'aime d'être l'inverse de moi. Il me rappelle les devoirs du groupe. Il s'occupe de nous protéger du regard des autres, de savoir quand il faut se lâcher la main. Il nous creuse un nid d'oiseau, à l'abri de tous. Mais je voudrais passer ma main dans ses cheveux, les dénouer, les voir reprendre leur liberté. Je voudrais chercher ses lèvres à tâtons, tenir sa beauté au bout des doigts. Lui faire l'amour dans les aiguilles, dans les chaleurs de la terre. Nous n'avons jamais pu le faire de nuit. La nuit, au camp, les mauvais sorts rôdent, et tout le monde rejoint les tentes. C'est seulement grâce à la puissance de la montagne qu'on peut dormir dehors. Alors j'ai envie d'être avec lui mais il a tellement raison d'être sage.

Au matin, nous sommes prêts pour la Montagne de l'Aigle. Le Chamane est déjà là-haut, pour enseigner aux jeunes. Un autre homme prend le relais. Il nous dit de préparer la tourbe. Je demande pourquoi, mais personne ne me répond. J'imite les autres. On remercie la terre, on tranche dans les marais. Les mains sont noires, les mèches collent sur les fronts. On mélange la terre dans de grandes marmites avec de l'eau, on donne de la souplesse, de la texture. Mais quand les hommes commencent à se peindre le visage, je me fige. Je ne peux pas être mon propre cauchemar, je ne peux pas entrer dans le corps des créatures. Épinette-Noire ne se reconnaît déjà plus qu'à son dos rond. Mais ses bras, sa bouche, sont ceux d'un autre. Il me voit et ne dit rien. L'homme du Chamane me demande ce qui m'arrive. *Peau-Mêlée. Est-ce que ça va bien ?* Tout ce que je sais dire, c'est que je ne peux pas. Je ne peux pas. Il y a une pierre dans mon estomac.

Tu vois ? me dit Épinette-Noire. *Tu vois que tu n'es pas un homme, ou comme un homme. Tu peux dire ce que tu veux, mais moi je sais ce que tu es. La parole, ça n'a jamais remplacé la réalité.*

Son rire tourne dans ma tête quand ils partent pour la montagne, et me laissent assise dans la boue.

36

Plus tard, quand on dit que les Barbes achètent moins de peaux, je ne me sens pas concernée. Peut-être parce que je me dis que tout problème trouve sa solution. C'était avant de connaître la nature des Barbes, qui sont comme une marée qui monte et ne veut plus redescendre. Chaque année ils viennent plus nombreux. Nous, les Habitants, nous sommes encore du vieux monde. Nous pensons que la forêt est bien assez grande pour abriter quelques personnes de plus. Alors que c'est le contraire qui se passe. Les Barbes viennent jusqu'à ce que la forêt soit trop petite pour les abriter tous. Ils finiront par prendre nos terres. Ça, on le comprendra peu à peu. Aujourd'hui, ils disent que nos peaux ne sont pas belles. Qu'il y a ailleurs des peaux mieux traitées, plus souples, moins abîmées. Ce sont nos hommes qui rapportent ça. Qui reviennent de la grande rivière sans avoir écoulé tout le travail de l'année. Ma mère tourne en rond et crie que les Barbes sont des affameurs. *Nous mangeons plus de castor pour leur faire plaisir ! Pour qu'ils aient tous ce chapeau qui se caresse comme des fesses de femme. Et finalement ils changent d'avis. Ils font les difficiles. Qu'est-ce qu'on va faire de tout ça maintenant ? On aurait dû continuer les colliers pour les Habitants du fleuve.* Puis les hommes racontent que nous ne sommes pas les seuls à avoir souffert du troc. Que les autres peuples qui vendent des peaux, des chaussons, des tentes, tous sont repartis avec moins de fer et de laine qu'ils espéraient. C'est que le qaa gagne chaque année un peu plus le cœur des Barbes. Ils l'emportent de l'autre côté de la mer, et ils le partagent. Et quand ils reviennent, ils en veulent plus. Alors les Yeux-Rouges ont vendu au prix fort leur eau et leur pain des rêves. Heureusement, nous allons enfin avoir notre part de la grande récolte. Nous avons de nouveau accès à l'Île-Esprit. Et déjà, nous oublions la nature trompeuse des Barbes pour nous préparer au grand voyage vers l'Œil-Lac. Sauf ma mère et les sages, qui restent songeurs autour du feu du conseil.

Nous dansons pour la récolte. Pour que les branches plient sous le poids des fruits. Mais c'est aussi le qaa qui danse en nous. Qui prend racine dans nos ventres, et étend ses branches. C'est l'arbre éphémère. L'arbre de plaisir de nos contes. L'arbre qu'un jeune Habitant a tellement voulu attraper qu'il s'est ouvert la poitrine avec un couteau. C'est que nous avons pris le qaa pour fêter le retour à l'Île-Esprit. Nous avons la tête rapide. Le corps qui ne veut plus se fatiguer. Et cette sensation de raviver le monde. De redonner à l'air son mordant.

Je veux danser avec Épinette-Noire. Je veux danser pour son regard. Il danse mal, mais j'aime sa maladresse. Son corps raide. Il a les yeux loin de moi. Comme perdus. Comme s'il ne voyait même plus la forêt. Le qaa a un langage pour chacun. Ainsi sont les choses. Je comprends. Il n'est pas obligé de me regarder. Pas toujours. Mais son intensité me manque. Alors je l'emmène par la main vers les premiers arbres. J'ai envie de lui. Le sexe est une excuse. Je n'ai pas envie de sexe. J'ai envie de son envie. J'ai envie d'être dévorée par son regard. J'ai envie de faire choquer les pierres, de n'avoir plus les mains ni la bouche mais le plein et le vide, le chaud et l'humide. Plus j'y pense moins ça marche. Il n'a pas les mains qui me cherchent. Son sexe est dur mais son désir est creux. Comme si sa peau se dérobait sous mes caresses.

Épinette-Noire s'en va comme il est venu. Dans une tribu, même si on voulait éviter quelqu'un, on ne pourrait pas. Pourtant, il s'arrange pour ne plus avoir de visage. Il m'enlève ce qu'il avait de plus précieux : ses traits. Son sourire de fissure. Ses yeux de rocaille. Il m'enlève le droit de le regarder, de l'admirer. Il a le mérite d'être clair. Pourtant je m'accroche. Je lui cherche des excuses. Je me dis qu'il a besoin de souffler. Qu'il est pris par le travail. Qu'il a la tête ailleurs. Qu'il a oublié de me désirer. Je nage dans de mauvaises eaux. Je refuse de pleurer. Si je pleure, c'est fini. Comme pour Feuille-d'Automne, quand il était malade. Si je crois qu'il va mourir, alors il va mourir. Si je crois qu'Épinette-Noire ne veut plus de moi, alors il ne veut plus de moi. Je m'assèche sur pied. À la fois épuisée et nerveuse. Comme une mauvaise viande. Ma mère me prend dans ses bras, mais je ne veux pas. Je ne veux pas abandonner contre un peu de tendresse. Je le cherche et je ne me trouve plus. Je vais et viens dans la forêt, partagée entre la peur de manquer son retour et l'envie de me changer la tête. Je veux m'éloigner de lui. Qu'il me sorte de la peau. Que je me rince de l'amour. J'ai tellement envie d'être cette bête qui savait se nourrir, laper la rivière sans les autres. Alors que je me sens comme une enfant malade sous la tente, qui attend qu'on lui donne à manger. La seule bête que je vois est une bête morte. Le ventre gonflé et la langue tirée. Le poil fané. Ramassée sous un arbre. Un renard ou un lynx : la mort estompe les formes. Mon plus grand bonheur serait d'être cette bête. Il faut tomber d'un grand rocher pour mériter cette mort. Il faut redevenir tourbe. Se laisser creuser par la pluie, être dans le repos du temps. Ou alors il faut manger du qaa, et perdre la tête jusqu'à ne plus souffrir. Être heureux même du froid et de la soif. Avoir le ventre heureux et grand ouvert. Respirer avec les bras et les jambes. Souffler comme le vent.

Il dit qu'il ne m'a pas oubliée.

— Pourquoi tu ne me regardes plus, alors ? Pourquoi tu ne viens plus me voir ?

Il dit que je suis trop exigeante. Impatiente. Qu'il est occupé. Qu'il allait venir me voir.

— Quand ? Quand est-ce que tu allais venir me voir ?

— Bientôt, il dit. Je ne sais pas exactement. Mais je voulais venir te voir.

J'ai envie de lui dire de me regarder, alors. De me regarder parce que je suis là, sous ses yeux. Et pas de regarder la rivière. Pas de regarder les arbres. Pas de regarder le ciel ! Moi, regarde-moi ! Regarde-moi, moi ! Et comme il ne le fait toujours pas, je suis obligée de le prendre moi-même, ce regard. Je lui attrape le visage pour l'amener vers moi. Pour qu'il n'ait pas d'autre choix que de croiser mes yeux. Mes doigts sont des crocs. Mais tout de suite je regrette, parce qu'il est plus fort que moi à ce jeu. Comme j'ai déjà dit, il n'y a qu'un animal : c'est lui. Il frappe mon bras. Il se dégage. Et à son tour il m'attrape par la mâchoire.

— Qu'est-ce que tu fais ? Hein ? Qu'est-ce que tu fais ?

Déjà je lui demande pardon. Je lui demande pardon, pardon.

— Tu ne me touches pas ! Tu ne me touches pas ! Qu'est-ce que tu crois faire, hein ?

— C'est que tu ne me regardais pas.

Je n'arrive pas à dire autre chose.

— Qu'est-ce que tu marmonnes ?

— Tu ne me regardais pas.

— Je te regarde. Voilà, je te regarde. Tu es contente ? Pourquoi tu veux que je te regarde ? Tu ne sais rien dire d'autre ? Que je ne te regardais pas ? Tu veux qu'on te regarde toute la journée, c'est ça ? Un petit chien qui bat de la queue quand on le regarde, c'est ça ? T'es qu'une gamine. Une sale gamine qui ne pense qu'à sa gueule. Tu crois vraiment que j'ai envie de te regarder ?

37

Le départ pour l'Île-Esprit est pour demain. Je dis que je reste. Je ne veux pas être dans un canot et lui qui pagaye dans un autre. Qui me tourne encore le dos pendant des jours entiers. Je ne veux pas le voir sans jamais l'atteindre. Je veux caresser son corps. Je veux sa voix grave. Qu'il parle juste pour moi dans l'intimité de la forêt. Je veux son humour triste. Ses blagues sur les Yeux-Rouges. Sa façon de héler les Esprits sans jamais avoir peur de les froisser. Je veux l'entendre me raconter ses histoires. L'entendre encore dire, quand je ne le crois pas : *Bien sûr que c'est vrai ! Aussi vrai que le soleil !* Quand je pense à ça, d'abord je souris, ensuite je pleure. Enfin je pleure. Je suis une terre en dégel. Je suis épuisée. Quand je ferme les yeux, c'est pour écouter le bruit des grosses larmes. Je dis non à l'Île-Esprit. Non au voyage. Ma mère se faufile entre mes branches de colère et me serre fort jusqu'à fendre mon orgueil. Ma mère est ainsi.

Elle n'a pas sommeil les jours où sa fille pleure. Elle berce l'animal blessé. Elle donne la becquée. Elle me mâchonne un peu de vie au fond de la gorge. Juste assez pour passer la nuit. Pour retrouver la faim.

Elle n'arrive pas à me convaincre. Je sais qu'elle est déçue. Je sais qu'elle va défendre Fille-Rousse pendant le voyage. Elle va défendre l'enfant qui a été condamnée à mort et qui a survécu. Elle va défendre la Peau-Mêlée. Elle va me défendre dans une forêt d'hommes gras. Elle n'a pas le pouvoir d'empêcher les blagues. Je sais qui je suis dans leurs yeux. Je suis la fausse fille qui couche. Qui couche avec tous. Puis quand le soleil se lève, qui ne couche plus qu'avec un. Je suis la fausse fille qu'on insulte devant une tente. S'il y avait Fille-Rousse en moi, ça fait longtemps qu'elle m'a quittée.

Je dis au revoir depuis la berge. Je reste avec les vieux, les invisibles et les esclaves. Avec les femmes de tente, qui me font de la peine car je me vois en elles. Mes habits de garçon ne sont qu'une mauvaise peau. Un lambeau qui ne couvre plus grand-chose.

Alors le vide. Ni amour, ni sexe, ni tribu. Me nourrissent les femmes que je déteste. Je n'ai rien à leur dire. Pire : elles n'ont rien à me dire. Je n'inspire aucune question, aucune parole. Je crois que je suis à côté de mon corps. Parce que je vois mes lèvres bouger, mais je me demande comment elles bougent. Parce que je vois mes jambes qui traversent le village, je me vois essayer de les rattraper. Souvent revient la bête morte, tachée de vieux sang. Le sang des grandes courses d'hiver, le sang de gorge ouverte.

Une feuille se laisse caresser. Avec le doigt, lentement. Je remonte les nervures. Pendant trois nuits, je dors avec cette feuille. Je la glisse dans mes vêtements quand je sors. Je la regarde. À ce moment-là, il n'y a pas de plus belle chose que cette feuille qui s'est invitée sur ma route. Elle me rappelle mon enfance, quand j'avais quelqu'un à bercer. Au bout des trois nuits, je la remercie, je la cache, et je pars pour la forêt. Je prends de la nourriture pour quelques jours, et le qaa pour le voyage des sens. Je pense à toutes les fois où la forêt a été un refuge. Quand les garçons Yeux-Rouges ne voulaient plus de moi. Quand la tribu ne voulait plus de moi. Pourtant je n'ai pas retenu la leçon. Épinette-Noire ne veut plus de moi, et je n'ai pas pensé à la forêt. J'étais avalée par ma colère. Alors je vais en forêt comme on va voir une amie délaissée : un peu heureuse, mais un peu honteuse aussi. J'y vais sans autre cadeau que moi-même, et mes histoires à raconter. Je caresse les écorces. Je mâche les sèves jusqu'à avoir mal aux mâchoires. Je cherche les oiseaux dans les branches. J'enfonce mes doigts dans la terre.

Parfois j'ai des bouffées de larmes. Des envies

de m'effondrer. De donner ma vie à la rivière s'il faut la donner à quelqu'un, car je n'en veux plus. Mais avec le qaa et les jours, je réapprends à regarder les arbres. Épinette-Noire s'effrite dans ma tête. Je vois ce que je ne voyais plus. Je me rappelle ses phrases assassines. Son attitude de mépris. Sa manière de démontrer sa supériorité par le silence. Avec le qaa mes dernières peines sortent comme une fièvre. Je me roule dans les litières d'aiguilles. Je suis un chiot qui renaît.

Au soir du quatrième jour, j'entends un vent pas comme les autres. Un vent qui froisse plus au sol qu'aux cimes. Je suis allongée, les bras en étoile. En train d'écouter. Alors je laisse venir. Je retiens ma respiration. Je sais que le mouvement trahit plus sûrement qu'un plumage rouge. Le vent se rapproche, et ce sont des Habitants. Je le sais car j'entends les mêmes branches qui frottent, plusieurs fois de suite. Ma première pensée est que ce sont les nôtres, de retour de la récolte. Mais ça ne colle pas. Ils viendraient de la rivière. Ils ne feraient pas ce bruit étouffé de ceux qui ne veulent pas faire de bruit. Plus ils s'approchent, plus je suis convaincue qu'il s'agit d'Yeux-Rouges. Un petit groupe. Venus profiter de l'abandon du village pour nous piller. Ma mère avait raison d'avoir peur, elle connaît bien les trahisons des hommes. J'ai vu ses sourcils anguleux quand les peaux sont revenues invendues. Elle savait. D'une manière ou d'une autre, elle m'a transmis sa peur.

J'ai juste le temps de sortir du chemin, de ramper derrière une souche. Ils sont là. Un petit groupe de neuf, taillé pour la vitesse et la mort. Ils ne portent rien d'autre que leurs armes, et un pochon de qaa. On les a peints jusqu'aux oreilles. Seuls les yeux brillent dans la tourbe. Je joue la bête sans vie, sans souffle. Ils s'arrêtent. Reconnaissent les traces que j'ai laissées. Ils ne disent pas un mot. Depuis plusieurs jours, sûrement, ils ne parlent qu'avec les mains. Le premier se baisse, caresse le sol. Il voit la terre écrasée par mes pas, le remous des aiguilles. Il regarde dans ma direction.

Heureusement me vient la pensée du chasseur. La pensée de qui ne veut pas être vu. C'est une pensée si forte qu'elle voile les corps. Elle enfume les odeurs. Si forte que même quand je reconnais qui il est, je suis sans réaction. Ce n'est pas l'Ours. C'est le petit de l'Ours. Il a le poil fier. Le cuir souple. Le regard qui veut. Mais il a maintenant ses épaules d'homme. C'est ce qui m'a trompée. Les yeux, eux, ne trompent pas. Ce sont les mêmes que ceux du bord de lune. Des yeux qui ont le désir du sang. Des yeux qui n'ont jamais voulu la paix. La paix ennuie les enfants de pères à plumes. Ses yeux me cherchent derrière la souche. Je pense au caribou qui sait qu'il ne doit pas bouger, et qui bouge quand même parce qu'il n'a pas appris de ses oncles. Même écarter les naseaux c'est déjà trop. Même respirer c'est déjà trop, dans les broussailles qui bruissent. Je ne suis pas le caribou, je ne suis pas non plus la charogne qui bavarde avec ses mouches. Je suis Peau-Mêlée. Je suis l'Esprit de Fille-Rousse. Je suis la meilleure des chasseuses Longues-Tresses. Je ne respire pas, je ne pense pas.

Un Yeux-Rouges fait signe de reprendre la route. Orage-Blanc tourne la tête à regret. Je comprends qu'il mène le groupe, car il est le fils du chef. Mais je comprends qu'il doit encore faire ses preuves. Car les autres ont encore leur mot à dire.

J'attends qu'ils soient loin. J'attends que les nuages aient trois fois recouvert le soleil depuis le silence. Au premier rayon, je cours. Je dois les dépasser en prenant par les montagnes. Sans me faire voir. Je m'appuie sur les branches pour me donner de l'élan. Je déboule sur les troncs abattus, je m'enfonce dans les mousses, je grimpe de souche en souche pour éviter les mares boueuses, les sols traîtres. Arrivée au col, je jette un coup d'œil vers la taïga, espérant apercevoir un mouvement, avant de me plonger de nouveau dans la forêt. Je déboule, je crapahute. Les mains dans la terre, les branches dans le visage.

Quand j'arrive au village, je suis en sang. Une vieille me recueille, et veut me faire asseoir. Avec mes bras je refuse. Entre deux respirations je dis : *Yeux-Rouges ! Yeux-Rouges !* C'est le seul mot qui compte.

38

Au petit matin, ils entrent en poussant leurs cris de guerre. Ils visent d'abord les grandes tentes, là où nous gardons nos réserves. Le feu embrase les peaux de bouleau, et monte boire les grands vents. Ils abattent d'abord les chiens. Puis se dispersent pour traquer les vieilles et les enfants, travaillés par le qaa et la haine.

Il n'y a personne pour leur répondre. Pas de terreur qui renverse les marmites. Pas de bébé qui pleure. Ils s'en rendent bien compte. Mais ils veulent croire qu'on se terre sous notre lit. Alors ils suivent leur plan. Jusqu'à retourner les habitations. Et ressortir, désœuvrés, cherchant chez les autres une réponse.

On choisit ce moment pour lancer la première salve. Les flèches tombent des arbres, de tous les côtés à la fois. J'ai ordonné de viser les yeux pour mieux toucher les gorges. Orage-Blanc est trop loin pour être atteint. Je ravale mon orgueil et me concentre sur l'Yeux-Rouges le plus proche.

Je le transperce de part en part. Mon trait ressort entre ses omoplates. Il tombe. Les autres ont moins de réussite. Un tir traverse une hanche. Un autre : une jambe. La plupart se fichent dans le sol. Nous rechargeons pour la deuxième salve, mais déjà l'effet de surprise est perdu. Les Yeux-Rouges s'abritent. Le tir en touche trois de plus. Ma flèche trouve sa cible dans le bas du dos. Je siffle avec mes doigts. C'est le signal que j'ai donné pour passer à la deuxième phase. La moitié d'entre nous descend des arbres. C'est le moment le plus exposé, mais on compte sur les troncs pour nous protéger, et sur l'autre moitié des archers pour nous couvrir. Sauf que ce ne sont pas des archers. Au mieux des vieux chasseurs. Au pire des grands-mères qui n'ont jamais touché un arc de leur vie. À elles j'ai donné des flèches, malgré le peu que nous avions. Elles sont heureuses de bander la corde pour nos vies. Les Yeux-Rouges ripostent. Essayent de voir une main, un pied entre les feuillages. Les flèches se croisent. Il y a un ancien qui a encore l'œil sûr. Il fait tomber un Yeux-Rouges avec une flèche dans le mollet. Mais l'Yeux-Rouges se relève, et cherche où se cacher. Ça me semble trop bête de le laisser filer, le laisser reprendre son souffle et ses forces. Alors, je ne sais pas ce qui me prend : je me jette dans le camp pour l'achever. Mon geste entraîne les autres. Ils se précipitent derrière moi. Ils crient pour se donner du courage. J'arrive à abattre le blessé juste avant qu'il ne disparaisse dans une habitation. Mais les autres Yeux-Rouges nous visent. Une flèche me frôle le flanc. Deux Longues-Tresses n'ont pas ma chance. Ils sont arrêtés en pleine course. Ça nous donne la colère d'aller plus vite, de lever haut les haches pour leur faire gagner en puissance. Pour qu'elles tombent sur l'ennemi comme une méchante pluie.

Ils sont dedans, nous sommes dehors. Ils sont chez nous. Et nous les attendons. Nos vieilles embusquées dans les branches. Et le reste des nôtres qui s'approche doucement, s'abritant derrière les tentes. Pas après pas, nous avançons, sans nous exposer. Nous sommes plus qu'eux. Mais nous ne sommes pas des guerriers. Au corps à corps, nous n'avons aucune chance. Ils le savent et nous provoquent. Ils nous insultent. Ils disent que nous n'avons pas les couilles de venir les chercher. Je retiens les miens avec la main.

Ils ne sont plus que quatre. Tout est calme. Les blessés ont été achevés. Seules les flammes continuent de battre le petit matin. Je décide de brûler leurs cachettes, jusqu'à ce qu'ils sortent à la lumière. J'allume une pointe de flèche, et je vise les tentes. Les feux prennent vite. Les Yeux-Rouges font les morts. Nos arcs sont pointés sur les ouvertures. Prêts à tirer au moindre mouvement. La stratégie est bonne. Le vacarme du feu les empêche de communiquer. Ils sortent un à un, en désordre. Le premier tire trois flèches à la hâte avant de courir vers nous, arme levée. Il est abattu de deux tirs en pleine poitrine. Le deuxième cherche à fuir. Il se fait récupérer à la lisière, d'un trait dans le ventre. Il a la force et le courage. Et avant que la vieille de l'arbre ait le temps de réarmer, il la cueille entre les branches. Elle tombe comme un fruit oublié des oiseaux, et vient s'écraser sur le sol. Lui, on le retrouvera adossé à un arbre, après la bataille, le ventre baveux comme un nouveau-né. Presque heureux de nous voir arriver pour l'achever. Le troisième réussit à feinter nos flèches et à tuer un des nôtres avant d'être mis à terre. Le dernier à sortir est évidemment Orage-Blanc. Je l'attends comme un chien sa gamelle. Je l'attends car j'ai faim de sa souffrance. Je croyais ma haine oubliée. Diluée par mon amour pour Épinette-Noire. Je croyais qu'il n'y avait qu'une place pour l'un ou l'autre. Mais la haine était juste ramassée dans un coin. Prête à rejaillir comme au premier jour.

Les mâts de la tente craquent. Je lui crie de sortir. Qu'il va mourir brûlé. Il me répond qu'il ne verra pas ses ancêtres avant d'avoir tué le dernier des Longues-Tresses. La tente s'effondre en soulevant un nuage de chaleur. Orage-Blanc jaillit du brasier. C'est beau la jeunesse et l'honneur. Mais il lui manquait la connaissance du feu. Son corps est cuit. Il essaye de faire quelques pas puis se roule dans la terre pour étouffer les flammes et la douleur. On fait cercle autour de lui. Son couteau bat l'air, car il n'a plus les yeux, ni la peau pour vivre. Entre deux gémissements, je reconnais quelques insultes : *Bâtarde, Fausses-Tresses. Viens te battre.* Comme je ne veux pas le décevoir pour ses derniers instants, je m'agenouille devant lui. *Je suis là, Orage-Blanc.* Son couteau me cherche. J'arrête son bras avec le mien.

Et, d'un coup de hache, je lui ouvre la tête en deux.

J'ai passé tant de temps à imaginer comment faire souffrir Orage-Blanc que je me sens vide. J'ai perdu un gros morceau de haine, et c'était un gros morceau de moi-même.

Nous comptons nos morts. Il y a ces vieux qui pleurent des amis, des amies. Ils sont sous le choc. Ils pensaient que seule la vieillesse risquait encore de les foudroyer. Je regarde de loin. Nous avons eu de la chance. Avec le peu que nous avions, nous avons tué neuf guerriers ennemis. Je sais que mes idées ont payé. Les autres voulaient fuir. Abandonner le village. Mais nous allions tout perdre. Si le but des Yeux-Rouges était de nous assassiner à froid, il ne leur aurait pas fallu longtemps pour nous rattraper. Je crois que nous n'avions pas d'autre choix que de nous battre. Les prendre par surprise, inverser les rôles, était la meilleure façon de le faire. Nous avons rusé. Nous avons sacrifié les chiens, nous avons laissé les foyers allumés, la fumée s'échapper des tentes. Nous avons joué le petit matin, alors que nous sommes restés toute la nuit dans les arbres. Pour ça j'ai gagné l'admiration de tous, même de ceux qui n'ont jamais cru à Fille-Rousse. Quand les trois jours du premier deuil sont passés, on prend le qaa pour remercier la forêt qui m'a mise au courant de l'attaque, puis qui m'a soufflé comment faire la guerre.

39

La mort s'annonce de loin et se raconte d'arbre en arbre. C'est le chant des guerriers qui rejouent le courage des défunts. C'est le bruissement des pleurs des femmes. Ce sont les percussions. Nous savons déjà. Deux Longues-Tresses sont venus avant les autres pour constater l'état du camp. Quand ils ont été attaqués sur l'île, ils ont su que les Yeux-Rouges n'allaient pas se contenter d'un seul front de guerre. Ils pensaient trouver seulement des cendres froides. Mais notre récit leur a redonné la force, en même temps que leur récit de mort nous a anéantis. Ils ont porté notre parole aux canots. Pourtant nous jouons l'ignorance, les uns comme les autres. Ainsi se consomme le deuil, dans ce pays. Il faut le chant. Il faut la douleur collective. Il faut que les poitrines cognent comme un seul tambour. Il faut gonfler la beauté et le courage. Il faut tirer les larmes même à ceux qui n'ont aucun lien de famille.

Pour laver une grande fois le cœur et laisser partir ceux qui sont appelés au loin.

Ils sont montés sur l'île, ils disent. Et l'île s'ouvrait à eux dans une grande lame de soleil. Ils n'ont pas eu peur. Ils ont cherché le qaa sans jamais le trouver. Pourtant l'arbre de qaa est un joli cœur. Il a le rouge facile. Il roule la feuille avec plaisir quand le vent se lève. Alors certains ont compris. Ont commencé à courir et crier pour regrouper la tribu. Trop tard. Les Yeux-Rouges ont déferlé depuis les hauteurs. Ils ont tué les hommes, ont violé les femmes. Car il y a la guerre du sang versé, et il y a la guerre du sang des fils. Cette guerre se joue dans les ventres des femmes. On dit qu'une femme qui résiste est une femme qui enfante. Parfois pourtant, une guerre fait oublier l'autre. C'est ce qui s'est passé ce jour-là. Même assommées de claques, nos femmes ont serré les jambes. Elles ont offert à nos hommes le temps de tirer les armes. Des Yeux-Rouges sont morts avec plus de sang dans la queue que dans la gorge. Les flèches ont répondu aux flèches. Les couteaux aux couteaux.

Je perds deux cousins. À genoux dans la terre, je me frappe la tête d'avoir aimé un garçon au risque d'oublier les autres. Épinette-Noire n'est pas mort. C'était le seul qui devait mourir, pour m'avoir piétinée. Les autres étaient mes amis. Même quand je n'avais plus de pensées pour eux, ils étaient encore mes amis. Ils me regardaient de loin, avec la certitude que j'allais revenir. Maintenant je veux revenir, mais ils ne m'en laissent pas le temps. Je veux les voir rire. Écouter leurs rêves de plaines. Regarder la meute s'ébrouer dans la neige. Nous effleurer dans l'haleine des glaces. Qu'ils bandent encore, à peine ma main sur la leur, comme s'ils découvraient la chaleur pour la première fois. Nous nous sommes aimés, affamés par notre jeunesse. Nous nous sommes aimés sans peur. Sans promesse. Alors je me griffe le visage. Si je pouvais, je me remplirais de terre pour me punir de les avoir tous laissés filer.

Il y a la mort de l'oncle. Mais il y a surtout la mort du mari, qui entraîne ma mère vers le fond. Elle est revenue défaite, dépossédée de sa lumière, sa peau aussi blanche que celle d'un Barbe. Elle a le geste sans les yeux. Elle ne voit personne. Elle me prend dans ses bras, mais ce n'est pas l'affection d'avant. C'est quelqu'un qui se berce sur mes os. Qui a besoin d'attraper du vivant, de le serrer dans ses petits poings. Je pourrais aussi bien ne pas être sa fille, elle m'agripperait pareil.

Je prends sa place dans la tente du conseil. Parce que j'ai les oreilles de mes morts, montées en collier autour du cou, et les plumes sur la tête. Parce que j'ai la Peau-Mêlée, l'eau et le feu. Je dis à ma mère de rester, et c'est comme si elle avait attendu ça toute sa vie. Qu'on lui dise de ne pas bouger. De ne pas travailler. D'attendre. Elle s'assoit et me regarde enfiler sa robe de sage, sans protester. Je veux que l'on sache que je suis elle, le temps d'une nuit. Et je vais me placer autour du feu.

Nous parlons jusqu'à ce que les braises dégrisent. Nous refaisons l'histoire de l'île. Chacun donne sa version. Parfois surgissent les larmes où on ne les attend pas. Dans un creux de phrase, sur le bord d'une ride. Nous avons tous perdu des proches. La trahison des Yeux-Rouges n'a jamais été aussi humiliante. Ils nous ont invités à jouer au jeu de balle pour terminer la guerre. Pour laisser vivre les vivants. Les termes étaient simples. Si nous gagnions, nous avions la moitié de la récolte du qaa. Si nous perdions, nous y renoncions. Ils refusent notre victoire car ils pensent que nous avons usé de magie. Mais nous, nous pensons le contraire. Les Longues-Tresses savent qu'une Peau-Mêlée a toujours raison d'être différente. Ils savent que c'était mon chemin. Une Peau-Mêlée possède la grande puissance qui ouvre les sentiers. Ils m'écoutent plus que jamais.

Nous sommes d'accord pour prendre un an pour panser les blessures. L'été est trop court pour répondre à l'attaque. Nous allons nous serrer les coudes pour l'hiver. Nous allons répartir les chasseurs pour aider les familles qui ont perdu beaucoup. Nous allons remarier les veufs et les veuves, trouver des parents pour les orphelins. Puis nous prendrons la richesse qui nous est due. Quitte à tuer jusqu'au dernier Yeux-Rouges.

40

J'apprends l'envers de la lumière. La version Longues-Tresses de la guerre de l'île. Pour la première fois, le Chamane m'emmène dans sa tente. À la lumière d'un tison, je découvre un à un les dessins qui racontent les saisons.

Nous avons perdu beaucoup, dans l'attaque du camp. Nous avons perdu la grande mémoire d'Écorce-Nouée, qui remontait à plus de cinquante hivers. En même temps qu'il recevait une flèche, ses dessins disparaissaient dans les flammes. Mais je m'empêche de pleurer sa mort, car chaque arbre tombé ouvre une nouvelle lumière dans la forêt. Nous avons pensé qu'il était temps de te raconter les choses à notre façon.

Je passe la nuit à remonter une à une les saisons. Un dessin par année, pour se souvenir d'un grand événement. Pour attraper tant bien que mal le temps de la tribu.

Je reconnais d'abord le jeu de balle. Avec les poteaux, et un personnage qui tient une crosse.

Le Chamane me dit que c'est moi, le personnage. Car s'il y a quelqu'un qui a marqué la journée, c'est moi. Moi, condamnée à mort puis sauvée. Moi, qui ai divisé les hommes. Il y a ensuite les années fastes, où s'empilent les caribous, les années magiques, où le ciel d'hiver danse vert, les années de deuil, où disparaissent les amis. Le Chamane m'arrête sur une année plus noire que les autres. Où le dessin déborde sur ses voisins. Une année qui compte un personnage couché et une série de traits de charbon. Le Chamane prend mon bras pour approcher le tison. Il me demande de compter. Je ne sais pas compter jusque-là.

Il m'explique que les Yeux-Rouges savent depuis toujours cuire le qaa. Que depuis toujours ils récoltent le qaa. Mais que l'île était trop grande pour eux. Qu'ils ont invité les Longues-Tresses à prendre le reste de la récolte. Car à cette époque les Yeux-Rouges se battaient côté toundra, et les Longues-Tresses côté fleuve. Les Yeux-Rouges étaient nos amis. Le chef des Longues-Tresses s'appelait Non-loin-du-Soleil, car il est né doré comme une fin de journée. Le chef des Yeux-Rouges s'appelait Lynx. Non-loin-du-Soleil et Lynx se retrouvaient une fois par an pour prendre le qaa et danser. Ils s'aimaient sans avoir besoin de parler, à leur manière. C'était le temps des échanges. Lynx pensait que si l'île donnait tant de fruits, ce n'était pas pour les laisser pourrir. Pour les Longues-Tresses, les messages des Esprits peuvent être dans le nez crochu des montagnes, dans la course des nuages. Mais pour les Yeux-Rouges, il n'y a qu'un seul moyen de communiquer avec les autres mondes : le qaa. Ils pensent que chaque fruit tombé est un fruit qui n'est pas écouté. Alors vient l'odeur qui meurt de chagrin, vient l'odeur qui ne se disperse pas au vent. Même les oiseaux ne chantent plus. Même les fourmis ne veulent plus travailler quand les sols sont rouges de fruits pourris. C'est l'odeur de la tristesse, de la colère d'en haut, disent les Yeux-Rouges. Alors Lynx a proposé à Non-loin-du-Soleil de monter sur l'île pour terminer la récolte. Il a appris aux Longues-Tresses à cuire le qaa, à écouter l'enseignement des fruits sans passer de l'autre côté.

En même temps sont arrivés les Barbes. Les pêcheurs ont commencé à remonter le fleuve et à dormir à l'embouchure des rivières. Ils voulaient nos peaux, nous voulions leur fer. Nous les avons invités au grand échange. Ils ont goûté le qaa et nous avons ri à nous rouler par terre. Car un Barbe perd sa grandeur quand il prend le qaa. Un Barbe trébuche. Un Barbe tète l'air comme le poisson hors de l'eau. Son port flanche, son genou vrille, il doit mettre les mains pour ne pas se casser les dents. Certains se sont endormis dans leur vomi. Nous avons pensé que si les Barbes n'entendent qu'un seul Esprit, c'est parce qu'ils ne savent pas écouter. Ils n'ont pas l'oreille pour différencier un oiseau d'un Habitant qui siffle dans ses mains. Ils ne se fient pas aux rivières ni aux orignaux, alors ils ont peur des forêts. Mais ils ont acheté le qaa. L'année suivante, ils ont acheté le double.

Alors l'île n'était plus si grande. On a envoyé plus de monde aux récoltes. On a fait plus vite, plus fort. On a interdit de s'asseoir sur les pierres pendant le travail. On a nourri le feu comme un fils, sans jamais le perdre des yeux. On a dit que le repos est meilleur quand il se mérite, et on y a tous cru. On a aimé la goutte sur la tempe et la peau qui sent le chaud. À force d'affiner le geste, on a fini par ne plus laisser aucun fruit pourrir. Pour nous, c'était le début des problèmes. Il a fallu monter toujours plus haut dans les branches. Mais le qaa n'est pas fait pour ça. Un Longues-Tresses s'est brisé le dos : la branche n'a pas supporté son poids. Quand nous avons voulu compter les fruits, nous avons trouvé qu'il y en avait moins que l'année précédente. Beaucoup ont pensé que les Yeux-Rouges étaient passés avant nous pour alléger les arbres. Non-loin-du-Soleil nous a convaincus que non. Que l'été était mauvais, rien de plus. Et même quand l'été suivant a été pire, nous n'avons rien dit. Parce que nous n'avons pas toujours eu le qaa. Quand les Yeux-Rouges ont dit aux Barbes que leur qaa était meilleur que le nôtre, nous n'avons rien dit. Car nous n'avons pas toujours cuit le qaa. Nous avons vu l'amitié se flétrir comme une feuille d'automne. Les regards s'allumer de noir. Les corps se gonfler d'orgueil. Mais nous ne pensions pas que la guerre était déjà en chemin.

Un jour, un jeune est venu. Il s'est présenté comme le nouveau chef des Yeux-Rouges. Il avait encore les traits d'un enfant, mais c'était déjà un arbre puissant, qui devait courber l'échine pour réussir à entrer dans les tentes. Il nous a demandé de rendre le qaa. Simplement, sans alternative. Il a attendu une nuit sans bouger, assis sur le tapis. Nous lui avons fait des propositions. Chaque fois un peu plus généreuses. Un autre partage de la récolte. Des meilleures peaux. Des canots. Il a tout refusé. Au matin, comme nous n'avions pas trouvé d'accord, il est parti. Sans changer de visage. Sans expression.

L'année suivante, après la récolte, nos hommes et femmes ont fait étape sur le chemin du retour. Ils ont été massacrés à l'aube. Nous les avons trouvés quelques jours plus tard. Il ne restait que les corps des hommes, abandonnés aux mouches. Nous leur avons donné un enterrement. Mais certains pensent que nous ne sommes pas arrivés à temps, qu'ils ne trouveront jamais la porte. La colère des familles ne s'est jamais éteinte. Surtout que nous n'avons jamais découvert ce qu'ils avaient fait des femmes. C'est un silence qui nous ronge. Nous avons sillonné la forêt sans rien trouver. Nous avons cherché les herbes qui poussent sur la terre retournée. Nous avons approché le camp des Yeux-Rouges sans jamais rien voir. Nous avons espéré que le jeu de balle nous apporte des réponses. Finalement, la victoire n'a fait que nous endormir de nouveau, et nous faire croire à la paix des peuples et des Esprits. Aujourd'hui il faut pleurer d'autres morts, quand nous n'avons toujours pas pleuré les femmes disparues.

41

C'est le début de la guerre lente. Nous n'avons pas les hommes pour rendre le massacre qu'ils nous ont infligé. Alors il faut attendre. Eux aussi en ont perdu beaucoup. Eux aussi patientent. Comme nous, ils engrossent les épouses. Il faut déjà penser à plus tard. Car la guerre d'aujourd'hui pourrait bien durer jusqu'à celle d'après. C'est la guerre des flèches perdues. Des rapts de femmes. Des morts rapides. Des canots qui passent au loin et qu'on ne peut pas atteindre. C'est la guerre qui cherche à saper le sommeil, à rallumer la peur.

Ma mère n'est pas revenue. Parfois, j'ai l'impression de voir l'homme qu'elle aurait pu être. Pas l'homme guerrier. Juste son corps d'homme. Sa lumière de femme a fondu comme les jambes qui ne courent plus. Elle n'a plus le sourire. Plus les hanches. Elle a maigri. Ses os saillent. Sa mâchoire est taillée. Elle oublie même de s'attacher les cheveux.

L'hiver n'est plus le même. Sans le mari, il n'y a plus d'histoires drôles. Il n'y a plus le gros rire dans la tente. Sans les cousins, il n'y a plus de meute. Juste des chasseurs fatigués. J'ai pris la tête du groupe, parce que l'oncle est parti lui aussi de l'autre côté. Parce que j'ai encore assez du grand arbre en moi pour mener les hommes. Je choisis les traces à remonter. Je caresse l'empreinte des sabots pour connaître notre retard sur le troupeau. Ils me suivent sans lever la tête, justes concentrés à ne pas penser au froid qui use, à la neige qui avale la vie. Je creuse seule. Je dors seule. Épinette-Noire est devenu un enfant, qui attend qu'on lui choisisse un lieu pour creuser, qui traîne la patte, qui ne chasse que pour manger, pas pour nourrir. Lui enfant, moi adulte, je n'ai plus de pensées pour lui. Juste l'étrange sentiment que l'été m'a fait sortir par une porte, et revenir par une autre.

Je construis mon premier tréteau en me rappelant les gestes du Chef. Je le refais jusqu'à ce qu'il soit assez solide pour résister à l'ours. En hiver, il n'y a pas de place pour l'à-peu-près. Je fais chauffer les pierres pour exsuder les peines de ma mère. Je la prends par la main, je la déshabille. La plupart du temps, je tourne la tête. Je ne veux pas qu'elle sache que je vois l'homme. Mais je ne peux pas m'empêcher de jeter un coup d'œil à ses fesses, à son sexe, quand elle a le dos tourné. À la fois fascinée d'être dans le secret de l'illusion. À la fois mortifiée de participer à la chute de l'arbre. Elle n'a plus de volonté. Elle se laisse entraîner par mes gestes. Parfois j'ai l'impression qu'elle se rappelle, quand elle attrape son collier de perles, qu'elle le triture entre ses mains. Parfois son regard est inquiet. Parfois, elle résiste à se laisser manipuler par sa fille. Mais la plupart du temps, elle laisse couler les choses. S'habitue à se détacher du monde.

Je coupe le bois, je sèche le bois, je fais le feu, je tends les peaux, je monte les tentes, je casse les os. Heureusement ma mère cuit encore les viandes. Ça la maintient en vie.

Je n'ai plus de temps pour jouer. Plus de temps pour même penser à jouer. Pour regarder les bâtons glisser sur la glace, écouter les rires des enfants. Je n'ai jamais aussi bien dormi. J'ai même appris à ronfler.

Mon sexe ne parle plus. Il a retrouvé le calme de l'enfance. De quand je ne savais pas encore que mon ventre n'était pas un plein mais un creux. Je crois que le sexe n'est que l'idée du sexe. Quand l'idée s'échappe, le sexe s'échappe avec. Je sais voir quand Épinette-Noire a de nouveau envie de moi. J'espère qu'il sait que je n'ai jamais envie de lui. Les regards des hommes ont changé. Il y a ceux qui ont oublié que je suis femme. Il y a ceux qui n'arrivent pas à penser que je suis homme. Il y a ceux qui voient la

Peau-Mêlée. Ceux-là essayent de ne pas trop me regarder, car ils ont peur de la folie. Ceux-là croient à Fille-Rousse. Et ils pensent qu'ils sont ensorcelés. Ils pensent à mon visage dans la boue. Ou ils pensent à mon couteau sur leur gorge. Ils pensent que j'ai une troisième main pour serrer leurs estomacs. Ils ont l'amour au bord de la haine. Mais moi, je n'ai d'amour que pour ma mère. Quand je touche ma peau, il n'y a que la splendeur du rocher. Une beauté froide.

Tous les étés, je continue à aller au conseil. J'ai confiance en ma parole, parce que ma voix est forte, parce que les têtes ne se détournent pas. On écoute ma jeunesse. On respecte mes plumes.

Je propose et je mène toutes les attaques en territoire ennemi. Je reprends mes peintures de guerre jusqu'à trouver celles qui me ressemblent. Je n'ai besoin de personne pour dessiner mon visage. Plus besoin d'un lac pour vérifier mon image. J'ai le front noir et deux lames rouges sur les joues. Je veux que les Yeux-Rouges se souviennent de moi. Je veux les suivre dans leurs nuits. J'ai égorgé des hommes qui étaient les garçons de l'enfance. Je m'en suis rendu compte après leur dernier spasme. J'ai longtemps espéré tomber sur Ours-Assis. Mais il doit sentir notre présence, car il ne laisse mourir que ses faibles, comme s'il épurait son troupeau en nous offrant des proies faciles. Il n'apparaît que dans les récits de ceux qui ont pu fuir. Comme moi, il est de tous les combats. La guerre dure et n'avance pas. Chaque attaque répond à l'attaque précédente. Il n'en ressort aucun vainqueur. Juste quelques familles en pleurs, une colère toujours plus grande. Nous attendons de rendre le massacre. Patience. Il faut l'idée. Et l'idée viendra quand il sera temps.

42

Plusieurs saisons ont passé quand les canots reviennent du grand échange et disent avoir vu Ours-Assis, venu lui-même négocier les prix avec les Barbes. Cela fait longtemps déjà que les tribus sont privées de qaa, car les Barbes veulent toujours plus, et achètent trop cher pour nous. Alors les Yeux-Rouges sont obligés de venir avec plus de canots, plus d'hommes pour transporter leurs richesses. Les Yeux-Rouges ont le meilleur fer, les meilleures laines, et mangent du maïs tout l'été. Ils portent des colliers de perles, des peaux ornées, et des tissus dans les cheveux. Ils se peignent avec les peignes des Barbes. Ils portent à la ceinture les couteaux des Barbes. Et nous, les autres peuples, nous faisons semblant de rien. Même si chaque année nous rappelle que nous n'avons plus le pouvoir d'obtenir ce qui pousse sur nos propres terres. Nous sommes devenus pauvres parce qu'ils sont devenus riches. Alors nous essayons de danser sans le qaa. De soigner sans le qaa. Certains disent que les Barbes veulent nous empêcher de communiquer avec les Esprits, et travaillent main dans la main avec les Yeux-Rouges. Comme il fallait trouver un chemin vers les autres mondes, la Plante-Du-Chien est reparue dans les canots, et avec elle les dents déchaussées et les yeux jaunes, la bave qui coule sur les lèvres, les Habitants qui tombent raides morts. Des choses qu'on croyait oubliées.

L'été suivant je laisse les miens pour suivre nos hommes aux échanges. Je veux voir Ours-Assis. Je veux qu'il voie mes yeux de haine. Qu'il voie qu'il aurait dû réussir à me tuer quand il en avait l'occasion. Car on ne condamne pas Fille-Rousse à mort comme on condamne n'importe qui. Il vaut mieux être sûr de ce qu'on fait. J'ai mis pour lui mes plus beaux habits. J'ai huilé mes cheveux et ma peau. J'ai brossé mes chaussons, souligné mes yeux. Je n'ai pas besoin de perles pour inspirer le respect.

Le voyage dure deux jours. J'avais oublié ce que c'était que de suivre. De ne pas être en tête. Ça me démange de dépasser, pour être la première à apercevoir les animaux, à me sentir aspirée vers les chutes. Je me retiens. Je me fais petite sur cette route que je ne connais pas. Je pense à ma première mère qui aimait voir dériver le canot, au fil de l'onde, jusqu'à voir disparaître les autres dans un virage. Elle savait très bien que je ne supportais pas d'être à la traîne. Mais je ne pouvais rien faire d'autre qu'attendre qu'elle se remette à pagayer. Je n'avais pas les bras pour nous faire avancer toutes les deux. Son gros cul nous tirait vers le fond. Elle aimait ça, laisser tremper son bras dans l'eau. Écouter le clapotis et les oiseaux. Elle aimait ça, ralentir le voyage. Sacrée grosse mère. Maintenant j'ai envie de faire pareil. De les laisser loin devant, jusqu'à la solitude. Pour rejouer la scène de la rivière nue. De la rivière qui n'a jamais été fendue.

Devant le Fleuve-Mer je reste sans voix. Des récits, j'en ai eu. Des récits de chasseurs, de pêcheurs, d'anciens. Des mythes. Mais ma connaissance des rivières était trop étroite pour que je puisse élargir les eaux jusqu'à embrumer l'horizon. Mon imagination ne réussissait pas à penser un paysage sans les forêts. Les autres ne savent pas. Ne savent plus le grand spectacle de l'inconnu, l'effroi de l'infini. Déjà ils s'échappent de l'embouchure, se dirigent vers le lieu des échanges, remontent avec naturel la trace où paissent les baleines. Moi, je prends mon temps pour glisser dans la puissance du monde. Mes pensées vont cette fois à mes cousins qui avaient le désir des grandes plaines. Et qui auraient sûrement aimé goûter à cette immensité.

Pourquoi je ne suis pas venue plus tôt ? Pourquoi je n'ai jamais demandé à venir ? Peut-être parce qu'on s'habitue à se taire. On s'habitue à voir une place pour chaque chose, et une chose pour chaque place. Ici, tout est nouveau pour moi. Les langues parlées, les sons qui viennent du nez, les couleurs de l'ailleurs. Les façons de nouer les cheveux. Et surtout les Barbes, qui sont comme on me les avait décrits, et pourtant tellement différents de l'image que j'avais en tête. Ils n'ont pas l'air de porter le même soleil sur la peau. Ils ont l'air plus tendres, plus arrosés par les pluies. D'ailleurs, le poil pousse sur leurs visages jusqu'à leur manger la mâchoire. Pourtant ils semblent fatigués et sales. Leurs laines sont lourdes de crasse. Leurs yeux sont perdus dans des eaux profondes. Beaucoup ne savent pas regarder. On m'avait parlé d'un peuple de grand pouvoir. Mais je vois aussi un peuple de grande peur. On m'avait parlé d'un peuple laid. Je dirais plutôt d'une étrange beauté.

Ours-Assis est assis. Il sait que je suis là, parce qu'il n'en montre rien. Comme moi, il a des Habitants pour lui souffler à l'oreille où regarder, et où ne pas lever les yeux. Pour toujours donner l'impression du grand calme.

D'abord s'échangent les nouvelles. Toutes parlent de l'avancée des Barbes dans les terres chaudes. Des nouvelles qui datent déjà de plusieurs années, le temps qu'elles arrivent jusqu'à nous. Mais les détails comptent peu. Ce qui compte, c'est de comprendre que les Barbes sont plus nombreux que nous. Qu'ils se passent le mot chaque hiver qu'il y a ici de quoi rapporter chez eux. Alors ils viennent, ils prennent. À part ça, les récoltes sont bonnes. Le maïs est monté haut, cette année. Les rivières sont poissonneuses. Enfin, il y a les histoires de ceux qui viennent échanger depuis toujours. Il y a celui qui est grand-père pour la première fois. Celui qui a perdu sa femme. Celui qui a parlé à sa fille dans un rêve. On se regarde dans les yeux. On se donne des rires et du courage. J'écoute, et j'apprends l'amitié simple des hommes.

On me salue. Je suis connue, ici. Fille-Rousse a fait parler d'elle. Tous me regardent. Ils se laissent fasciner par l'homme-femme. Avec ce mélange de désir et de dégoût que j'ai appris à reconnaître. Ça ne me touche plus. Par un joli retour des choses, je ressens maintenant le même mélange pour les hommes. Le désir pour leurs corps de chasse et de sang. Puis le dégoût de les voir si prévisibles. Si remplaçables.

J'observe. J'apprends la valeur des peaux, la valeur du fer. J'écoute les hommes qui cultivent la terre toute l'année, sans changer de lieu. Je me dis que cette vie n'est pas pour moi. Une vie sans les rivières, sans les grands froids. Leurs histoires me fascinent autant qu'elles m'étouffent.

Ours-Assis va dans la tente des Barbes. Quand il ressort, je comprends qu'il a parlé de moi. Jusque-là les regards des Barbes me passaient dessus comme sur n'importe quel Habitant. Et maintenant, même les plus timides font semblant de balayer le paysage pour tomber sur moi. Les autres ne se cachent pas. Ils me dévisagent. Ils scrutent mes traits, ma poitrine, mes jambes. Ils sont tellement en manque de femme qu'ils pourraient voir des hanches sous n'importe quel vêtement. Ils me servent des sourires sans dents et sans honte. Comme je ne dis rien, ils prennent confiance. Ils s'approchent comme des bêtes curieuses. Ils me parlent dans leur langue, ils rigolent. Ils me font des signes que je ne comprends pas, des bruits de bouche. Ils ont cette beauté du tronc pourri, du bois éclaté et ranci par les pluies. Ils sont puants mais certains me plaisent. Les Longues-Tresses, eux, s'agacent de ces hommes qui me tournent autour, qui se font de plus en plus agressifs et vulgaires. Je vois leur envie de sortir le couteau, pour me défendre, par instinct du territoire. Je vois que les miens sont fatigués de toujours se taire devant les Barbes, de toujours se contrôler. Alors je comprends qu'Ours-Assis a voulu cela. Avait prévu que les Barbes étaient trop loin de leurs femmes et trop sûrs de leurs forces pour se retenir de m'approcher. Qu'ils allaient oublier le commerce face aux bouillons du désir. Que la peau de femme se rappellerait à eux comme la plus vieille des richesses et fanerait leur intérêt pour le castor. Il avait prévu que le sang pourrait couler. Alors je me dis que c'est à moi de prendre la balle au bond. C'est pourquoi je me lève. Et, dans le grand silence de mes hommes, je me dirige vers celui qui semble le chef des Barbes. Avec l'aide de l'interprète, je dis que je veux voir le grand canot. Que je veux qu'ils m'emmènent. Que je suis une Peau-Mêlée à visage d'homme, et que s'ils veulent me connaître, ils n'ont qu'à m'inviter. Sur le visage des Longues-Tresses se lit la peur. Sur le visage des Barbes : la folie des affamés.

43

J'accepte de monter dans leur canot, qui est plus large que les nôtres, et peut contenir jusqu'à cinq personnes. Ils l'appellent *chaloupe*. L'un prend mon bras pour me faire enjamber le bord. C'est mon premier contact physique avec eux, qui contient déjà le mépris profond pour ma couleur et mon sexe. J'ai perdu toute force à leurs yeux quand ils ont vu en moi le féminin.

Ils m'invitent à toucher le bois, à prendre l'étrave à pleine main. Ils désignent du doigt mon canot. Je comprends qu'ils se moquent de sa fragilité, de sa légèreté. Un Barbe remonte sa manche, serre le poing pour grossir ses muscles. Il espère que je le tâte, que je sois impressionnée. Ici, ils se sentent chez eux, se sentent autorisés à me caresser les cheveux, à me parler avec le ton qu'on réserve aux enfants. Ma main n'est jamais très loin de mon couteau. Ils veulent me convaincre de me laisser porter par leurs coups de rame pour parcourir le chemin jusqu'à leur camp. J'aime le ventre rond de leur chaloupe, et j'aurais envie de sentir son roulis sur les flots, de voyager sur mes deux fesses, sans craindre de verser. Mais qui me dit qu'ils me ramèneront près des miens une fois que j'en aurai assez vu ? Qui me dit qu'ils ne vont pas profiter de la mer pour m'écraser la tête contre le bord ? Je reste prudente et décide de les suivre de loin, dans mon propre canot.

Nous descendons le Fleuve-Mer, qui semble vouloir s'élargir sans fin, et dont l'autre bord s'aperçoit de plus en plus rarement entre les brumes. La nuit, les Barbes allument un feu et mangent de petites galettes qu'ils appellent *biscuits*, et du *lard*, une sorte de viande fumée. Je me méfie du plus petit des trois, qui me regarde avec ce sourire qui me rappelle celui d'Épinette-Noire, quand il me voulait pour lui. Les deux autres me paraissent moins dangereux. Je les observe discuter, essayant de comprendre l'étrange langage de leur corps, la tristesse de leurs habits, le désordre de leurs poils, leurs bouches ensevelies. La nuit, je m'éloigne pour qu'ils ne puissent pas me retrouver. Je ne dors que d'un œil, effrayée à l'idée qu'ils s'invitent dans mon sommeil.

Les vents du quatrième matin me portent les odeurs de poisson. Je pense d'abord à un marais, ou à une bête crevée, avant de comprendre que la puanteur vient du camp des Barbes, fil putride guidant notre chemin. Nous dépassons le dernier cap et, devant le spectacle qui s'ouvre, je mesure l'importance de mon rôle, car il fallait quelqu'un pour témoigner de l'ampleur de leur tribu, et de leurs façons d'être. Il y a d'abord ce canot gigantesque, amarré dans l'anse comme un animal endormi, dont les mâts dépassent la cime des arbres, et dont le nez semble vouloir percer le ciel. Ce canot qui, je l'apprendrai plus tard, les a amenés depuis l'autre côté de la mer. Mais surtout il y a eux, les Barbes, en si grand nombre que je ne peux pas les compter, un troupeau comme dans nos plus belles chasses au caribou. Quel que soit le côté où je tourne la tête, il y a un homme qui s'affaire. Pas une seule femme ! Les uns prennent le large sur leurs chaloupes, d'autres tirent des arbres depuis les forêts, et presque tous grouillent comme des fourmis sur la grève, occupés à couper, transporter, stocker, retourner des *morues*. Je n'en avais jamais entendu parler, encore moins mangé. En quelques instants, je découvre qu'un peuple ne semble vivre que par les morues. Pour les morues.

On m'amène à la rencontre de leur chef : leur *capitaine*. Même les yeux bandés, je l'aurais reconnu. Il est moins puant. Il a la démarche haute, les habits riches et la barbe ronde comme un galet. Il me parle avec le respect qu'on doit aux invités. Il me fait libérer une cabane en bois, obligeant deux hommes à déménager. Il habite dans une autre, où il m'offre le repas. Toujours aucune femme en train de cuisiner, aucun enfant en train de courir. Devant les outils qui piquent la nourriture, je me sens gauche. Je fais comme depuis que ma mère a perdu l'envie : j'imite ou j'invente. Quand je prends le poisson avec les doigts par réflexe, je le replace vite sur la pointe de la *fourchette*. Le Capitaine rit. En retour, je me moque de ses manières. Pour ne pas laisser le mépris s'installer. Pour qu'il sache que le ridicule des uns est aussi le ridicule des autres.

Pour boire, ils se servent de bols qui se tiennent sur un pied comme des oiseaux de mer. Le Capitaine m'ouvre ses *armoires* et me laisse regarder, fascinée, sa collection de *verres* soufflés, sculptés, dessinés, qui se cabrent et me rappellent les méandres des rivières.

Le lendemain, il me fait visiter son camp, le torse bombé d'orgueil. Il me montre les filets qui capturent les *capelans*, qu'on relève à l'aube. Les chaloupes qui partent pleines de ces appâts et qui reviennent chargées à ras bord, les pêcheurs épuisés par le vent et la houle, les bras douloureux à force de se pencher, de tirer hors de l'eau les poissons. Les garçons qui déchargent avec une grande pique de fer, transpercent les corps et les balancent sur le *quai*. Les *ateliers* couverts où les hommes travaillent à la chaîne à étêter, éviscérer, ouvrir les morues comme on étalerait une écorce, la peau d'un côté et la chair de l'autre. Le bac où reposent les foies qui fondent au soleil et dégorgent leur huile. Les viscères qui glissent entre les planches, par une fente ouverte sous les pieds des Barbes, directement dans la mer où les oiseaux s'en font un festin. Les langues arrachées, enfilées sur des piques comme des colliers. Le Capitaine m'explique toutes les étapes pour saler, laver et mettre au vent la morue, ces étapes qui demandent tant de soin à ses hommes, jusqu'au coucher du soleil, pour que la chair du poisson soit blanche et sèche, que les insectes ne trouvent plus l'envie d'y pondre. Mais moi je ne vois aucune fierté dans ce travail de mort. Je ne vois que des cols vides, des poissons sans tête, qui crient leur douleur en silence.

Quand il me fait visiter le grand canot, je suis tentée de croire, comme beaucoup d'Habitants, que les Barbes sont des Esprits qu'il me faut vénérer. C'est un tipi flottant, plus grand que le plus grand des arbres, un terrier pour famille nombreuse, un traîneau pour parcourir les mers. Le bois craque, et pourtant je marche sur l'eau. Quand le Capitaine a le dos tourné, je serre le mât comme je serre les troncs, pour me sentir petite sous ses branches d'hiver. Je suis un oiseau qui plane sur le fleuve.

Passé la fascination, revient le dégoût. Il n'y a pas de plaisir dans la saturation des sens, pas de relief quand l'œil fait viande trop grasse, plus de forme à tailler dans la tourbe de la pensée. Partout les hommes, partout les cris, les oiseaux, les rangs de morues sur les galets, alignées jusqu'à l'écœurement, jusqu'à la folie. Je n'arrive plus à dormir, complice sur ma peau, sur mes vêtements, d'une tuerie froide. Les Barbes prennent à la mer sans jamais rien lui rendre, sauf leurs crachats dans les vagues. Les chaloupes défilent, se relayent sans cesse. Les couteaux s'abattent. Les Barbes volent le chant des eaux. Et les Barbes volent jusqu'à la mort, qui coule sur eux sans trouver de prise, sans jamais faire douter le bras qui écorche, qui perce, qui ouvre. Ils font des prières à *Dieu*, indifférents aux poissons qui attendent un mot d'amour pour fermer une dernière fois les yeux. Ils coupent des arbres pour faire une croix, ils s'agenouillent devant un tronc, sans avoir pensé à s'agenouiller quand il était encore vivant.

Même quand je crois reprendre contact avec la forêt, je suis rattrapée par la violence. Devant une cabane, ils ont accroché une branche en forme d'arche, pour encadrer la porte. Je caresse ce bois si beau, si blanc, avec la main, avec la joue. Jusqu'à ce qu'on me fasse comprendre que ce n'est pas du bois mais un os. La mâchoire d'une baleine. Ma main a touché, parce que ma main ignore. Ils rient de mon cri, de ma frayeur. Ils rient, mais ils ne devraient pas. Parce que je ne sais pas comment mâche cette mâchoire, mais elle est plus grande que trois hommes. Dans leurs rires je n'entends que leur fierté de chasseur. Ils ne voient pas le grand pouvoir de cet os. Ils ne voient pas que la baleine est encore là et qu'elle n'aime pas qu'on se moque. Maintenant je vois partout leur décoration de mort. Les vertèbres. Les cuirs. Les dents de poisson autour du cou et des poignets. Et même ce qu'on trouve dans la bouche des baleines pour attraper la nourriture, et qu'ils appellent *fanons*. Ils me montrent tout ça sans honte. Je crois qu'ils n'entendent pas les sanglots du fleuve.

44

Les pêcheurs sont les premiers à venir me trouver après leur longue journée en mer. Ils ont mouillé leur lard de *cidre*, pour se donner du courage, pour regarder leurs désirs en face. Ils me trouvent sur la grève, dans ma promenade quotidienne pour voir et être vue. Ils attendent que personne ne nous entende, et se mettent à parler comme si je comprenais, le regard fuyant, les épaules rentrées. L'un d'eux se fait plus explicite. Avec les gestes, avec les yeux. Désignant ma cabane, balayant mes habits. Il sort de sa poche des morceaux de métal ronds. Je lui désigne les marteaux, les clous, les verres, les chapeaux, les bijoux qu'il porte autour du cou. À tâtons, nous trouvons un terrain d'entente.

Le premier me *paye* mal. Il ne me donne qu'une hache. En échange, il m'a nue et sans trace de mains. Il faut dire que les Barbes, s'ils ne voient pas grand-chose, semblent voir les autres hommes qui se sont allongés sur moi. Et ça ne leur plaît pas. Alors ils payent un prix plus élevé pour être les premiers. Comme le second accepte de me donner trois haches et du qaa pour la même chose, j'en déduis que je me suis fait avoir avec le précédent. Alors je demande plus. Chaque fois plus. Jusqu'à ce qu'un homme refuse, et reparte les couilles pleines.

Ils ont les mains qui tremblent de désir. Ils sont brutaux. Ne prennent pas le temps de la peau. Il leur faut les seins et les fesses, et le sexe. Ils sont griffus. Ils sont rêches. Ils ont la bouche des eaux noires.

Certains ne veulent pas de moi car ils voient seulement l'homme. Comme s'ils avaient deux yeux mais un seul regard. Ceux-là sont les mêmes que chez les Longues-Tresses, ceux qui pensent que l'été est forcément vert, et l'hiver forcément blanc. Les autres ne voient plus mes vêtements. Savoir que j'ai un corps de femme leur suffit. Ou ils croient que mes vêtements sont une porte différente pour la même tente. Alors ils s'étonnent quand je leur monte dessus. Quand je les serre entre mes jambes jusqu'à la douleur. Ils veulent jouer, et ils perdent. Ils ne me renversent pas. Ils ne me retournent pas. Je reconnais l'inquiétude dans leurs yeux, puis le moment où le plaisir la dissout. Ils voudraient que j'aie plus de fesses mais je n'ai que mon cul de chasseuse qui ne se laisse pas pétrir. Qui est devenu plus dur que la corde d'un arc.

Les uns débandent. Les autres, au contraire, se laissent surprendre. Se cambrent, s'éventrent, se vautrent. Donnent le cul et la gorge. Se laissent marquer par mes doigts et mes morsures.

Certains se sauvent sans un regard. D'un geste rapide, se touchent la tête, le cœur et les épaules, et lèvent les yeux au ciel au moment de sortir. D'autres me racontent leur pays, leur famille. J'attrape quelques mots. Je comprends qu'ils appartiennent à des clans qui déterminent leur place dans le camp, leurs tâches. Il y a les *décolleurs*, les *habilleurs*, les *trancheurs*, les *pêcheurs*, les *matelots*, les *mousses*, les *cuisiniers*. Mais il y en a d'autres qui semblent seuls dans leur clan, à qui on donne plus d'importance, et qu'on appelle les *maîtres*. Le *charpentier* en fait partie, mais je comprends qu'il n'en a pas toujours été ainsi. Il a déjà habité les corps des autres, les couteaux des autres, mais il en parle comme d'un temps qui ne reviendra plus, un temps fatigué, et il ne veut plus habiter que le clan qui lui est réservé, une vie de bois, d'ordres et de solitude. Je vois bien que les maîtres fuient les chemins rebattus, pour s'en frayer de nouveaux, des sentes uniques et sauvages, qui n'appartiennent qu'à eux et qui les rendent fiers. Je me demande si je suis moi-même cette bête esseulée que je vois en eux, et si je suis devenue ainsi par goût de moi-même, ou par dégoût des autres. Car si les matelots forment un groupe, les maîtres, eux, ne se ressemblent que parce qu'ils n'appartiennent à aucun. Ils sont comme l'ourse : ils habitent dans les creux. Pour le reste, ils n'ont rien en commun, et gardent leurs distances. Ils inspirent la peur aux autres clans, et j'entends comme ils sont détestés. Souvent, ils trouvent des heures tardives pour venir me voir, et ont une grande honte de mon corps contre les leurs. Le Charpentier s'affirme dans la violence. Il ne vient qu'une seule fois, et veut faire les choses vite. Se dénuder vite, bander vite, vite être sucé, vite me pénétrer. Il veut expédier l'affaire à coups de claques sur mes fesses, de cheveux tirés, de sperme craché dans mon ventre. Il veut noyer son désir dans l'insignifiance d'un instant, en le taillant en pointe. Mais il ne comprend pas que les flèches les plus fines sont aussi celles qui entrent plus profond. Il ne comprend pas qu'écraser le temps est comme écraser un nid à pieds joints, sous le regard des oiseaux. Je ne le laisse pas faire. Je ne lui permets pas de me retourner, de m'arracher mes peaux. Je tiens le siège de sa colère. Je pince sa mâchoire entre mes doigts, comme je l'avais fait avec Épinette-Noire, sauf que je ne plie pas. La plupart, en perdant le contrôle, gagnent en plaisir. Lui, au contraire, en oublie son envie. Il repart sans rien d'autre que sa haine. Il voulait que cette visite ne soit qu'un faux pas : la réalité a dépassé ses attentes. Il fait de moi un rien. Une *Indienne*. Pas même un animal, dont on peut se nourrir. Juste un sac à foutre, un recoin miteux d'humanité. Je viens confirmer ses croyances : que les Habitants sont des démons, et qu'il est le seul à ne pas se laisser pervertir, comme le sont les matelots dans leur chair, et le Capitaine dans son esprit.

Mon seul ami est un jeune du clan des mousses. Il se blottit contre moi comme si j'étais une mère. Il tète mon sein. Jamais mon sexe car il est encore dans la rondeur de l'enfance. Il apprend les premiers mots de la forêt, et il m'enseigne ceux des Barbes. Quand j'ai le ventre brûlé, je ferme la porte aux hommes. Il sait qu'il peut venir à ce moment-là. Souvent, il ne fait que pleurer sur mon épaule, en silence. Ses larmes coulent claires sur ses jours sombres. Je lui avale la solitude et les peurs. Je remonte mes ongles dans son dos, jusqu'aux aisselles, jusqu'à le tordre de rire comme un bois vert, jusqu'à ce que son corps entier bruisse d'un seul frisson. Jusqu'à ce que sa tête oublie la cabane collective et les nuits jamais seul.

Je mange tous les jours avec le Capitaine. Il n'a jamais un geste déplacé. Ni sourire en coin de bouche. Mais son regard est un ciel qui rêve de crever. Une goutte trop pleine. Il rêve de se glisser à ma porte au milieu des hommes. De toquer, d'attendre son tour. Il rêve de voir le corps que tout le monde a vu. Le corps de la *pute*, comme ils disent. Il rêve d'oublier le capitaine pour tomber dans les bras du désir. Il rêve de ma bouche autour de sa bite. De ma caresse chaude. De mes deux mains sur son torse. Il rêve d'être pincé, mordu, serré. Il rêve que je l'aime tout entier. Même la barbe froissée. Même le ventre qui dégorge. Même la peau blanche et tachée par la première vieillesse. Je ne sais pas qui est le plus dangereux, de ces hommes qui pensent me retourner comme un lapin ou de ce Capitaine qui s'agrippe à mon souffle comme si je lui donnais la vie.

Je l'effleure. Je lui pose la main sur le bras. J'appuie mes regards. Plus il croit tenir un baiser, plus le baiser s'échappe. Je prends plaisir à le laisser s'échapper. Je ne veux pas perdre mon Capitaine, son corps rigide de navire qui peine à virer. Je ne veux pas qu'il devienne comme tous les autres. J'aime sa maladresse, ses explications sans fin pour me retenir près de lui. Sa façon de porter les verres à ses lèvres, puis de passer ses doigts sur sa moustache pour l'essuyer. J'aime mon Capitaine et son amour.

Je suis repartie auprès des miens avec un canot plein. J'ai les plus belles laines, j'ai le qaa qu'on ne pouvait plus acheter, j'ai le poisson, l'huile et la farine, j'ai les outils. J'ai le sourire des conquêtes. Il n'existe pas de plume pour ce que je viens de faire. Pas de couleur pour la sueur sur ma nuque, pour mon ventre épuisé. Je m'inventerai une nouvelle plume. Une plume pour dire mon courage. Une plume pour rappeler que les grandes guerres ne se gagnent pas seulement avec les armes qui coupent.

Ils ne posent pas de question. Ils viennent m'accueillir comme un chef. Ils me prennent dans leurs bras. Déplient un à un les vêtements, chantent leur plaisir devant les couleurs vives. Enfilent les chapeaux, et peu importe que ce soient des chapeaux d'hommes. Ici, ce seront nos femmes qui les porteront. À ceux qui n'avaient plus de qaa pour me payer, j'ai demandé les ceintures, la vaisselle, les *rasoirs*. J'ai pris tout ce qu'on voulait bien me donner. N'importe quoi pour faire rêver les miens. Il n'y a qu'une chose que je n'ai pas distribuée : le verre à pied que m'a offert le Capitaine pour mon départ. Je le garde pour moi.

Nous organisons une grande fête pour le retour du qaa. Femmes et hommes dansent, hallucinés. À travers les flammes, les jambes sont rondes, les ventres sont des rivières. Je me rappelle la première fois où j'ai pris l'eau de qaa, les genoux dans la terre. Je pensais que parler avec un Esprit était pareil que parler avec un adulte. Un dialogue avec les mots. Alors que c'est un dialogue avec le sang. Mais même si je ne croyais pas les avoir entendus, les Esprits ont réussi à me glisser leur parole. Je suis Peau-Mêlée pour attraper la balle dans mes filets. Peau-Mêlée pour chasser le caribou. Peau-Mêlée pour trouver la vraie tribu. Peau-Mêlée pour apprendre mon grand pouvoir de commerce.

45

Le nouvel hiver est plus doux. La neige est lourde sous nos raquettes. Les caribous montent loin vers les terres froides. Je me suis faite à l'idée que ma mère ne redeviendra jamais comme avant. Ça m'aide à revoir en elle la beauté. Elle n'est plus la grande force qui soulève les rochers, monte les tentes et remonte les rivières. Elle n'est plus cette personne qui donne le courage d'affronter les famines et les grandes tempêtes. Mais elle a autre chose. Elle a le beau silence. Elle a le regard avec les oiseaux. Elle a le rire niché au creux d'un geste. Souvent, elle me prend dans ses bras alors que je suis en plein travail. Je crois qu'elle fait exprès de choisir les pires moments. Comme pour me dire que la tendresse n'attend pas. De plus en plus, j'arrive à aimer ses baisers dans le cou, les mains encore dans la graisse. C'est une autre mère que celle qui m'a adoptée. Je ne suis plus la même fille non plus. J'ai durci mon regard pour imiter les aînés. Pourtant, dans ses bras, je me sens la même. Car ce sont des bras qui aiment, et rien d'autre.

L'été suivant, je n'attends pas les échanges pour chercher les Barbes. Tout en pagayant, je me demande si je fais ça pour ma tribu, ou si la raison est à chercher plus près des eaux. Si je ne fais pas ça seulement pour gagner le droit de déboucher sur le grand fleuve, seule et minuscule. Sans rien pour me distraire des puissances du monde. Quand je passe la nuit sur la roche rose, ma première nuit sur les bords salés, je me dis que ma place est là, et pas ailleurs. Car au matin, quand arrivent les baleines, la joie se met à couler sur mes joues. Des dizaines de baleines remontent les eaux. Viennent prendre l'air à la surface, font le dos rond. On ne voit rien d'autre que cette peau de jeune nuit, mais cela suffit à serrer le ventre et perdre le souffle. C'est là que les chamanes tirent leurs forces et leurs histoires. C'est là que les Habitants comprennent que la terre n'est que le dos du monde, et pas son visage. Parce que roulent les baleines, et c'est la lune et le soleil qui nagent côte à côte. Qui tirent mes larmes et les marées. Les miens savent qu'ici se reposent les troupeaux, sur le pied profond de la roche. Se comptent, se caressent, avant de poursuivre le voyage. Mais depuis que les Barbes chassent, les baleines se cachent. Avant, disent les histoires et les dessins, passait souvent la grande bleue. Alors, le soleil accordait un jour de plus à l'été. Car la grande bleue est l'amour à l'état sauvage. L'amour qui fait tomber les cieux.

Le lendemain, j'aperçois le grand canot. Il est amarré au même endroit que l'an dernier. Les Barbes sont arrivés il y a peu, et commencent seulement le travail préparatoire à la pêche. Ils retapent le quai, les cabanes, assemblent et calfatent les chaloupes. Les hommes me sifflent quand ils me voient. Font sauter les chapeaux. Certains tombent à genoux. Ils chantent mon nom, m'appellent *Ma chérie*, dans leur langue et dans la mienne. Excités de savoir qu'ils vont bientôt baiser. Soulagés, car ils ne penseront plus au mousse dans leurs nuits. Ils n'auront plus à s'en vouloir de vouloir un garçon pour les sucer. Alors ils font de grands signes, de larges sourires. Comme le chien qui a trouvé où chier. Qui sait qu'il va courir plus léger. Ils me tendent la main pour me sortir du canot, et sont encore étonnés que je les ignore.

Une partie de l'équipage a été renouvelée, mais la plupart sont des visages connus. Mon Capitaine est toujours beau, dans son demi-âge. Toujours rigide, aussi. De nouveau, j'aime partager mes repas avec lui. Il arrive à tenir une conversation simple dans notre langue. Sa bouche manque de souplesse. N'en sortent que des mots ronds comme des cailloux, alors que notre langue tire sur les joues, montre les dents.

Que notre langue est colorée, puissante. Parfois rochers travaillés par les eaux. Parfois bords tranchants. Mais jamais petite, jamais sans faire danser les lèvres.

Je reprends les visites le soir même. Les Barbes font la queue. Dans la foulée ressurgit l'hostilité du Charpentier. Il n'apprécie pas de devoir céder une fois de plus sa place à une Habitante, de devoir cohabiter pour que des moins-que-lui puissent passer du bon temps. Il est revenu plus aigri, plus mauvais face au spectacle de ces hommes qui font la queue, qui ne se cachent même plus de vouloir m'aimer, les uns à la suite des autres, alors que la plupart ont des épouses qui les attendent, et que tous s'agenouillent devant la croix qu'il a lui-même façonnée.

Il y a un nouveau mousse. Un dégourdi, qui a vite compris l'essentiel du métier. Que mousse n'est pas tant une affaire de grimper aux cordages et de nettoyer le pont que de bien choisir sa couche pendant la traversée, et s'entourer des hommes qui vous apporteront protection, contre quelques *fellations*. Il n'attend pas la nuit pour se glisser dans ma cabane, prend sa place au milieu des autres. Barbe, il n'en a pas l'apparence, car il n'a pas un seul poil sur les joues. Mais je reconnais bien en lui les manières de ses aînés. Comme eux, il a les gestes sûrs, les attitudes dominantes. Je ne lui demande pas de contrepartie. Sûrement parce que j'y trouve mon compte, une peau douce qui me rappelle les miens, qui me ramène à mes premiers émois, au rêve d'une sexualité qui n'aurait pas été gâchée par la violence. Mais ce n'est pas le Mousse de l'an dernier, et il insiste pour me payer, manière pour lui d'entrer dans la famille des hommes. Comme il n'a pas de quoi, il se met à voler. Quelques graines de qaa. Quelques couteaux. Puis, peut-être pour me faire plaisir, ou par esprit de vengeance, il dépossède le Charpentier. Il me prend des outils rares, qui valent des nuits entières dans mes bras. Je suis ennuyée par ces cadeaux qui ne présagent rien de bon. J'entends les colères du maître, ses insultes qui ne trouvent pas le coupable.

Je finis par accepter de partir en mer avec trois matelots, trois copains qui viennent toujours me voir les uns à la suite des autres. Des hommes simples, que j'ai fini par apprécier malgré leurs dents cariées. Pendant une journée, je découvre la vie sur le banc de morue. La terre qui disparaît dans les brumes, l'immensité. Les lames qui éclaboussent, les vêtements qui ne sèchent jamais, les bras qui arrachent les poissons à la mer, les bras qui deviennent durs comme du bois. Mais aussi la complicité dans la chaloupe, l'amitié qui se construit à force de sueur et d'eau salée, de bourrades d'épaules et de corps rattrapés, de noyades ajournées, de pisse par-dessus bord. J'essaye de me retenir jusqu'au moment où je n'en peux plus. Je leur demande de se retourner, et ils jouent le jeu. Plus tard, je penserai à ma mère d'adoption, ma mère Peau-Mêlée, et comment elle aurait trouvé drôle d'être ainsi assise à demi, le cul lapé par les vagues, dans une vie qui n'est pas la nôtre.

Le soir, je comprends le plaisir à laisser la chaloupe aux soins des autres, qui déchargent et éviscèrent pendant que nous nous laissons servir le repas. Ce n'est qu'après que je trouve ma cabane saccagée, ma paille piétinée. Mes marmites de qaa sont à terre, les fruits ont roulé aux quatre coins de la pièce, ou par petits groupes dans les trous, les interstices du bois. Tout de suite je m'en veux d'être partie, d'avoir relâché ma vigilance. Mais à part les fruits écrasés, rien ne s'est perdu, preuve que le qaa n'était pas la raison de mes visiteurs. Je me félicite d'avoir emporté les outils du Charpentier sous une souche.

Pour le grand échange, je descends avec les Barbes jusqu'aux deux rivières. Eux dans leurs chaloupes, moi dans mon canot. J'ai déposé ce que j'ai gagné dans une anse, pour que les miens le récupèrent dans le dos des Yeux-Rouges. J'y ai ajouté les outils. Pendant trois jours, je reste assise près de la tente, sans aller voir les Longues-Tresses. Sans parler à aucune tribu sinon celle qui paye pour me voir nue. Les miens restent calmes. Comme on a dit. N'ont pas un regard de travers. Ils jouent l'indifférence, voire le mépris. J'ai besoin d'être vue chez les Barbes. Vue comme l'arbre au sommet de la montagne. Besoin qu'on remarque les suçons dans le cou des matelots. Mon attitude passive, ma complicité avec les nouveaux, et mon cynisme pour les Longues-Tresses. J'ai besoin d'être une traîtresse. Les Yeux-Rouges ne s'en étonneront pas. Ils en étaient déjà convaincus. Ce n'est qu'une confirmation de plus. Je ne tourne pas la tête pour savoir quand les Habitants parlent de moi. Ils parlent de moi, c'est tout ce qui importe.

De retour au camp Barbe, la saison des morues est bien avancée. Les hommes ont pris goût à mon corps. Déjà, ils ne peuvent plus payer. J'ai tout le qaa, j'ai tout l'alcool, j'ai toutes les peaux. Ils n'ont plus rien pour leurs femmes. Ils pleurent. Une année de travail pour rien, ils disent. Pourtant ils continuent à rêver de moi. Ils retournent leurs poches. S'ils ne peuvent plus me pénétrer, ils veulent que je les suce. S'ils ne peuvent plus avoir de *pipe*, ils demandent des caresses. Juste des caresses. *Et combien pour te regarder nue ? Combien, juste pour les seins ? Et tu payerais pour me regarder nu ? Combien tu me donnes pour me regarder nu ?* Je leur dis non. Je n'ai pas besoin de les voir nus. Je les connais nus. Mais ils veulent que j'aime leur bite. Que je l'aime d'amour. Que, comme eux, je cède. Que j'achète mon plaisir. Ils veulent des compliments. Ils ne comprennent pas pourquoi ils sont pauvres, et moi si riche. Pourquoi, même quand ils ne peuvent plus, ils payent encore. Ils se font voleurs. Essayent de récupérer ce que j'ai gagné, de glisser quelques graines de qaa dans leurs poches quand je ne regarde pas. La plupart sont maladroits. Leurs coups d'œil les trahissent. Alors je surveille. Je les prends sur le fait. Je ne suis plus partie à la pêche, par peur d'une nouvelle intrusion. J'hésite même à faire mes balades sur la grève, et je regrette de ne plus voir le travail sans fin des morues qu'on retourne, côté chair, côté peau, selon le jour et la nuit, selon la pluie et le soleil, pour les sécher goutte à goutte, le travail des *meules* qui se montent et se démontent, comme des cabanes de poissons, rondes et étranges, qui laissent échapper un filet d'eau entre les galets, écrasées par leur propre poids. Un village de cabanes sans portes ni habitants. Sans têtes, mais faites de milliers de corps.

Un jour, il y en a un qui devient violent. Il tape sur les murs. Il me traite de pute. De sale pute. De *négresse*. Je reconnais en lui les mots du Charpentier. Il veut m'impressionner. Je n'ai pas peur car la colère est un animal acculé. Qui n'a pas d'autre choix que de charger. Alors, quand il veut me tomber dessus avec ses poings, mon couteau est déjà prêt. Je l'évite. Son élan le déséquilibre. Je n'ai plus qu'à le cueillir, à me glisser dans son cou pour lui faire sentir ma lame. Les caribous savent qu'il ne sert à rien de bouger, à ce moment-là. Lui aussi a cet instinct. Je lui murmure à l'oreille ce que je pense de lui. Je crois qu'il comprend le ton de ma voix. Et la portée de mes mots.

D'autres essayent de taper dans la cargaison. Mettent ce qu'ils peuvent dans leur froc, sous leurs matelas. J'ai la protection des hommes. Je sais que celui qui a voulu me voler a été tabassé pour s'en être pris à moi. Mais certains le soutiennent, se rassemblent autour du Charpentier. Ceux-là pensent que je suis une pute indienne, rien de plus. Pensent qu'ils devraient me violer. Pour m'apprendre qui sont les plus nombreux, entre eux et moi. Le Mousse ne vient plus. Je l'ai vu avec des bleus sur le visage. Quand je le croise, il fait semblant d'être occupé.

Ils sont mûrs, et moi fatiguée. Alors je me mets à parler de l'île. Des rochers noirs qui fendent les eaux. De la montagne râpée qui porte loin le regard, et rallonge la forêt. Des couleurs qui fascinent les yeux. Du qaa qui fait crouler les branches. Je dis qu'il y en a jusqu'à terre. Qu'il n'y a qu'à tendre la main. Les hommes bavardent, les hommes reviennent. Me posent des questions. *Comment on va à l'île ? Est-ce que c'est dangereux ?* Non. À condition d'être accompagné par un Habitant. Leur imaginaire se construit. Le rêve leur grise le ventre. Le Capitaine entend. Les histoires montent jusqu'à ses oreilles. Le Capitaine se méfie. *Pourquoi les Longues-Tresses ne vendent pas le qaa de l'île ?* Parce que les Longues-Tresses ont peur. Ils disent que là-bas vivent les Esprits qui tiennent les Hommes au creux de la main. Mais ce ne sont que des légendes, je dis. Moi je sais que le qaa est là pour être cueilli.

Les hommes veulent monter une expédition. Ils s'adressent au Capitaine. Font briller leurs yeux pour mieux convaincre. Mâchent et remâchent le sucre de l'aventure et du pouvoir. Je leur dis de se dépêcher car les oiseaux se gavent du qaa quand il est rouge. Il faut le cueillir avant, sinon on perd la récolte. *Vite,* ils disent au Capitaine. *Pense à ta femme, pense à tes enfants,* ils disent. *Il faut saisir la chance quand elle passe.* Et le Capitaine dit oui. Mais pas sans lui. Il ne restera pas à quai. Car ma main touche encore son bras, et j'habite encore ses nuits.

46

Ils souffrent dans les portages. Leurs canots de bois sont lourds sur leurs têtes. Trop larges pour se glisser entre les rochers. Ils sont obligés de s'y mettre à plusieurs, alors que je n'ai besoin de personne pour soulever le mien. Le chemin leur tisse de grands vêtements de sueur. Ils aiment passer en force. Faire frotter les coques contre les branches, piétiner les buissons. Ils peinent quand il faut repartir en arrière, faire des allers et retours pour récupérer le matériel. Je me demande comment j'ai pu proposer un voyage aussi bruyant. Aussi rugueux. Mais je me rappelle qu'ici personne ne paye pour me voir nue. Que le Charpentier et sa haine sont restés derrière, que le Mousse ne risquera plus sa vie en volant pour moi. Je dors du profond sommeil de l'intimité retrouvée. J'oublie même le Capitaine. Sa fièvre de moi, sa souffrance à respirer dans la même tente que moi. Je suis fatiguée de son amour de silence.

C'est l'habitude qui m'aide encore à lui sourire pour le garder tiède.

Quelques jours de pluie nous emmènent jusqu'à l'Œil-Lac. Bien sûr ils veulent monter sur l'île le plus vite possible. Dormir sur la berge ? Pour que le Grand-Ours ait le temps de nous renifler ? Ils n'y pensent même pas. Je les laisse faire, même si je suis parfois reprise par la peur de froisser les forêts. Dès la première nuit nous plantons nos tentes sur l'île. Encore une règle sacrée qui tombe. Au matin ils découvrent que les choses sont telles que je les avais décrites : des arbres couverts de fruits, des branches épuisées sous le poids. Du qaa à portée de main. Les hommes deviennent fous. Courent dans tous les sens. Mettent le qaa dans leurs vêtements, leurs chapeaux. Le Capitaine finit lui aussi par se laisser gagner par l'euphorie, par se mettre à l'aise dans le soleil revenu. Leurs corps brillent autant que les fruits qu'ils ramassent. Les tas montent près des tentes. Moi aussi je cueille pour eux. Mais sans jamais perdre mon calme. Sans quitter mes vêtements d'homme. Ainsi je les tiens à distance. Pour qu'ils sachent que je suis encore un guerrier le jour, et que la femme n'existe que dans le noir.

La cuisson du qaa se fait sur place. Je leur apprends les gestes. Ils coupent l'épinette pour sa puissance de feu. Un des hommes me fait sentir la résine sur ses doigts. Comme si j'étais d'ailleurs, comme s'il voulait m'apprendre les forêts. Je le trouve touchant. Je me dis qu'ils ne sont peut-être pas si sourds au monde. Simplement qu'ils taisent la beauté. Je me dis aussi qu'ils ont du bon sens à travailler sur place. Car on peut transporter plus. Qu'ils ont raison de ne pas voir un Esprit dans chaque ombre qui passe, dans chaque averse. Ils n'ont qu'un Dieu, et Dieu les aime, ils disent. Ce n'est pas un Esprit qui empêche de cuire le qaa sur place, mais un Esprit qui les oblige à détourner les yeux quand on les suce.

La dernière nuit se fête dans les vapeurs. Ils s'amusent comme des enfants. Ils prennent le qaa en désordre. Sans tour de rôle. Se roulent dans la boue. Ils fêtent la fin du travail, le corps douloureux, la peau gorgée de soleil.

— Tu ne prends pas le qaa ? me demande le Capitaine.

— Toi non plus, je constate en guise de réponse.

Il a un sourire triste. Et des yeux courageux pour la première fois, qui plongent en moi sans peur.

— Je veux te voir encore avant de mourir, il dit.

Sa main vient me caresser la joue. Timide, mais heureuse. Je le laisse faire. Je ferme les yeux. J'oublie le Capitaine un peu gros, un peu rouge. Je trouve du plaisir dans ces doigts de mât et de mer. Un amour vieilli. Nous nous couchons côte à côte. Comme un frère et une sœur dans l'enfance. Je ne savais plus que j'avais encore la douceur. Les baisers qui tâtonnent, le cœur qui ralentit. Je croyais que la violence du sexe avait emporté la lenteur. Je croyais qu'il n'y avait plus que le claquement des hommes sur mes fesses, les mains qui forcent sous les vêtements, qui ouvrent, qui retournent. Des hommes fouisseurs. Lui non. Lui donne encore les premières caresses, les caresses qui ne savent pas ce qu'il y a sous les filles. Il bande dur, mais j'aime l'écouter se serrer contre moi. J'aime qu'il prenne son temps. Qu'il ne sorte pas sa bite comme un animal à ne pas manquer, un animal qui ne passe qu'une fois. Je me dis que je ne veux pas aller plus loin que la peau. Pas encore. Je suis bien. Calme. Il dit qu'il veut venir en moi. Je pense qu'il est déjà en moi. Déjà en moi, et moi déjà en lui. Alors je dis non avec la tête, tout en mordant plus fort ses lèvres. Il dit qu'il ne comprend pas. Mais ça n'a pas d'importance, il dit. Rien n'a d'importance, sauf toi.

Il passe la main dans mes cheveux.

47

Avant le jour, je me peins le visage pour la guerre. Le Capitaine n'a plus sommeil. Il me regarde depuis les ombres.

— Tue-moi, il dit. Si je dois mourir, que ce soit de tes mains.

Je sors les armes que je gardais cachées dans une peau d'orignal. Je lui donne les arcs et les flèches, à distribuer aux hommes. Je l'embrasse.

— Tu ne vas pas mourir aujourd'hui, Capitaine.

Et je pense : tu as encore de longues années à ouvrir des morues.

Les Yeux-Rouges ne se cachent pas. Ils s'annoncent par les chants et les tambours. Le message est clair : ils viennent nous massacrer. Hier, ils se sont déployés sur les rives. J'ai entendu les oiseaux s'envoler. J'ai entrevu les coques à travers les arbres, portées sur les têtes. Ils savent que leurs mouvements ne m'ont pas échappé. Ils s'en foutent. Car ils sont sûrs de ce qu'ils font.

Comme toujours, l'aube est le moment de l'attaque. Ils sont déjà presque sur l'île, et vont tenter de nous encercler. De mémoire d'Habitante, on n'a jamais trouvé mieux que de jouer avec l'île sacrée pour mettre un Yeux-Rouges hors de lui. Si cueillir le qaa est une chose, dormir sur place en est une autre. Aucun homme ne l'a jamais fait. Une femme encore moins. On dit que ceux qui dorment sur l'île meurent sur l'île. Et couper des arbres, chasser, faire du feu : aucun Yeux-Rouges ne l'a même envisagé. Ils en mourraient de honte. Alors oui, ils viennent nous tuer. Ce n'est pas une surprise. Qu'il y ait des Barbes n'a pas d'importance. Les Habitants craignent la vengeance des forêts avant la vengeance des Barbes. Le Capitaine comprend ce qui manquait à son raisonnement : que je n'attendais pas les miens pour voler le qaa. Mais que je savais qu'en venant ici, j'allais provoquer les Yeux-Rouges. Il comprend que je me suis servi d'eux pour une nouvelle guerre. Les Barbes veulent me couper la gorge. Ils croient que ma tribu vient me chercher. Ils ne font pas la différence entre un peuple et un autre. Même quand l'interprète dit que ce sont des Yeux-Rouges, ils continuent de croire que je suis avec eux. Ça fera toujours un de moins, ils pensent. Pute ou guerrier, je suis ce qui les arrange. Je ne peux pas leur en vouloir. Ce ne sont pas des braves. Ils ne sont braves que pour faire couler le sang de la mer. Braves que pour rire de mettre la vie en morceaux, en baril. La guerre, ils ne connaissent pas. J'en vois un qui se chie dessus.

Je leur montre comment tirer à l'arc. Nous n'avons pas le temps de tester avec de vraies flèches. Alors, quand tous ont trouvé le geste, je les emmène dans la montagne. Ils ont du mal à me suivre. Ce sont des hommes sédentaires. La force qui les fait traverser les eaux n'est pas dans leurs jambes mais dans le vent. Je vois bien qu'ils m'en veulent de les faire courir. D'être agile, et eux si lourds. De les mener dans la boue, de lever des nuées de moustiques.

— Où on va ? ils demandent.

Je n'ai pas les mots pour leur expliquer.

— Nous allons où les Yeux-Rouges ne pourront pas nous avoir.

C'est ce que je dis. C'est encore mieux que la vérité. Car si je leur parlais des marais, ils ne comprendraient pas. Ils ne doivent pas comprendre les marais. Ils doivent s'en remettre à moi. Je dois être l'évidence. Bien sûr, ils doutent quand je leur dis de s'enfoncer jusqu'aux hanches. Le caribou aime toujours le chemin rapide. Sans penser que c'est aussi le chemin du loup. Je leur dis d'aller pas après pas, sans forcer. On ne peut pas brusquer l'eau, seulement lui demander un chemin. *Courage,* je dis, *nous y sommes presque.* Derrière nous, les tambours se rapprochent. Les Yeux-Rouges frappent à s'en couper le sang. Ils savent que la peur tue presque autant que les flèches. Je reviens en arrière pour traîner les derniers, pour les arracher à la panique. Je les embrasse sur les joues, sur les lèvres. Je bois leurs larmes. Je leur dis qu'ils sont beaux. Aux autres, ceux qui ont traversé, je dis de monter dans les rochers, de bander les arcs. Notre passage fait grossir les eaux, étire un lent nuage de vase.

Ils arrivent au moment où le dernier Barbe sort du marais. Les premières flèches sont tirées pour nous effrayer. Les eaux sont trop longues et avalent les traits. Les Barbes veulent répondre. Je leur dis d'attendre. Mais je ne peux pas retenir ceux qui, face au nombre d'Yeux-Rouges, ne peuvent résister à l'envie de lâcher la corde. *On attend ! On attend ! En place ! Chacun derrière son rocher, derrière son arbre. Chacun une cible, et vous n'en changez pas ! En place !* je crie. Je veux les porter dans ma voix, leur donner le courage. Ils ne comprennent pas mes mots mais ils comprennent ma force. Je crie pour recouvrir les tambours. Devant nous, pas à pas, remontent les Yeux-Rouges. Tous les guerriers Yeux-Rouges, pour laver l'affront à grandes eaux.

Les Yeux-Rouges viennent de dépasser le milieu du marais. Certains tirent, et les flèches se brisent sur nos rochers. Ça y est, nous sommes à portée. Je prends une grande respiration. Je lance le cri de l'aigle. Après quelques instants, l'aigle me répond. Alors je me lève haut sur mon rocher. Bras croisés, sans autre arme que mon corps en puissance. Pour que les Yeux-Rouges sachent qui les condamne à mort. Mon chant lance l'attaque. Alors jaillissent les traits qui nous manquaient. De partout. Des arbres, des rochers. Un nuage de plumes Longues-Tresses, qui se joignent aux flèches des Barbes. Les pointes fondent sur le marais. Transpercent les Yeux-Rouges par la gorge, la poitrine. La première salve les prend par surprise, les prend par dizaines. Les plus fous essayent de répondre, mais ils n'ont même pas encore trouvé où viser que déjà ils reçoivent une nouvelle volée. Les autres essayent de fuir. Trébuchent dans la vase, abandonnent leurs arcs pour nager au désespoir. Ils prennent plusieurs flèches dans le dos. Le marais se gonfle de sang. Ceux qui réussissent à s'échapper seront cueillis dans la forêt, où les attendent d'autres de mes Longues-Tresses. Seuls quelques Yeux-Rouges arrivent à trouver leur cible entre les arbres. Le reste n'est que massacre. Toute une tribu enlisée dans un lac de mort.

Les miens ont épargné Ours-Assis. Ils ont touché les jambes et les bras. Ils l'ont laissé rampant. Mais ils ne l'ont pas tué. Ils ont aussi laissé un témoin. Pour qu'il raconte que les Longues-Tresses ont vaincu sans jamais douter. Qu'ils ont vaincu par la ruse. Qu'ils ont profité de l'arrogance de l'ennemi pour endormir ses forces.

Il nous faut ce témoin, pour que les récits du chamane hantent les Yeux-Rouges sur plusieurs générations. Qu'ils sachent qu'on ne trompe pas un Longues-Tresses sans être trompé à son tour.

Ours-Assis meurt en grand chef. Il se vide de son sang en silence. Perd les couleurs de la vie sans jamais perdre le regard. Sans jamais rien dire sur les femmes disparues, les femmes Longues-Tresses, malgré les tisons qui lui cuisent la peau. Je me dis qu'il est peut-être même plus brave que mon chef à moi, qui somnolait dans sa douleur. Chaque victoire que j'apporte à mon peuple me rapproche de l'idée que les larmes sont faibles. Ainsi va ma vie. Pour conquérir le droit d'être homme, je suis devenue plus dure que les hommes. Face au massacre, certains pourraient reculer. Pas moi. Même quand je reconnais Feuille-d'Automne, l'estomac troué par les flèches. Je vois encore sa bouille d'enfant dans ce corps trop grand pour lui. Je crois que chacun doit laisser les vieilles caresses derrière lui. Ça ne sert à rien de pleurer les morts, de pleurer les amants. Je l'embrasse sur les lèvres, et je le rends à la terre.

Les Barbes se réveillent de la peur. Se soulève la colère quand ils réalisent que je les ai pris comme appât. Peut-être qu'ils comprendront mieux la stupeur des poissons quand remonte le filet. Mais qu'est-ce qu'ils peuvent faire ? Une poignée de Barbes face à une armée de Longues-Tresses. La pute était aussi le guerrier. Le guerrier était aussi la pute. Au moins, le Capitaine guérira plus vite de son amour. Et les matelots, eux, taperont plus fort dans le fond des femmes. Quand on en punit une, on les punit toutes. Je leur laisse le qaa en guise de paiement. À chacun son tour de payer l'autre. Après tout, ils n'ont rien à dire. Ils étaient venus pour ça. Et ils repartent sans un seul mort. Ils ne pouvaient pas espérer mieux.

48

Nous rapportons les corps à leur tribu. Quand nous arrivons, la chaleur et le gaz commencent à leur gonfler le ventre. Nous n'avons pas les tambours pour nous annoncer. Nous avons pire : nous avons le silence. Jamais on n'a vu une tribu prendre un village sans combattre, l'arc sur le dos. Seuls les chiens se brûlent la peau sur leurs cordes, et croient encore à la guerre. J'ai interdit de les abattre, comme j'ai interdit aux hommes de violer les femmes.

Le Chamane a vieilli. Il n'a pas vu la défaite dans la couleur de l'eau. Ses yeux cherchent un point fixe, une image de sa réalité. Mais il ne peut rien trouver d'autre que les cadavres de ses hommes. Les flèches encore plantées. Les femmes pleurent à la fois le mari et les enfants. Il n'y a que la grosse pour ne pas pleurer. Pour oser me regarder en face. Elle ne voit pas la Longues-Tresses en moi. Juste sa petite fille, ou son petit garçon. Avec la tête, elle me dit d'entrer dans sa tente. Je la suis, car on habite toujours deux fois la même terre, disent les histoires. Elle me donne mes affaires d'enfance. Mes vêtements, qui semblent ceux d'une poupée. Sans un mot, je lui embrasse le front.

Les femmes que vous cherchez sont encore sur l'île, dit-elle. *Personne ne vous le dira. Pas à cause de l'orgueil. À cause de la honte. Les femmes que vous cherchez ont été sacrifiées par le qaa. Selon le vieux sacrifice. Le sacrifice qui confond femmes et forêts. Mais pas pour faire plaisir aux Esprits. Juste pour produire plus de fruits. Là-bas repose ta première mère.*

Alors je souris à l'ironie du monde. À l'ironie de ceux qui s'amusent de me voir changer de tribu. Qui s'amusent de me voir poser des questions aux mauvais endroits, alors que la réponse avait toujours été sous mon nez.

Avec le couteau sous la gorge, le Chamane finit par remonter sur l'île avec moi et me montrer l'arbre. Ma mère devenue branche. Son corps devenu bois. Je me dis que cette île s'arrange toujours pour me faire revenir, même quand je ne veux pas. Je décide de croire le Chamane, parce qu'il n'a pas de raison de mentir. Je décide qu'il veut donner la vérité avant de mourir. Alors je regarde ma mère, ou ce qu'il en reste, et je le soulage de son sang. Il meurt là où il m'a donné la vie. Je désosse son tambour, libère l'animal qui a offert sa peau. Il fallait que je referme les cercles.

J'ai toujours pris la boisson de ma mère Longues-Tresses. Sa décoction de buisson amer, pour empêcher le ventre de grossir. Je n'ai pas manqué un jour. Ni avec Épinette-Noire, ni avec les Barbes. Pourtant je sens qu'un enfant bat en moi. Un enfant qui me donne la faim et les nausées. Un morceau de lumière, qui s'est battu pour se trouver une place entre les plantes.

Je pense que je vais lui donner sa chance.

REMERCIEMENTS DE L'AUTEUR

L'auteur remercie l'équipe de La Contre Allée pour son travail et sa confiance, ainsi que les lecteurs qui ont permis au texte d'aboutir, alors qu'il n'était encore qu'en construction. L'auteur remercie également l'Office franco-québécois pour la jeunesse, qui lui a financé un voyage au Québec en 2017, afin d'en tirer matière littéraire.

DU MÊME AUTEUR

Aux Éditions La Contre Allée

L'ARBRE DE COLÈRE, 2022 (Folio n° 7189). Mention spéciale des lectrices et lecteurs du prix Hors Concours.

COLLECTION FOLIO

Dernières parutions

6863. Zéno Bianu	*Petit éloge du bleu*
6864. Collectif	*Anthologie de la littérature grecque. De Troie à Byzance*
6865. Italo Calvino	*Monsieur Palomar*
6866. Auguste de Villiers de l'Isle-Adam	*Histoires insolites*
6867. Tahar Ben Jelloun	*L'insomniaque*
6868. Dominique Bona	*Mes vies secrètes*
6869. Arnaud Cathrine	*J'entends des regards que vous croyez muets*
6870. Élisabeth Filhol	*Doggerland*
6871. Lisa Halliday	*Asymétrie*
6872. Bruno Le Maire	*Paul. Une amitié*
6873. Nathalie Léger	*La robe blanche*
6874. Gilles Leroy	*Le diable emporte le fils rebelle*
6875. Jacques Ferrandez / Jean Giono	*Le chant du monde*
6876. Kazuo Ishiguro	*2 nouvelles musicales*
6877. Collectif	*Fioretti. Légendes de saint François d'Assise*
6878. Herta Müller	*La convocation*
6879. Giosuè Calaciura	*Borgo Vecchio*
6880. Marc Dugain	*Intérieur jour*
6881. Marc Dugain	*Transparence*
6882. Elena Ferrante	*Frantumaglia. L'écriture et ma vie*
6883. Lilia Hassaine	*L'œil du paon*
6884. Jon McGregor	*Réservoir 13*
6885. Caroline Lamarche	*Nous sommes à la lisière*
6886. Isabelle Sorente	*Le complexe de la sorcière*
6887. Karine Tuil	*Les choses humaines*

6888. Ovide — *Pénélope à Ulysse* et autres lettres d'amour de grandes héroïnes antiques
6889. Louis Pergaud — *La tragique aventure de Goupil* et autres contes animaliers
6890. Rainer Maria Rilke — *Notes sur la mélodie des choses* et autres textes
6891. George Orwell — *Mil neuf cent quatre-vingt-quatre*
6892. Jacques Casanova — *Histoire de ma vie*
6893. Santiago H. Amigorena — *Le ghetto intérieur*
6894. Dominique Barbéris — *Un dimanche à Ville-d'Avray*
6895. Alessandro Baricco — *The Game*
6896. Joffrine Donnadieu — *Une histoire de France*
6897. Marie Nimier — *Les confidences*
6898. Sylvain Ouillon — *Les jours*
6899. Ludmila Oulitskaïa — *Médée et ses enfants*
6900. Antoine Wauters — *Pense aux pierres sous tes pas*
6901. Franz-Olivier Giesbert — *Le schmock*
6902. Élisée Reclus — *La source* et autres histoires d'un ruisseau
6903. Simone Weil — *Étude pour une déclaration des obligations envers l'être humain* et autres textes
6904. Aurélien Bellanger — *Le continent de la douceur*
6905. Jean-Philippe Blondel — *La grande escapade*
6906. Astrid Éliard — *La dernière fois que j'ai vu Adèle*
6907. Lian Hearn — *Shikanoko, livres I et II*
6908. Lian Hearn — *Shikanoko, livres III et IV*
6909. Roy Jacobsen — *Mer blanche*
6910. Luc Lang — *La tentation*
6911. Jean-Baptiste Naudet — *La blessure*
6912. Erik Orsenna — *Briser en nous la mer gelée*
6913. Sylvain Prudhomme — *Par les routes*
6914. Vincent Raynaud — *Au tournant de la nuit*
6915. Kazuki Sakuraba — *La légende des filles rouges*
6916. Philippe Sollers — *Désir*

6917. Charles Baudelaire	*De l'essence du rire* et autres textes
6918. Marguerite Duras	*Madame Dodin*
6919. Madame de Genlis	*Mademoiselle de Clermont*
6920. Collectif	*La Commune des écrivains. Paris, 1871 : vivre et écrire l'insurrection*
6921. Jonathan Coe	*Le cœur de l'Angleterre*
6922. Yoann Barbereau	*Dans les geôles de Sibérie*
6923. Raphaël Confiant	*Grand café Martinique*
6924. Jérôme Garcin	*Le dernier hiver du Cid*
6925. Arnaud de La Grange	*Le huitième soir*
6926. Javier Marías	*Berta Isla*
6927. Fiona Mozley	*Elmet*
6928. Philip Pullman	*La Belle Sauvage. La trilogie de la Poussière, I*
6929. Jean-Christophe Rufin	*Les trois femmes du Consul. Les énigmes d'Aurel le Consul*
6930. Collectif	*Haikus de printemps et d'été*
6931. Épicure	*Lettre à Ménécée* et autres textes
6932. Marcel Proust	*Le Mystérieux Correspondant* et autres nouvelles retrouvées
6933. Nelly Alard	*La vie que tu t'étais imaginée*
6934. Sophie Chauveau	*La fabrique des pervers*
6935. Cecil Scott Forester	*L'heureux retour*
6936. Cecil Scott Forester	*Un vaisseau de ligne*
6937. Cecil Scott Forester	*Pavillon haut*
6938. Pam Jenoff	*La parade des enfants perdus*
6939. Maylis de Kerangal	*Ni fleurs ni couronnes* suivi de *Sous la cendre*
6940. Michèle Lesbre	*Rendez-vous à Parme*
6941. Akira Mizubayashi	*Âme brisée*
6942. Arto Paasilinna	*Adam & Eve*
6943. Leïla Slimani	*Le pays des autres*
6944. Zadie Smith	*Indices*
6945. Cesare Pavese	*La plage*
6946. Rabindranath Tagore	*À quatre voix*

6947. Jean de La Fontaine — *Les Amours de Psyché et de Cupidon* précédé d'*Adonis* et du *Songe de Vaux*
6948. Bartabas — *D'un cheval l'autre*
6949. Tonino Benacquista — *Toutes les histoires d'amour ont été racontées, sauf une*
6950. François Cavanna — *Crève, Ducon !*
6951. René Frégni — *Dernier arrêt avant l'automne*
6952. Violaine Huisman — *Rose désert*
6953. Alexandre Labruffe — *Chroniques d'une station-service*
6954. Franck Maubert — *Avec Bacon*
6955. Claire Messud — *Avant le bouleversement du monde*
6956. Olivier Rolin — *Extérieur monde*
6957. Karina Sainz Borgo — *La fille de l'Espagnole*
6958. Julie Wolkenstein — *Et toujours en été*
6959. James Fenimore Cooper — *Le Corsaire Rouge*
6960. Jean-Baptiste Andrea — *Cent millions d'années et un jour*
6961. Nino Haratischwili — *La huitième vie*
6962. Fabrice Humbert — *Le monde n'existe pas*
6963. Karl Ove Knausgaard — *Fin de combat. Mon combat - Livre VI*
6964. Rebecca Lighieri — *Il est des hommes qui se perdront toujours*
6965. Ian McEwan — *Une machine comme moi*
6966. Alexandre Postel — *Un automne de Flaubert*
6967. Anne Serre — *Au cœur d'un été tout en or*
6968. Sylvain Tesson — *La panthère des neiges*
6969. Maurice Leblanc — *Arsène Lupin, gentleman-cambrioleur*
6970. Nathacha Appanah — *Le ciel par-dessus le toit*
6971. Pierre Assouline — *Tu seras un homme, mon fils*
6972. Maylis Besserie — *Le tiers temps*
6973. Marie Darrieussecq — *La mer à l'envers*
6974. Marie Gauthier — *Court vêtue*
6975. Iegor Gran — *Les services compétents*
6976. Patrick Modiano — *Encre sympathique*

6977.	Christophe Ono-dit-Biot et Adel Abdessemed	*Nuit espagnole*
6978.	Regina Porter	*Ce que l'on sème*
6979.	Yasmina Reza	*Anne-Marie la beauté*
6980.	Anne Sinclair	*La rafle des notables*
6981.	Maurice Leblanc	*Arsène Lupin contre Herlock Sholmès*
6982.	George Orwell	*La Ferme des animaux*
6983.	Jean-Pierre Siméon	*Petit éloge de la poésie*
6984.	Amos Oz	*Ne dis pas la nuit*
6985.	Belinda Cannone	*Petit éloge de l'embrassement*
6986.	Christian Bobin	*Pierre,*
6987.	Claire Castillon	*Marche blanche*
6988.	Christelle Dabos	*La Passe-miroir, Livre IV. La tempête des échos*
6989.	Hans Fallada	*Le cauchemar*
6990.	Pauline Guéna	*18.3. Une année à la PJ*
6991.	Anna Hope	*Nos espérances*
6992.	Elizabeth Jane Howard	*Étés anglais. La saga des Cazalet I*
6993.	J.M.G. Le Clézio	*Alma*
6994.	Irène Némirovsky	*L'ennemie*
6995.	Marc Pautrel	*L'éternel printemps*
6996.	Lucie Rico	*Le chant du poulet sous vide*
6997.	Abdourahman A. Waberi	*Pourquoi tu danses quand tu marches ?*
6998.	Sei Shônagon	*Choses qui rendent heureux* et autres notes de chevet
6999.	Paul Valéry	*L'homme et la coquille* et autres textes
7000.	Tracy Chevalier	*La brodeuse de Winchester*
7001.	Collectif	*Contes du Chat noir*
7002.	Edmond et Jules de Goncourt	*Journal*
7003.	Collectif	*À nous la Terre !*
7004.	Dave Eggers	*Le moine de Moka*
7005.	Alain Finkielkraut	*À la première personne*
7007.	C. E. Morgan	*Tous les vivants*

7008. Jean d'Ormesson	*Un hosanna sans fin*
7009. Amos Oz	*Connaître une femme*
7010. Olivia Rosenthal	*Éloge des bâtards*
7011. Collectif	*Écrire Marseille.* 15 grands auteurs célèbrent la cité phocéenne
7012. Fédor Dostoïevski	*Les Nuits blanches*
7013. Marguerite Abouet et Clément Oubrerie	*Aya de Yopougon 5*
7014. Marguerite Abouet et Clément Oubrerie	*Aya de Yopougon 6*
7015. Élisa Shua Dusapin	*Vladivostok Circus*
7016. David Foenkinos	*La famille Martin*
7017. Pierre Jourde	*Pays perdu*
7018. Patrick Lapeyre	*Paula ou personne*
7019. Albane Linÿer	*J'ai des idées pour détruire ton ego*
7020. Marie Nimier	*Le Palais des Orties*
7021. Daniel Pennac	*La loi du rêveur*
7022. Philip Pullman	*La Communauté des esprits. La trilogie de la Poussière II*
7023. Robert Seethaler	*Le Champ*
7024. Jón Kalman Stefánsson	*Lumière d'été, puis vient la nuit*
7025. Gabrielle Filteau-Chiba	*Encabanée*
7026. George Orwell	*Pourquoi j'écris* et autres textes politiques
7027. Ivan Tourguéniev	*Le Journal d'un homme de trop*
7028. Henry Céard	*Une belle journée*
7029. Mohammed Aïssaoui	*Les funambules*
7030. Julian Barnes	*L'homme en rouge*
7031. Gaëlle Bélem	*Un monstre est là, derrière la porte*
7032. Olivier Chantraine	*De beaux restes*
7033. Elena Ferrante	*La vie mensongère des adultes*
7034. Marie-Hélène Lafon	*Histoire du fils*
7035. Marie-Hélène Lafon	*Mo*

7036. Carole Martinez — *Les roses fauves*
7037. Laurine Roux — *Le Sanctuaire*
7038. Dai Sijie — *Les caves du Potala*
7039. Adèle Van Reeth — *La vie ordinaire*
7040. Antoine Wauters — *Nos mères*
7041. Alain — *Connais-toi* et autres fragments
7042. Françoise de Graffigny — *Lettres d'une Péruvienne*
7043. Antoine de Saint-Exupéry — *Lettres à l'inconnue* suivi de *Choix de lettres dessinées*
7044. Pauline Baer de Perignon — *La collection disparue*
7045. Collectif — *Le Cantique des cantiques. L'Ecclésiaste*
7046. Jessie Burton — *Les secrets de ma mère*
7047. Stéphanie Coste — *Le passeur*
7048. Carole Fives — *Térébenthine*
7049. Luc-Michel Fouassier — *Les pantoufles*
7050. Franz-Olivier Giesbert — *Dernier été*
7051. Julia Kerninon — *Liv Maria*
7052. Bruno Le Maire — *L'ange et la bête. Mémoires provisoires*
7053. Philippe Sollers — *Légende*
7054. Mamen Sánchez — *La gitane aux yeux bleus*
7055. Jean-Marie Rouart — *La construction d'un coupable.* À paraître
7056. Laurence Sterne — *Voyage sentimental en France et en Italie*
7057. Nicolas de Condorcet — *Conseils à sa fille* et autres textes
7058. Jack Kerouac — *La grande traversée de l'Ouest en bus* et autres textes beat
7059. Albert Camus — *« Cher Monsieur Germain,... »* Lettres et extraits
7060. Philippe Sollers — *Agent secret*
7061. Jacky Durand — *Marguerite*
7062. Gianfranco Calligarich — *Le dernier été en ville*

7063.	Iliana Holguín Teodorescu	*Aller avec la chance*
7064.	Tommaso Melilli	*L'écume des pâtes*
7065.	John Muir	*Un été dans la Sierra*
7066.	Patrice Jean	*La poursuite de l'idéal*
7067.	Laura Kasischke	*Un oiseau blanc dans le blizzard*
7068.	Scholastique Mukasonga	*Kibogo est monté au ciel*
7069.	Éric Reinhardt	*Comédies françaises*
7070.	Jean Rolin	*Le pont de Bezons*
7071.	Jean-Christophe Rufin	*Le flambeur de la Caspienne. Les énigmes d'Aurel le Consul*
7072.	Agathe Saint-Maur	*De sel et de fumée*
7073.	Leïla Slimani	*Le parfum des fleurs la nuit*
7074.	Bénédicte Belpois	*Saint Jacques*
7075.	Jean-Philippe Blondel	*Un si petit monde*
7076.	Caterina Bonvicini	*Les femmes de*
7077.	Olivier Bourdeaut	*Florida*
7078.	Anna Burns	*Milkman*
7079.	Fabrice Caro	*Broadway*
7080.	Cecil Scott Forester	*Le seigneur de la mer. Capitaine Hornblower*
7081.	Cecil Scott Forester	*Lord Hornblower. Capitaine Hornblower*
7082.	Camille Laurens	*Fille*
7083.	Étienne de Montety	*La grande épreuve*
7084.	Thomas Snégaroff	*Putzi. Le pianiste d'Hitler*
7085.	Gilbert Sinoué	*L'île du Couchant*
7086.	Federico García Lorca	*Aube d'été* et autres impressions et paysages
7087.	Franz Kafka	*Blumfeld, un célibataire plus très jeune* et autres textes
7088.	Georges Navel	*En faisant les foins* et autres travaux
7089.	Robert Louis Stevenson	*Voyage avec un âne dans les Cévennes*

7090.	H. G. Wells	*L'Homme invisible*
7091.	Simone de Beauvoir	*La longue marche*
7092.	Tahar Ben Jelloun	*Le miel et l'amertume*
7093.	Shane Haddad	*Toni tout court*
7094.	Jean Hatzfeld	*Là où tout se tait*
7095.	Nathalie Kuperman	*On était des poissons*
7096.	Hervé Le Tellier	*L'anomalie*
7097.	Pascal Quignard	*L'homme aux trois lettres*
7098.	Marie Sizun	*La maison de Bretagne*
7099.	Bruno de Stabenrath	*L'ami impossible. Une jeunesse avec Xavier Dupont de Ligonnès*
7100.	Pajtim Statovci	*La traversée*
7101.	Graham Swift	*Le grand jeu*
7102.	Charles Dickens	*L'Ami commun*
7103.	Pierric Bailly	*Le roman de Jim*
7104.	François Bégaudeau	*Un enlèvement*
7105.	Rachel Cusk	*Contour. Contour – Transit – Kudos*
7106.	Éric Fottorino	*Marina A*
7107.	Roy Jacobsen	*Les yeux du Rigel*
7108.	Maria Pourchet	*Avancer*
7109.	Sylvain Prudhomme	*Les orages*
7110.	Ruta Sepetys	*Hôtel Castellana*
7111.	Delphine de Vigan	*Les enfants sont rois*
7112.	Ocean Vuong	*Un bref instant de splendeur*
7113.	Huysmans	*À Rebours*
7114.	Abigail Assor	*Aussi riche que le roi*
7115.	Aurélien Bellanger	*Téléréalité*
7116.	Emmanuel Carrère	*Yoga*
7117.	Thierry Laget	*Proust, prix Goncourt. Une émeute littéraire*
7118.	Marie NDiaye	*La vengeance m'appartient*
7119.	Pierre Nora	*Jeunesse*
7120.	Julie Otsuka	*Certaines n'avaient jamais vu la mer*
7121.	Yasmina Reza	*Serge*

Tous les papiers utilisés pour les ouvrages
des collections Folio sont certifiés
et proviennent de forêts gérées durablement.

Composition Nord Compo
Impression Maury Imprimeur
45330 Malesherbes
le 02 février 2023
Dépôt légal : février 2023
N° d'impression : 268263

ISBN 978-2-07-299519-4 / Imprimé en France

546195